大江戸科学捜査　八丁堀のおゆう
北からの黒船

山本巧次

宝島社
文庫

宝島社

目次

登場人物

おゆう（関口優佳《せきぐちゆうか》）…元OL。江戸と現代で二重生活を送る

鵜飼伝三郎《うかいでんざぶろう》…南町奉行所定廻《じょうまわ》り同心

源七《げんしち》…岡っ引き

千太《せんた》…源七の下っ引き

境田左門《さかいださもん》…南町奉行所定廻り同心。伝三郎の同僚

浅川源吾衛門《あさかわげんごえもん》…南町奉行所筆頭同心。通称「浅はか源吾」

戸山兼良《とやまかねよし》…南町奉行所内与力

狭間甚右衛門《はさまじんえもん》…鉾田代官所手代

城島佐渡守《きじまさどのかみ》…目付

棚橋蔵乃介《たなはしくらのすけ》…城島の配下

北見屋徳兵衛《きたみやとくべえ》…廻船問屋「北見屋」の主人

権十郎《ごんじゅうろう》…「北見屋」の千石船の水主《かこ》

中津屋勘右衛門《なかつやかんえもん》…廻船問屋「中津屋」主人

大黒屋光太夫《だいこくやこうだゆう》…ロシアに漂流した船頭

ステパノフ…謎の外国人

宇田川聡史《うだがわさとし》…株式会社「マルチラボラトリー・サービス」経営者

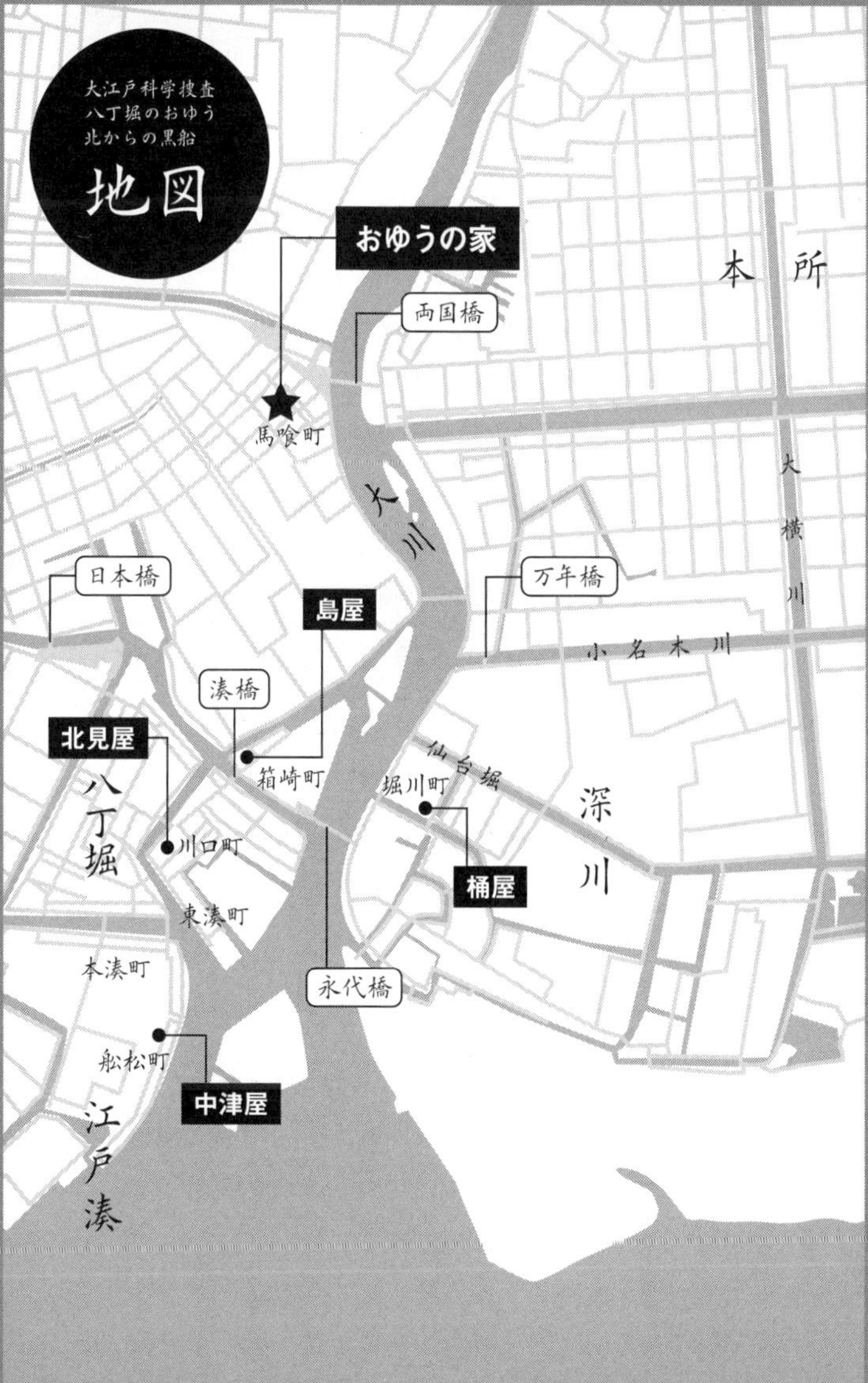

大江戸科学捜査
八丁堀のおゆう
北からの黒船
地図
おゆうの家
両国橋
本所
馬喰町
大川
大横川
日本橋
万年橋
島屋
小名木川
湊橋
北見屋
箱崎町
仙台堀
堀川町
深川
八丁堀
川口町
桶屋
東湊町
本湊町
永代橋
船松町
中津屋
江戸湊

近世日ロ外交関係史

1739年	・ロシア船が牡鹿半島や房総半島などに来航（元文の黒船）	
1781年	・工藤平助『赤蝦夷風説考』刊行、ロシアの脅威と蝦夷地経営を説く	
1782年	・大黒屋光太夫、駿河灘で遭難（翌年アリューシャン列島に漂着）	
1785年	・老中・田沼意次、蝦夷地調査隊を派遣	
1791年	・大黒屋光太夫、サンクトペテルブルクで女帝エカチェリーナ 2 世に謁見 ・林子平『海国兵談』刊行、ロシアの南下に対して海防の必要を説く	
1792年	・大黒屋光太夫、帰国 ・ロシア使節ラクスマンの通商要求を幕府は受理せず	
1804年	・ロシア使節レザノフが長崎に来航、通商要求を幕府は拒否	
1806年	・幕府が「文化の薪水給与令」を発令 ・ロシア軍、レザノフの命令により樺太や択捉島などを攻撃（文化露寇） ・幕府が「ロシア船打払令」を発令	
1808年	・イギリス軍艦フェートン号が長崎港に侵入（フェートン号事件）	
1811年	・千島列島を測量中のロシア船艦長ゴローニン、松前藩に捕縛される	（ゴローニン事件）
1812年	・ゴローニン抑留の報復として、ロシア軍艦が高田屋嘉兵衛を連行	
1813年	・高田屋嘉兵衛とゴローニンを引き換えて釈放	
1824年	・水戸藩領にイギリス人 12 人が上陸（大津浜事件）	
1825年	・幕府が「異国船打払令」を発令	
1837年	・日本人漂流民を乗せたアメリカ商船モリソン号を日本側が砲撃（モリソン号事件）	
1840年	・清とイギリスで阿片戦争が勃発（42 年に清の敗北で「南京条約」締結）	
1842年	・幕府が「異国船打払令」を廃し、「天保の薪水給与令」を発令	
1853年	・ペリー率いるアメリカ艦隊が浦賀に来航	

大江戸科学捜査　八丁堀のおゆう　北からの黒船

第一章　静かなる侵入者

一

常陸国鉾田沖十海里《ひたちのくにほこた》　鹿島灘《かしまなだ》　一八二二年六月

波は依然として高かった。それでも、昨日に比べれば風は着実に弱まっている。空を見上げれば、荒天をもたらした分厚い雲は既に去り、満天の星が輝いていた。

右舷の船べりに立ったピョートル・ステパノフは、波に持ち上げられ、また沈み込む甲板に足を踏ん張り、闇の彼方《かなた》をじっと見据えていた。全長五十七メートルの三檣《さんしょう》帆船《はんせん》アリョール号は、相変わらず大きく上下動を繰り返している。船に慣れていると は言い難いステパノフは、平衡感覚がなかなか戻らないのに苛立《いらだ》っていた。

「どうだ、見えたか」

いつの間にか傍らに来ていたアレクセイ・ロゴフスキー船長が、声をかけてきた。ステパノフは振り返り、かぶりを振った。

「まだだ」

その声に、本当にここが目的の場所に間違いないのか、という疑念が含まれていると感じたらしい。ロゴフスキーは、不満げに鼻を鳴らした。

「場所はここでいいはずだ。俺の勘に狂いはない」

言葉とは裏腹に、ロゴフスキーも絶対の確信はないようだった。既に三時間も遊弋《ゆうよく》しているのに、合図の灯火《ともしび》はどこにも見えない。ステパノフは、右舷正横《うげんせいおう》に目を戻した。その先は、漆黒の闇だ。だがそこには、間違いなく陸地がある。それはステパノフにも、匂いでわかる。彼の目的の地。彼と、この船の乗組員全てにとって、未知の国。何が待ち受けているのかは、まだ誰にもわからない。

「もうあまり時間はない。一旦離れるべきかもしれんな」

ロゴフスキーは、東の空を指して言った。確かに、空はうっすら白み始めている。燭光《しょっこう》が射せば、この船のシルエットがくっきり浮き上がり、あの陸地に居る誰もがそれを目にすることになる。この地に住む者は、手製の槍《やり》を持った南方の島々の蛮族ではない。場合によっては、砲撃を受けることも覚悟しなければならない。

もう少しだけ、と言いかけたとき、ステパノフの目の端に、何かが映った。急いで目を凝《こ》らす。光が一つ、瞬いた気がした。

「あれじゃないか」

ロゴフスキーは手にした望遠鏡を持ち上げ、ステパノフの指す方に向けた。そして、大きく頷《うなず》いた。

「間違いないようだ」

ロゴフスキーは望遠鏡をステパノフに手渡すと、大声で叫んだ。

「錨《いかり》を入れろ！」

命令に応え、水夫が走り出す。やがて船首で、錨が水面に落ちる音が聞こえた。

「ブリャーリン、水深を測れ」

航海士が了解と返事し、水夫を伴って船首右舷に寄った。錘《おもり》付きのロープが直《ただ》ちに投げ入れられた。

「ボート用意！」

甲板長が船尾に走る。ロゴフスキーは、改めて確かめるようにステパノフに言った。

「まだ少し荒れてる。行けるか」

「行くさ。今さら後戻りはできまい」

本当はそれほど自信はなかったが、そうは言えない。ロゴフスキーは頷くと、「じゃあすぐ用意しろ」と言って船尾に向かった。ブリャーリン航海士がその背に「水深、十六尋《ひろ》（約三十メートル）です、船長」と報告するのが聞こえ、ロゴフスキーが手を上げて了解の意を伝えた。これだけ波が荒れていれば正確とは言えまいが、未知の沿岸の資料は可能な限り集めたいのだろう。

ステパノフは急いで船室に戻り、必要なものを入れた革製の鞄《かばん》を取った。肩から掛けるためのベルトが付いているが、用心を重ねて、紐《ひも》で体に縛りつけた。万一ボートから落ちて泳ぐ羽目になっても、手放すわけにはいかない。

　上甲板に出て船尾に行くと、ランタンの淡い光の中で、ボートの用意は整っていた。甲板長が目で乗り込めと合図する。ステパノフはボートを吊《つ》ったロープを掴《つか》み、揺れが止まる間合いを見計らってボートに移った。

「よし、下ろせ」

　ステパノフがボートの中に座り、安定するのを見てロゴフスキーが命じた。水夫の手でロープが繰り出され、ボートは徐々に海面に下り始めた。

「ピョートル・ゲオルギェヴィチ！」

　甲板から、大声が降ってきた。上を向くと、船べりから乗り出したロゴフスキーの髭面《ひげづら》が見えた。

「五週間後に。幸運を」

　ステパノフはさっと敬礼し、波と風の音に逆らって叫んだ。

「また会おう！」

　ロゴフスキーが敬礼を返した。ボートはゆっくり海面に近付いていく。ステパノフの顔に、波しぶきがかかった。

　漕《こ》ぐのは、思ったより大変だった。荒波に慣れた本職の水夫なら、このぐらいの波の中を進むのはさほど難儀ではあるまい。しかしステパノフは水夫ではない。ボートに乗ったことがないわけではないが、生まれて四十数年、外洋で漕ぐのは初めてだった。しかも、夜明け前の闇の中だ。

一時間近く悪戦苦闘したが、まだ海岸には着かなかった。東の空は既に明るくなりかけている。去っていくアリョール号のマストの影が、辛《かろ》うじて見えた。振り向くと、陸地の輪郭がはっきりわかる。付近には、漁村の集落があるはずだ。まだ灯火は見えないが、世界中どこでも、漁師の朝は早い。間もなく彼らは起き出し、活動を始めるだろう。

まずいな、とステパノフは思った。予定より、だいぶ遅れている。夜が明けきらないうちに、迎えと合流するはずだったのに。相手は待《た》っているだろうか。

空の明るさは、どんどん増している。あといくらも経たないうちに、最初の燭光が水平線に現れるだろう。ステパノフは焦り始め、オールを漕ぐ手にさらに力を込めた。すりむけた指に海水がしみ、顔を顰《しか》める。

振り向いて、ぎくりとした。進行方向右手、つまり北側のさほど離れていない場所に、人家の輪郭が見えた。付近に村があることは聞いていたが、上陸会合地点はそのずっと北側だったはずだ。潮流で大きく流されていたのに、気付いていなかったのだ。

ステパノフは、必死で方向を変えようとした。だが、もう遅かった。海岸に近付き過ぎている。家々に灯火が灯《とも》った。まだよく見えないが、起き出した漁師たちが動き始めているだろう。その前をボートで横切るような真似《まね》はできない。

諦めて、南側に進んだ。少しでも人家から離れなくてはならない。迎えの者からは遠ざかってしまうが、やむを得ない。一旦どこかに潜み、人家を避けて北へ進む方法を考えよう。

充分村から離れたか、と思ったとき、ふと背筋がぞくりとする感覚に襲われた。何事かと振り向く。ボートの正面に、黒い塊が見えた。岩礁だ。

慌ててオールを漕ぎ、避けようと頑張った。が、酷使した腕は思うように動いてくれなかった。衝撃と共に、ボートの底が割れた。オールで突っ張り、岩礁から離れる。ボートは激しい勢いで浸水していた。何とか沈む前に海岸に辿《たど》り着こうとオールを動かす。浸水したボートは重くなり、もはや自由が利かなかった。

さらに衝撃を食らった。別の岩礁にぶつかったのだ。ボートの舳先《へさき》が砕ける。大きな波が来て、岩礁は越えられた。その代わり、ボートの前半分はばらばらになってしまった。ステパノフは、唇を嚙《か》んだ。もうこれまでだ。あとは泳ぐしかない。飛び込むつもりで身構えたとき、次の大波に襲われた。辛うじて形を保っていたボートはついに分解し、ステパノフは海中に投げ出された。

幸い、泳ぎは下手ではなかった。しかし、服を着たまま、鞄を縛りつけたままという状態で泳ぐのは、並大抵ではない。気を抜けば、岩礁に叩《たた》きつけられる。ステパノフは歯を食いしばった。はるばるこの地まで来て、何も為さずに死ぬのは絶対に嫌だった。服と鞄の鉛《なまり》のような重さに抵抗し、気力でなんとか手足を動かし続けた。ようやく砂地に足がついた。水をかく腕を止め、腹の下までになった深さの水の中に立った。周りは、いつの間にか明るくなっている。朝日を浴びた水面が、きらきら輝いていた。人の姿は見えない。ステパノフは十字を切って神に感謝し、砂浜に上がった。

倒れ込みそうになるのをどうにか踏ん張り、前へ進む。小高くなった土地の下の岩肌に、洞穴《どうけつ》のような窪《くぼ》みが見えた。奥行き数メートルはありそうだ。そこなら、しばらくは隠れていられるだろう。よろめきながら窪みに達したステパノフは、その奥に入って腰を下ろすと、そのまま横に倒れた。意識は、あっという間に消えた。

気配を感じて、目を覚ました。陽光が、窪みの半ばまでを明るく照らしている。ステパノフは、自分がどこに居るのかしばらくわからなかった。両手で頰を叩き、波の音を聞いてから思い出した。いったいどれほど眠っていたのか。鞄は、体に縛りつけられたまま無事だ。ここからどう動くか、考えねばならないが、地理が全くわからない土地で闇雲に歩き回るのは、危険極まりない。何しろ自分は、密入国者なのだ。

思案していると、かすかに人声らしきものが聞こえた。そうっと窪みの入り口に近付いて岩陰に体を寄せ、外を窺《うかが》った。三十メートルほど先の砂浜に、数人の男が集まっている。腰に差しているのは、剣らしい。いや、「カタナ」というのだったか。独特の珍妙なヘアスタイルに、この国の装束を着て、白い鉢巻を巻いている。騎士階級の者と、その部下たちという雰囲気だ。

　こっそり見守っていると、指揮官らしい騎士階級の男が、短い乗馬鞭《むち》のようなものを振った。部下たちが一礼し、四方に散った。まずい、とステパノフは思った。彼らは、明らかに捜索をしている。標的は自分に違いない。漁村の誰かが、ボートの残骸に気付いたのだ。もしかすると、アリョール号自身も目撃されていたかもしれない。「カタナ」を持った連中は、通報で出動してきたこの地域の役人だろう。

　ステパノフは、そうっと後ずさりした。ここを見つけられたら、逃げ場がない。急いで窪みの中を見回し、流木と、平べったい石を見つけた。それを手にして、地面を掘り始めた。地面は砂で、比較的簡単に掘ることができる。鞄が収まるだけの穴を掘ると、鞄を置いて砂をかけ、上に大きめの石を置いた。これで何とか誤魔化せそうだ。

　作業を終えたステパノフは、再び入り口の岩陰から外を覗《のぞ》いた。先ほどの男たちは、居なくなっている。散開して捜索に当たっているのか。しばらく身を潜めていた方が良さそうだ。

一時間ほど我慢して、ステパノフはまた外の様子を見た。人影は見えない。意を決して、窪みから出た。迎えの者たちも、警戒してどこかに隠れているだろう。合流するのはなかなか難しそうだ。人家を避けて北へ出るには、一度南に向かってから山に入り、山伝いに行くしかあるまい。途中に農地でもあれば厄介だが、祈るしかない。できるだけ音を立てず、砂浜を小走りに突っ切った。その先に、低い山がある。丘と言った方がいいだろうか。木が密生しているので、身を隠しながら歩ける。

山裾に沿って数百メートル歩き、振り返った。人っ子一人見えず、波の音が響くだけだ。捜索隊は、反対側へ向かったようだ。少しほっとして歩みを緩めた。気温はかなり上昇しており、のどが渇く。山の中で、湧き水か清流でも見つかればいいのだが。

そう思いつつ、茂みの中へ分け入った。すると、五分も進まないうちに水の音が聞こえた。そちらに足を向ける。細い水の流れが、すぐに見つかった。ステパノフは幸運を神に感謝してから、水をすくおうと流れの脇に跪《ひざまず》いた。

落ち葉を踏む音で、顔を上げた。ステパノフは、五人の男に囲まれていた。うち四人は「カタナ」を抜き、切っ先をステパノフに向けている。ステパノフは心の中で舌打ちをした。この連中は、馬鹿ではない。ステパノフが水を求めると予想し、網を張っていたのだ。

指揮官らしい男が、何か怒鳴った。おそらく、「抵抗するな。おとなしくしろ」とでも言ったのだろう。四人がじりじりと、間合いを詰めてきた。ステパノフは、観念した。体格はこちらの方がずっと上だが、相手は武器を持っている。うまく逃れたとしても、こっちは土地のことを知らない。時を置かず、また包囲されるのは目に見えている。

ステパノフは両手を上げ、ゆっくりと立ち上がった。降参するというジェスチュアを、相手が正確に理解してくれるのを願いながら。

＊　＊　＊

笊《ざる》に盛られた細く白い麺が、箸《はし》でさっと持ち上げられ、つけ汁の入った椀《わん》に滑り込んだ。汁は鰹《かつお》汁。たっぷり付けてすうっと吸い込むと、爽やかな麺ののど越しを追いかけるように、口の中に濃厚な旨味《うまみ》が広がった。

「あー、美味《おい》しいっ」

素麺《そうめん》を一息に啜《すす》ったおゆうは、満足の笑みと共に思わず声を出した。その様子を見ていた居酒屋「さかゑ」の女将《おかみ》、お栄《えい》が楽しそうにくすくす笑った。

「おゆうさん、ほんとに旨そうに食べてくれるねえ。こっちも気持ちいいくらい」

「だってねえ、ほんとに美味しいですよ。この鰹汁、これがまた、深くていいわあ」

「そうまで言われちゃ、作り甲斐《がい》があるってもんで」

厨《くりや》から、料理人の兼吉《けんきち》が照れたように言った。

「まあ、俺が見込んだだけの腕はあらぁな」

隣の卓で銚子《ちょうし》を傾けていたお栄の亭主、源七《げんしち》が、いかつい顔にもっともらしい表情を浮かべて言った。お栄がその背中を叩く。

「何を偉そうに。兼吉さんを見つけたのは、あたしじゃないか。それよりあんた、昼間っから飲んでていいのかい。御上の御用はどうなってんだい」

「ちぇっ、お前が言うことかよ。先々月の大捕物以来、目立って大きな騒ぎがねえんだ。岡っ引きが暇にしてるってこたぁ、世の中にとっちゃ結構じゃねえか」

「そりゃまあ、そうですよね」

おゆうは微笑《ほほえ》んで賛同した。先々月の大捕物とは、立て続けに大店《おおだな》に入った賊が実は驚くような理由を抱えていた、という一件だ。あのときはまだ桜が咲いていたが、今はもう水無月《みなづき》に入り、冷やし素麵が美味しい季節になっている。

「あんな大ごとが次々に起こったりしちゃ、それこそ枕を高くして寝られませんから」

言いながらおゆうは、また素麵を啜る。葱《ねぎ》や蒲鉾《かまぼこ》、茄子《なす》なども添えられた上等の素麵だ。

十手《じって》を預かってはや一年。東馬喰町《ひがしばくろちょう》にえらく別嬪《べっぴん》の女岡っ引きが居て、相当に腕も立つらしいという評判は、あちこちで囁《ささや》かれていた。本当はあんまり目立ち過ぎるのはまずいのだが、人の口に戸は立てられないし、正直、悪い気はしない。

　女が出しゃばりやがって、とあからさまに嫌味を言う連中も居るが、おゆうの腕を認めて手を貸してくれる岡っ引きも多い。源七もその一人だ。

「でも源七親分、そんなに暇なんですか」

「いやいや、そんなこたぁねえさ。揉《も》めごとの仲裁やら失《う》せ物探しやら、頼まれごとは結構あるんだぜ。それをあいつめ、仕事してねえみてえに言いやがって」

　源七は、お栄に顰め面を向けた。岡っ引きのやることは、捕物の手伝いだけではない。町内の困りごとのよろず相談掛のような趣で、その都度小遣い銭を受け取っている。普段は、捕物よりそうした用事の方がずっと多い。

「あらそうかい。それならしっかり稼いでおくれな」

　お栄は軽く受け流すと、厨へ戻った。

「相変わらず仲のよろしいこと」

　おゆうがからかうように言うと、源七は「てやんでえ、あんなお多福」などと悪態をついて盃《さかずき》を干す。それを見ておゆうはまた笑った。お多福などと言うが、多少肉付きがいいものの、お栄は充分に美人である。お栄が十九のとき、源七が惚《ほ》れて口説き落としたのだ。今でも惚れているのは、おゆうもよく承知している。

もうすぐ八ツ（午後二時）。初夏の日差しは強く、店の中もだいぶ暑くなっている。源七の額もすっかり汗ばんでいた。

「さて、お多福にやいのやいのと言われねえうちに、ひと回りしてくるか」

銚子が空になったのを確かめてから、源七は腰を浮かせた。見回りがてら、相談受付などしてくるつもりだろう。岡っ引きが「御用聞き」と言われる所以《ゆえん》か。

表で、ばたばたと走る足音がした。源七とおゆうは、同時に眉間に皺《しわ》を寄せた。どうも何事か起きた気配がする。そう思って表口に目を向けると、果たして飛び込んできたのは源七の下っ引き、千太《せんた》だった。

「あっ、おゆう姐《ねえ》さんも居たんですか。ちょうど良かった」

千太は息を整えながら、腰掛にどすんと座った。源七が睨《にら》みつける。

「何だ、いきなり駆け込んで来やがって。一息ついてねえで、用があるならさっさと言え」

「すいやせん、親分。鵜飼《うかい》様からの呼び出しです」

「鵜飼様から？　何が起きたの」

おゆうも身を乗り出した。鵜飼様と呼ばれた鵜飼伝三郎《でんざぶろう》は、源七やおゆうを配下に抱える南町奉行所定廻り《みなみまちぶぎょうしょじょうまわ》り同心で、三十過ぎの男やもめ。なかなかの二枚目で、おゆうはその伝三郎の女である（と世間では思われている）。その伝三郎から、源七ともども呼び出しとなれば、事件に違いない。さっきまでのんびり一杯やっていた源七も、目の色が変わっている。

「それがその……何が起きたかよくわからねえんで」

千太は困った顔になった。

「とにかく、七ツを過ぎたら奉行所に集まるように、ってえお指図です」

「奉行所に、だと」

源七とおゆうは顔を見合わせた。直《じか》に奉行所に呼び出されることは滅多にない。しかも七ツ過ぎというなら、奉行所の通常の勤めが終わってから集まれ、ということだ。これは異例中の異例である。

「他にも何人か呼ばれてるの」

おゆうが聞くと、千太は首を傾《かし》げた。

「あっしはお二人を呼べと言われただけですが、他の連中にも声をかけてるようです。誰を呼んだかまでは、ちょっと」

「ふうん。どうも妙な塩梅《あんばい》だな」

厨から話を聞き付けたお栄が出て来た。さっきと違って真顔になっている。

「お前さん、何かあったのかい」

「ああ。七ツ過ぎに奉行所に来いとさ。何事かはまだわからねえ」

お栄はそれ以上聞かずに頷いた。

「遅くまでかかりそうだね。何か腹に入れていくかい」

「ああ、そうしよう」

「わかった。おゆうさんは、素麺食べたばかりだね。握り飯、作っとくよ」

「すいません、お栄さん」

事が起きれば、やはり岡っ引きの女房だ。お栄はてきぱきと動き始めた。それにしても、とおゆうは思う。こんな風に何事かわからないまま集合をかけられるのは、珍しい。しかも奉行所へ、とは。余程のことがおきたのだろうか。源七も同じ思いか、難しい顔で腕を組んでいる。


南町奉行所は、時ならぬ混雑になっていた。三十人近い岡っ引きが、板敷きの広間に雁首《がんくび》を揃《そろ》えている。普通、岡っ引きが奉行所に呼び出されれば、庭先に膝をついて話を聞くものだが、これだけの人数となるとそうもいかないのだろう。それとも、他に聞かれたくないような、内々の話なのか。ならば、捕物とは縁のない仕事に携わっている与力同心が帰った後の刻限に呼ばれたのも、そのためかもしれない。

「いってえ何なんだろうな、こりゃ。あんた、鵜飼様から何か聞いてねえか」

知り合いの岡っ引き、小柳町《こやなぎちょう》の儀助《ぎすけ》が小声で話しかけてきた。おゆうも首を捻《ひね》る。

「何も聞いてません。でも、これだけの人たちを一度に集めたなら、相当な大ごとですよ」

見た感じ、揃っているのは名の知られた腕利きばかりのようだ。儀助も、違《ちげ》えねえや、と頷いた。誰一人用向きを知らないらしく、皆が困惑気味である。

そのまま、時が過ぎた。集められた岡っ引きたちが苛立ちを見せ始めた頃、ようやく床を踏む足音が聞こえ、役人が四人、姿を現した。一同は居住まいを正し、神妙に頭を下げた。

まず入ってきたのは、内与力の戸山兼良《とやまかねよし》。おゆうも見知った人物だ。続いて難しい顔で座についた細面の中年の男は、筆頭同心の浅川源吾衛門《あさかわげんごえもん》だろう。話には聞いているが、おゆうが目にするのは初めてだった。続くは、伝三郎と彼の同僚、境田左門《さかいださもん》である。一瞬、伝三郎と目が合った。伝三郎が、小さく頷いたように見えた。

「一同の者、本日は大儀である」

口火を切ったのは、戸山だ。仕切っているのは彼らしい。内与力は幕府の役人である奉行所の与力同心と違い、奉行の家来である。通常の指揮系統から外れた内与力が前に出て来たということは、今までの例からして、南町奉行筒井和泉守《つついいずみのかみ》の特命事項に違いない。おゆうは、神経を集中させた。

「先に申しておく。これより話す一件、何があろうと他言は一切ならぬ。心せよ」

岡っ引きたちに緊張が走る。それほどまで言わねばならぬ事態とは、何なのか。戸山は少し躊躇《ためら》ったかのように一呼吸置くと、爆弾のような言葉を放った。

「この御府内《ごふない》に、異人が入り込んだ模様である」

広間に、どよめきが起きた。戸山は咳払《せきばら》いでそれを制した。

「十日前、常陸の鉾田に近い漁師村に、異人が小舟で現れた。沖合に近付いた船から、小舟に乗り移り、寄せてきたものと思われる。異人は浜に上がったが、漁師に見つかり、知らせを受けて出張った鉾田代官所の手の者に捕らえられた」

おゆうは驚愕《きょうがく》した。江戸からさして遠くない地に、外国人が密入国を図ったというのか。

「御老中よりのお指図で、異人は直ちに長崎《ながさき》へ移すと決まったが、その途次、我孫子《あびこ》宿《しゅく》において何者かに連れ去られ、姿を消した。その後、異人らは江戸に向かったと思われる」

「え、ええと、そいつは何で江戸へ向かったとわかりやすんで」

岡っ引きの一人が、声を上げた。誰しもそれは聞きたいところだろう。だが、浅川にじろりと睨まれた。

「控えよ」

公の場で岡っ引きが与力に直に話しかけるなど無礼千万、と言いたいようだ。今までに戸山とサシで何度も話しているおゆうからすれば、そんな形式にこだわる場合ではないと思うのだが。

「松戸宿《まつどしゆく》と千住宿《せんじゆしゆく》の間で、それらしき姿を見た者が居る」

戸山が、浅川を制するように続けた。

「二日前のことだ。その後の行方は、杳《よう》として知れぬ。江戸を目指したものであれば、既に入り込んだやも、と考えておかねばならぬ」

最悪の状況に備えろ、ということか。

「その方らを集めたは、その異人と、異人を連れ去った者どもを捕らえるためじゃ。わかっておろうが、このことが市中の噂《うわさ》となれば、一大事。公儀の威信は地に落ちる。その方らは選《え》りすぐられた目明しじゃ。この江戸の命運、その方らの腕にかかっておると言うても過言ではない。一刻も早く、奴らを見つけ出せ。しかと頼んだぞ」

戸山はそれだけ言うと、さっと身を翻して広間を出て行った。呆然《ぼうぜん》としていた岡っ引きたちだったが、戸山が出て行くと、途端に騒ぎ始めた。これほどの重大事というのに、情報が少な過ぎる。

「静まれ！」

浅川が叫んだ。

「戸山様のお言葉を聞いたろう。このこと、決して口外無用。女房子供はもちろん、下っ引きどもにも余計なことを喋《しゃべ》ってはならぬ」

「いや、しかし旦那。子分にも話せねえってんじゃ、どうやって……」

「そこは工夫しろ。腕利きと見込んでここに呼んだのだ」

困惑した岡っ引きの苦情を、浅川はあっさり退けた。

「あのう、あっしらは異人なんて、一ぺんも見たことがねえんですが。いってえどんな奴なんで」

「それはわかっておる。これより、人相書を配る」

浅川は両脇の伝三郎と左門に、顎《あご》で指図した。二人が立ち上がり、人相書の束を取って岡っ引きたちに回した。

「一人一枚だ。人前で出したりは絶対にするなよ」

受け取ったおゆうは、思わず吹き出しそうになった。

(何、これ)

通常の人相書は、似顔絵でなく顔の特徴を書き並べたものだ。ところがこの人相書に書かれたのは、まさに「絵」である。文章で異人の姿は、うまく伝わらないと思ったようだ。ところがその異人は、ぎょろりとした目に巨大な鼻、出張った顎にぼさぼさ頭という描かれようで、出来の悪い漫画みたいだった。これで相手を捜し出せなんて、冗談としか思えない。せめて……。

「あの、髪の色は」

おゆうは聞いてから、まずかったかなと思った。岡っ引きたちの大半は、意味がわからなかったようだ。異人の髪には様々な色があるのだという概念が、ないのだった。

「おう、いいところに気が付いたな。こいつの髪は、金色だ」

有難いことに、伝三郎がフォローしてくれた。金色と聞いた岡っ引きたちは、へえっと唸《うな》った。

「金色の髪かい。そいつはおそろしく目立つな。こりゃあ助かる」

儀助が人相書を見ながら頷くのを、源七が肘で小突いた。

「馬鹿野郎。そんなこたぁ向こうも承知だ。頬かむりか何かで、髪の毛が見えねえようにしてるさ。もしかすると、剃《そ》っちまってるかもしれねえ」

「そのぐらいわかってらァな。それでも、こんな人相書よりちっとは当てにできるぜ」

こんな、と言うのが聞こえたか、浅川が顔を顰めた。儀助も源七も、知らんぷりをしている。

「ようし、みんな、いいか」

伝三郎が手を叩いた。岡っ引きたちが一斉に顔を向ける。

「異人どもは、まだおそらく、江戸の真ん中まで潜り込んじゃいねえだろう。いくら何でも目立ち過ぎる。逃げ出してまだ二日だ。水戸《みと》街道沿いに江戸へ向かったとすると、江戸の縁《へり》、千住から日暮里《につぽり》、吉原《よしわら》の北から小塚原《こづかつぱら》、隅田村《すみだむら》、小梅村《こうめむら》、この辺に潜んで様子を窺ってるんじゃねえか」

壁に貼った絵図を次々に指しながら、伝三郎が言った。

「闇雲に捜しても始まらねえ。まずはこの辺りに絞る。虱潰《しらみつぶ》しに当たってくれ」

「それにしたって、まだずいぶんと広いんですがねえ……」

ぼやきを漏らした若い岡っ引きを、源七が後ろからどやしつけた。

「グズグズ言うんじゃねえ。やるしかねえだろうが」

「その通りだ。苦労かけるが、御府内始まって以来の大ごとだ。しっかりやってくれ」

伝三郎の後から、浅川が咳払いをして締めくくった。

「くれぐれも市中に悟られぬよう、一同、心してかかれ。よいな！」

三十人余の岡っ引きが、うち揃って「へへえっ」と床に手をついた。


それから一刻と少し。おゆうは東馬喰町にある仕舞屋《しもたや》風の自分の家で、伝三郎が来るのを今か今かと待っていた。箱膳《はこぜん》には、茄子田楽とそら豆、百合根《ゆりね》に焼き鯖《さば》。そしてもちろん、お銚子も。

（今日のあんな話じゃ、だいぶ疲れてるだろうからなあ）

奉行所での話は、捜索のために必要な最低限度のものでしかない。本当のところ、いったい何が起きているのか。その異人は、どこの国から何のためにやって来たのか。知りたいことは山ほどある。半ば手探りとあっては、指揮を執る伝三郎も大変だ。

「おーい、おゆう、入るぜ」

表の戸が開けられる音と共に、待ち人の声が聞こえた。

「はあい、お待ちしてました」

いそいそと襖《ふすま》を開け、三つ指をついて出迎える。

「鵜飼様、お疲れ様でした。ささ、どうぞ」

大小を受け取って刀掛けに置くと、差し向かいになって銚子を持ち上げた。

「おう、ありがとよ。へえ、今日は鯖か」

伝三郎が微笑んで盃を差し出す。

「今日の話、お前もびっくりしたろう」

「ええ。まさか異人がねえ。どこから来た人なんですか」

さりげなく聞いたつもりだが、伝三郎は一瞬、動きを止めた。やっぱり聞いちゃいけないのかな、と思ったとき、伝三郎はぐっと盃を干し、ひと言漏らした。

「オロシャだ」

ロシア人か。何となく、そんな気はしていた。

「あのう鵜飼様、お疲れのところ申し訳ないんですけど、この話、もう少し詳しく聞かせてはいただけませんか」

　思い切って言ってみた。奉行所の摑んでいる情報があれだけ、ということはないように思えたのだ。まあ、叱《しか》られればそれまでだ。だが、伝三郎の顔には微笑が戻っている。

「お前のことだ。そう言うと思ったよ」

　伝三郎がまた盃を差し出した。おゆうはにっこりして銚子を傾ける。伝三郎はその盃を一気に干してから、話を始めた。

「この異人は、鉾田代官所の手勢が船橋《ふなばし》へ送る途中だったんだ」

「船橋へ、ですか。どうしてそこへ」

「そこに船を用意してた。そいつで長崎へ送る手筈《てはず》になっていたのさ」

「でも……常陸にも港はあるでしょう」

「ああ、那珂湊《なかみなと》とか、幾つかある。けどな、あっちは海が荒れやすくて危ねえんだ。それに、那珂湊とかを使うと、どうしてもうるさい目がある」

「うるさい目って……あ、ひょっとして水戸様ですか」

　伝三郎は指を立てて、言うなとの仕草をした。幕閣は、水戸藩に知られて余計な口を挟まれる前に、この件を処理したかったのだ。

「それで船橋を使うことにして、事が世間に知られないうちに運ばせたんだ。目立たねえように、権門駕籠《けんもんかご》に乗せてな。ところが、急いだもんだから代官所の手勢しか用意できなくてな。御城で人数を揃えて迎えを出す、って話もあったようだが、それだけの時が惜しい、ってわけでよ。それが仇《あだ》になったようだ」

「我孫子宿に泊まっているとき、誰かに襲われたんですか」

「そうだ。だが、剣呑《けんのん》な騒ぎになったわけじゃねえ。夜中に忍び込んだ奴が、まんまと連れ去った」

「行き当たりばったりではありませんね。もしかして、尾《つ》けられてたんでしょうか」

「かもな。行列を見ただけじゃ、異人を運んでるとは見えまい」

「異人が、自分で逃げたってことは」

「少なくとも、両手は縛ってあった。それに一人で逃げたって、右も左もわかりゃしねえだろう」

それはそうだ。しかし、誰かが計画的にロシア人を拉致したとなると、その誰かは、ロシア人が上陸することをあらかじめ知っていたことになる。

「異人を江戸へ引き込もうだなんて。手引きした連中は、何を企《たくら》んでるんでしょうね」

「それがわからねえから、上の方はピリピリしてるのさ。まさか異人が江戸に攻めて来るのを、手助けしようってんじゃねえとは思うが」

「そんな大それた……」

何ていうんだっけ。国家反逆罪？　いくら何でもねえ……。

「本来なら、異人が絡むような話に町方が関わることなんかねえ。よほど切羽詰まってるんだろうな」

幕閣が半ば恐慌をきたして、なりふり構わず動員をかけた、ということか。そんな有様なら、早く片を付けないと江戸中に噂が広がるのは時間の問題だ。

「俺が知ってるのもここまでだ。どうにも雲をつかむようだが」

「成り行きはわかりましたけど、手掛かりになるようなことは、何もないんですねえ」

おゆうは困って溜息《ためいき》をついた。奉行所で伝三郎が言ったように、虱潰しに当たるしかなさそうだ。とは言っても、「異人は居ませんか」と鉦《かね》や太鼓で触れ回るわけにいかないし。果たしてどれだけ時がかかることやら……。

「で、ものは相談だが」

伝三郎が盃を置いて、膝を乗り出した。

「この前の一件で世話になった千住の先生、また手ぇ貸してもらえねえかと思ってよ」

「ええっ、あの先生を、ですか」

おゆうは仰天して、酒をこぼしそうになった。

「いや、そりゃあ……でっ、でも、役人でも岡っ引きでもない学者先生を、こんな大変なことに関わらせてよろしいんですか」

「この際、杓子《しやくし》定規なことは言ってられねえ。俺たち町方は、異人ってなァどんなもんか、ろくに知っちゃいねえんだ。蘭学をやってる先生なら、そういうことには詳しいだろう」

「蘭学者なら、もっと偉い先生が居るでしょうに」

「そりゃそうかもしれんが、内々で町方が物事を頼める相手は、そうは居ねえ。宇田《うだ》川《がわ》先生には、だいぶ助けてもらったからな」

「でもその、何と言うか、あのお人は変人ですから……」

おゆうが目を白黒させていると、伝三郎が吹き出した。

「変人なのは承知してるさ。とにかく明日にでも一度、頼んでみてくれ。戸山様には、内諾を頂いているから」

「はあ……わかりました」

戸山にまで話を通しているなら、断れまい。やれやれ、またあの男を江戸に呼ぶことになるとは。おゆうは両の眉を下げ、安堵《あんど》したのか鯖を旨そうに頰張っている伝三郎を見つめながら、溜息をついた。

二

翌朝、早起きしたおゆうは布団を畳んで、奥側の六畳間の押入れに入り込んだ。奥の羽目板を動かし、その裏側にある階段を上る。もう何百回も行き来している道筋だ。この単なる板張りの階段が、二百年の時空を超えて江戸と東京を連結しているなど、誰が想像できるだろうか。

時空の踊り場とでも言うべき小部屋に入り、着物からTシャツに着替えると、さらに階段を上ってまた羽目板をスライドさせ、東京の家の納戸に出た。そこから台所に直行し、冷蔵庫を開けて紙パックの牛乳を出す。コップを出す手間を省き、腰に手を当てて紙パックから直にごくごくと飲んだ。牛乳メーカーのCMみたいで男前だな、などと自分で思う。壁の時計を見ると、午前七時半だった。一服して着替え、阿佐谷《あさがや》のラボで奴を摑まえる前に、クロワッサンとアイスカフェオレの朝食をいただく暇は充分にある。東京在住の元OL、関口優佳《せきぐちゆうか》に戻ったおゆうは、エアコンのスイッチを入れかけたが、電気代のことを考えてやめた。預金残高は、また危険水域に入りつつある。今日は暑くなりそうだが、出かけるまでは我慢できるだろう。やっぱり朝食も、コンビニのパンにしといた方がいいかな……。

阿佐谷の住宅街にある株式会社マルチラボラトリー・サービスの玄関を入ったのは、九時を二十分ほど過ぎた頃だった。この時間であれば、あいつはほぼ自分の研究部屋に居るはずだ。

勝手知ったる二階のオフィススペースを、にこやかに会釈しながら通り過ぎた。もうこの頃は、完全に顔パスだ。ためらいなく奥のガラス張りの一角に進み、ノックも無しでドアを押し開ける。中でデスクに向かっていた白衣姿の男に、「おはよう」と声をかけた。

「関口か。何か面白いもの、持って来たか」

このラボの主任研究員であり副社長の宇田川聡史《さとし》は、相変わらずまともに髪の手入れをしていない頭を、さっと優佳に向けた。オモチャを期待する子供のような目を見せる。

「いや、今日は分析するものはないの」

それを聞いた宇田川は、途端に関心をなくしたようだ。「ふうん」と息を吐き、デスクの仕事に戻った。モノを分析するのを至高の趣味とするこの男にとっては、優佳が江戸から持って来る珍しい分析対象こそが、興味の的なのである。

どう切り出そうかと考えていた優佳だったが、宇田川相手の時は、やはりダイレクトに話すのが一番だろう。

「あのさ。江戸の伝ちゃんから頼みなの。ちょこっと江戸まで来てくんない？」

「江戸に来いって？　何しに」

宇田川が再び振り向いた。度の強い眼鏡の奥に、改めて興味の光が灯った。

「それがまあ、びっくりするような話なんだけど……」

優佳は伝三郎から聞いたことを、一切省略せずに話した。さすがに宇田川の目が大きくなった。

「ロシア人が上陸して江戸へ？　しかも協力者が居るだと」

「そうなの。奉行所の上の方はパニクってる」

「だがそんな話、歴史に残ってないはずだ」

「どういうことなのか、私には全然わかんない。確かめるには、来てもらうしかないでしょ。得意の分析力を発揮して、居場所を突き止めて」

「分析って、相手の特徴も、指紋や血液その他のサンプルも、何もないんだろ。対象物がないのに何を分析しろってんだ」

「ええっと、それは……」

言われてみれば、そうだ。ただ単に「ロシア人を捜せ」と言っても、小学生の書いた漫画みたいな人相書の他、追跡に使える資料は何もない。優佳は、急ぎ過ぎたと後悔した。せめてロシア人を乗せていた権門駕籠を調べ、毛髪ぐらい手に入れておけばよかった。だが、この件で町方が動ける範囲は限られている。駕籠を調べるなんて、させてもらえるだろうか。

「……だよねえ。私、ちょっと無理言っちゃったかな」

改めて思えば、どうもこの頃、安直に宇田川に頼り過ぎているようだ。本来、宇田川にはこのラボのちゃんとした仕事がある。いくら本人が好きでやっているとは言え、調子に乗って勝手なことばかり……。

「しかし、話としては面白い」

すっかりしょげてしまった優佳に、宇田川がフォローするかのように言った。

「江戸へ行くこと自体は吝《やぶさ》かじゃない。分析する対象が見つかったら、知らせろ」

やはり宇田川も、江戸で好きなものを分析できる機会は逃したくないのだ。その辺は、いかにもこの男らしい。優佳も少しばかりほっとした。

「うん、わかった。できるだけ早く、ブツを見つけるよ」

急がなくてはならない。ロシア人が、新たな動きに出ないうちに。

「ふむ、ゴローニン事件の第三フェーズかもしれんな。意外なものが出てきたな」

立ち上がり、礼を言って出て行こうとする優佳の後ろで、宇田川の呟《つぶや》きが聞こえた。

「え？　ご浪人？　何の話」

振り向くと、宇田川が呆《あき》れ返った様子で優佳を見ていた。

「あんた、ロシア人の話を振っておいて、ゴローニン事件を知らんのか」

ゴローニンとやらについて聞いてみたが、自分で調べろと言われた。それはもっともだ。優佳は急いで家に戻ると、パソコンでゴローニンを検索した。たちまち、膨大な資料が現れた。

（はあ、こんな大事件だったのか）

まだまだ自分は無知なんだ、と今さらながら思う。教科書にも載っている話なのだ。

ゴローニンは、ロシアの軍艦の艦長だった。おゆうが居る時代からおよそ十年前、千島《ちしま》列島にやって来て測量などを行う途中、松前奉行配下の役人に補給を求めたところ、捕縛されてしまったのだ。そのしばらく前、ロシア船による沿岸襲撃が度々発生しており、幕府はロシア船打払令《うちはらいれい》を発していた。この襲撃は、武力で圧迫して日本を開国させようというロシアの策略だった。ゴローニン自身は武力行使するつもりはなかったようだが、まずいタイミングで来航してしまったらしい。

翌年、ロシア側は高田屋嘉兵衛《たかだやかへえ》の船を拿捕《だほ》、人質交換のような形で交渉を行った。ロシア側は先年の沿岸襲撃はロシア政府の命令ではないと釈明し、幕府も事態不拡大方針を採ったことから、二年に及ぶ事件は解決、ゴローニンは釈放された。

(これって、一歩間違ったら戦争じゃん)

海軍士官が捕らえられたのだから、ロシアが奪還のため軍隊を派遣してもおかしくなかった。だが日本にとって幸いなことに、当時のロシアはナポレオンの脅威にさらされていた。実際、ゴローニンが幽閉されている間に、六十数万のナポレオン軍が侵攻し、歴史上名高いロシア戦役が勃発しているのだ。日本に遠征するどころの騒ぎではなかった。

こうして歴史を振り返ると、日本って実はいろいろラッキーなのよね、などと思う。マッカーサーがやって来るまで千数百年、危機は度々あったが、相手国の事情や国際情勢や自然災害などに助けられ、一度も外国に占領されることがなかったのだから。

(宇田川君は、第三フェーズとか言ってたよね)

おそらく、高田屋嘉兵衛が拿捕されたところからを第二フェーズ、と言いたいのだろう。宇田川は、今度のロシア人侵入をゴローニン事件の続き、と見ているらしい。事件としては一応解決しているのだが、国境確定交渉や通商交渉は先送りになっている。ロシア側がゴローニン事件で決着できなかったそれらの話を何とかしよう、と考えて、今回の件を仕掛けてきた、ということは、あり得る話に思えた。

(でも、それにしちゃ段取りが悪いような)

重要な交渉をするのにたった一人が極秘に上陸する、というのは変な気がした。交渉権限を持った高官なら、従者や護衛が付くだろう。しかもその人物が、何者かの助けで逃走するとは。

（あーあ、ゴローニン事件なんか絡めたら、余計にわかりにくくなっちゃったじゃない）

優佳は事件の概要をプリントアウトしてからパソコンをシャットダウンし、天井を仰いだ。この段階では、何もわからない。やはり伝三郎の指示通り、このロシア人を見つけ出すのが先決だろう。


「何だい、先生は来られないってか」

伝三郎が残念そうに言うので、おゆうは自分のせいでもないのに謝った。

「ごめんなさい。どこかの大店からの頼まれ仕事で、しばらく相州《そうしゅう》の方に行ってるみたいです。そっちの用事が済んだら手伝ってくれると思いますけど」

「そうか。それじゃ、しょうがねえな」

口から出まかせだったが、伝三郎は、詳しく追及せずに諦めてくれた。おゆうはほっとして、肩の力を抜いた。

ここは江戸の北のはずれ、現代の南千住付近にある名主《なぬし》の家の離れである。ちょうど空いていたので、奉行所が捜索の前線基地にするため、借り上げたのだ。住み心地の良さそうな四間ほどの家だが、今は捜索に当たる岡っ引きたちの出入りで慌ただしい。名主には、さる大泥棒の捜索のためだと告げたが、大名家が関わっていると匂わせ、余計な詮索を封じてある。思惑通り、名主は母屋の戸締りを厳重にして、こちらには首を突っ込んでこなかった。

「先生の家は、この近くなのかい」

「えっ、いえ、だいぶ北の方ですよ」

「そうかい。いずれ暇ができたら、挨拶に寄ってみるか」

「あー、ええ、そうですね」

おゆうは冷や汗が出そうになった。これは気を付けねば。伝三郎にはあまり宇田川に関心を持ってもらいたくないのだが、そうもいかないようだ。近いうちにこっそり、それらしい家を買って用意しておこう。

表の門口から、ばたばたと足音が近付いて来た。源七か誰かが報告に来たかと思ったが、現れたのはずんぐりした小柄で童顔の同心だった。境田左門だ。

「おう、伝さん、居たか。なんだ、おゆうさんと縁側で仲良く並んで、油売りの真似事か」

「何言ってやがる。今から出張ろうとしてたところだ。今日は小塚原の方へだな……」

「それもおゆうさんと仲良くか」

「お前、用事で来たのか、冷やかしに来たのか、どっちだ」

「おう、それだ」

境田は急に真顔になり、声を低めた。

「戸山様からの知らせだ。鉾田代官の大垣主膳《おおがきしゅぜん》様が、切腹しようとして止められた。大事には至らなかったようだが」

「えっ、御代官様がお腹を」

おゆうの背筋に緊張が走った。

「うむ。評定所預かりになってたんだが、夜遅くにな」

「すぐ気付いて、評定所の者が止めたのか」

伝三郎が首を傾げる。

「どうかな、そりゃ。御役御免は仕方なかろうが、切腹とは大袈裟《おおげさ》じゃねえか。止められるのを承知で、格好だけ示したんじゃねえのかい」

「ああ、俺もそう思う。代官所だけに異人の護送を押し付けられた揚句、責任を負わされちゃたまらねえ、って抗議の印だったのかもな」

なあんだ、切腹はパフォーマンスなのか。おゆうは緊張を緩めて一息ついた。

「確かに御代官様もお気の毒ですよねえ……」

おゆうが同情して呟くと、境田は遮るように言った。

「それだけじゃねえんだ。御代官の配下の手代《てだい》で狭間甚右衛門《はさまじんえもん》という男が、その切腹の騒動に紛れて出奔したようなんだ」

「出奔？　どういうこった。そいつは何者だ」

「やはりオロシャ人の警護に加わっていたらしい。あの行列には御代官の他、手代が三人、小者《こもの》が十人ほど居たんだが、手代は事情を聞くために評定所内に留め置かれていた。本来、評定所でどうこうする身分の連中じゃねえが、事が事だからな。それに評定所の役人は勘定所から来てるし、代官所も勘定所の管轄だから都合が良かったんだろう」

「あの、代官所の手代って、どんな方なんですか」

おゆうがおずおずと聞いてみると、伝三郎が頷きながら言った。

「そうか。江戸に居ると代官所なんて馴染《なじ》みがねえからな。手代ってのは代官所の下役で、地方《じかた》を取り仕切るんだ。大概、信の置ける百姓を登用して、名字帯刀を許すんだが」

地方というのは年貢の取り立てや道普請、飢饉《ききん》対策などの業務を指す。その担当役人ということは、町役場の農政課とか土木課の係長のようなものだろう。

「評定所からは、そんなに簡単に逃げられるんですか」

「そもそも奉行所や大番屋と違って、罪人を閉じ込める場所じゃねえからな。切腹の騒ぎの最中なら、その気になりゃ抜け出せねえこともなかったろう」

伝三郎も仕方なさそうに言う。急な異例の事件に、どこもしっかりした対応がとれていないのだ。

「それで、その狭間って奴は、勝手に抜け出してどうする気なのか、見当は付いてるのか」

伝三郎が改めて境田に聞いた。境田は肩を竦《すく》める。

「狭間は大垣様に取り立てられたんだが、それを大層恩に着てたそうだ。おおかた、仇討《あだう》ちでも考えたんじゃねえか」

「仇討ちって、御代官様は切腹されたわけじゃないんでしょう」

おゆうが驚いて言うと、境田が笑って手を振った。

「仇討ちは例えだよ。要するに、大垣様が責めを負わされるのを黙って見過ごすわけにいかねえから、自分が何とかしようってわけだ」

「そのロシ……オロシャ人を自分で捜し出して捕まえよう、というんでしょうか」

おゆうが考えを口にすると、境田が渋い顔になった。

「評定所の下役によると、狭間は何事か思いつめた様子で、取り調べにも最小限の答えしかしなかったそうでな。こっちとしちゃ、素人に勝手な真似をしてもらいたくねえんだが」

「狭間は、オロシャ人の手掛かりを何か知ってるのかもしれんぞ」

伝三郎も眉間に皺を寄せた。確かに、たった一人で当てもなく、闇雲に捜すつもりで飛び出した、とは考え難い。

「だとすると、その狭間という人を先に捕まえた方がいいんじゃないでしょうか」

境田は首を横に振った。

「いい考えだが、そっちは勘定所の連中が走り回ってる。俺たちは狭間を捜せって指図をされてねえ。あくまでオロシャ人を捜せ、だ」

「あらまあ、そんな風にあちこちのお役所がバラバラに動いて大丈夫なんですか」

「大丈夫とは言えまいが、こっちは言われたことをやるしかないさ」

境田は諦め顔だ。伝三郎は腹立たしげに唸った。

「畜生、どんどん厄介事が増えていきやがる」

「あの、鶴飼様……」

おゆうは苛立った伝三郎を宥《なだ》めようと、声をかけた。だが、伝三郎は自分で苛立ちを振り払うように、両手で頬をぱん、と叩いた。

「うだうだ言ってても始まらねえ。とにかくオロシャ人を見つけよう」

伝三郎は縁側から勢いよく立ち上がり、おゆうを振り返った。

「小塚原から今戸《いまど》へ回るぞ。おゆう、ついて来い」

「はいっ」

切り替えが早いのは、伝三郎のいい所だ。おゆうはさっと伝三郎の傍らに付き、笑みを浮かべる境田に見送られて表に出た。


小塚原の処刑場近くを振り出しに、千住大橋《せんじゅおおはし》から大川《おおかわ》沿いに今戸まで、ぐるりと回ってみた。江戸市街の周縁部に当たる地域で、田畑と農家、町家が混在しており、両《りよう》国橋《ごくばし》や日本橋界隈《にほんばしかいわい》の喧騒《けんそう》に比べると、ずいぶんのどかだ。そんな場所では、奉行所の同心などそうそう目にしないから、伝三郎の姿を見るだけで住人たちは緊張した。しかも連れているのが美人の女岡っ引きとくれば、どうしても人目を引いてしまう。

「どうも、聞き込みするには俺たちは目立ち過ぎるようだな」

伝三郎もさすがに気付いて、苦笑した。おゆうは、うふふと笑って応じる。

「これが道行きならいいんですが、無粋な御用ですからねえ」

「まったくだ。それにしても、何も引っ掛からねえな。まあ、そう簡単じゃねえのは承知の上だが」

伝三郎が言うように、目撃情報は何一つ拾えていなかった。途中で何人かの岡っ引きに行き会い、報告を聞いたが、やはり空振り続きであった。そもそも、外国人を見なかったかなどと聞けるわけはないので、人相特徴もろくに言えぬまま、ただ怪しい奴を見なかったかという奥歯に物が挟まったような聞き込みになってしまう。当然、効果は上がらない。

「あの、正直、街道筋を歩いて千住大橋を渡って来たとは、思えないんですけど」

敢《あ》えて言ってみた。主な道筋は、オロシャ人脱走の報が入ってすぐに、検問態勢が敷かれている。後手に回った可能性もあるが、外国人を連れて易々と突破できるとも思えない。向こうだってそんな安易な行き方はしないだろう。

「江戸へ向かったというのは、本当に確かなんでしょうか」

江戸に向かうと見せかけて、他所《よそ》へ行ったか。或《あ》るいは、警戒が厳重なので行き先を変えたか。考えられることは、幾らでもある。

「松戸と千住の間で、それらしい奴らを見たって話だけだしな。あやふやなもんだ」

戸山たちの説明した根拠は、おゆうにも薄過ぎるように思えた。いったいどうやったら捕まえられるのだろう。


日暮れが近くなって、名主の離れに戻ったおゆうと伝三郎は、そこで岡っ引きたちの成果を聞いた。案の定、何一つ手掛かりはない。皆の顔には、疲れが滲《にじ》んでいる。

「大して人通りのないこんな界隈を、見慣れない奴が五、六人も固まって動いてりゃ、それなりに目立つはずなんですがね」

　源七が首を傾げながら言う。

「しかもそのうち一人は異人だ。顔は隠してるだろうし体つきも大きいに違えねえ。ますます目立ちやす。なのに、誰も気付かねえってことは……」

「この辺を通っちゃいねえわけか」

　儀助が言うのを、伝三郎が引き取った。いくら田畑の広がる郊外と言っても、誰の目にも留まらずに通行するのは難しいはずだ。

「だとすると……歩きじゃなく、舟を使ったかもしれませんね」

　おゆうが考えながら、口を挟んだ。すると、儀助がすぐに賛同した。

「うん、そいつは俺も思った。舟の通れる川や堀は、幾つもあるからな。松戸と千住の間で姿を見られたとしたら、千住の手前から中川《なかがわ》を使えばそのまま江戸に入って来られる」

「待て待て。そのぐらいは上の方も考えてる。中川の川番所には手配が回ってるぞ」

　伝三郎が注釈を入れた。川番所は北から中川を通って江戸に入る舟を調べる関所で、普段は警備も緩やかだが、今はこの一件のおかげで厳重に見張られているはずだ。

「尾久《おぐ》の方へぐるっと回って、大川を下る手もありやすからねえ。全部の川を見張っちゃいねえでしょうし」

源七がさらに言ったが、伝三郎は頷かなかった。

「大川にも奉行所の方で舟を出してる。そう簡単にはいかねえぞ。どこから舟に乗ろうと、江戸に入るには大川か中川を通らなきゃならねえからな」

もっと狭い水路もあるが、そんなところを通れば逆に目立つ。源七も儀助も、考え込んでしまった。

「でも鵜飼様、川番所のお役人や大川に出張っている舟の方々は、捜している相手が異人だと知っているんですか」

「うむ、それは……」

おゆうに問われた伝三郎は、口籠《くちごも》った。

「その連中は、ただ怪しい舟を見逃すなと言われてるだけだ。誰を見つけろ、と指図されているわけじゃねえ」

思った通りだ。捜索に大人数を投入しても、その全員にロシア人のことを話せば、たちどころに江戸中の人間の耳に伝わってしまう。それでは、信用できる岡っ引きを厳選して極秘に捜索している意味がない。

「それじゃあ、見逃しているかもしれませんね」

おゆうが懸念を口にすると、源七や儀助も同様に感じたのだろう、皆が、どうします、と問いたげに伝三郎の顔を見た。

伝三郎は思案を巡らせているようで、しばらく黙って腕組みをしていたが、やがて決心したらしく、「よし」と声を出して皆に顔を向けた。

「ここで考え込んでも埒《らち》が明かねえ。打てるだけの手は打とう。人数を二手に分ける」

伝三郎は儀助ら十五人ほどをここに残し、大川を渡って向島《むこうじま》まで聞き込みの網を広げるよう命じた。それからおゆうと源七を含む七人ほどには、別の指示を出した。

「お前たちは俺と一緒に来い。中川から本所深川《ほんじょふかがわ》にかけての川筋を調べる。見逃したと思いたくはねえが、確かにあり得る」

伝三郎の言葉を受け、全員が「へい」と頭を下げた。だが、おゆうはまだ心配していた。本当にこれだけの人数で、どこへ消えたかわからないロシア人を捜し出せるのだろうか。伝三郎も、いつもと勝手が違って方針をはっきり決められないようだ。幕閣上層部から奉行所に至るまでが、思い付きで動いているのかもしれない。この国の危機対応は、いつの時代も前例のない事態に弱いのだ。

三

江戸市中に戻ったおゆうたちは、翌日から早速、川筋に沿って捜索を始めた。新大橋《しんおおはし》を渡って深川に入り、中川と大川を結ぶ小名木川《おなぎがわ》にまず足を向ける。北関東や東北から江戸へ送られる物資を載せた舟は、中川から小名木川に入って大川へ、さらに市内に網の目のように通る堀へと進み、市場や商家に荷を下ろしていく。

「やれやれ、川筋を調べるなんて簡単に言ったものの、この舟の数はどうだい」

源七は、うんざりしたように川へ顎をしゃくった。小名木川は東西に真《ま》っ直《す》ぐ延びる運河で、幅は十六、七間《けん》（約三十メートル）ほど。物流の大動脈で、常に多くの舟が行き交っている。さしずめ、江戸時代の首都高速といったところだ。

「大概の舟が筵《むしろ》を被《かぶ》せた荷を積んでる。あの中に隠れてたりしたら、とてもじゃねえが見つけられねえぞ」

「源七親分、鵜飼様に聞こえますよ。そんなこと、鵜飼様だって充分ご承知なのに、お立場があるから言えないんですよ。きっと源七親分以上に苛々しておられます」

「わ、わかってるよ、そんなこたぁ」

おゆうに窘《たしな》められ、前を行く伝三郎の背中を見ながら、源七は溜息をついた。

「そうは言っても、どれが怪しいんだか怪しくないんだか……」

大川への注ぎ口に当たる万年橋《まんねんばし》から中川までは一里余り、およそ五キロだ。いま歩いているのは万年橋から五、六町の、武家屋敷が並ぶ辺りで、もう少し行くと南北に通る大横川《おおよこがわ》と十文字に交差する。大横川も舟の往来は多く、そちらも調べるとなると、先が思いやられた。

「これじゃ、千住の百姓家を聞き込んでた方が楽だったかな……」

源七はぶつぶつと繰り言を呟きながら、通りゆく舟を順に目で追っていた。

「ありゃあ菰樽《こもだる》か。油屋の荷かな。あっちは青物か……おやっ」

急に声を上げ、源七が立ち止まった。腰の十手を抜いて、今しも東の中川の方からこちらに進んで来る一艘《いっそう》の舟を指す。その舟には七人ほどが乗っていたが、真ん中に際立って大柄な人物が一人、蹲《うずくま》るように座っていた。広げた着物を被っているので、顔などはわからない。

「おおい、そこの舟。こっちへ寄せろ。御上の御用だ」

十手を振って大声で呼ばわると、舟に乗っていた何人かが、驚いてこちらを向いた。しかし、真ん中の大柄な人物は動かない。なるほど、いかにも怪しげだ。

「さっさと寄せねえか」

源七が怒鳴ると、船頭が慌てて竿《さお》を使い、舟を寄せた。乗っている者たちは商家の旦那風だが、皆戸惑った表情を浮かべている。

「どうした」

源七の声を聞いて、伝三郎が引き返して来た。岸に着けようとする舟を見据える。舟の連中は、八丁堀《はっちょうぼり》同心の姿を見て、ますます困惑したようだ。

「あの、何事でございましょう、お役人様」

「おい、そこの真ん中のでかい奴。被ってる着物を取って顔を見せろ」

おゆうも緊張してきた。役人が傍《そば》に居るのに、風体を隠したままとは確かに怪しい。

「あ、はあ……」

舟の男たちは顔を見合わせたが、仕方なさそうに大柄な人物の肩を叩いた。その人物は、被り物を取って、ゆっくり顔を上げた。

「ようし、こっちへ……あれっ、お前、日之出山《ひのでやま》か」

源七が目を丸くした。大柄な男は、苦笑して頭を掻《か》いた。

「へい、左様です、親分さん」

甘いイケメンで近頃大人気の関取、日之出山に間違いなかった。

「何だってお前、そんな風に隠れて……」

「いや、お騒がせして申し訳ありません」

舟の中で一番年嵩《としかさ》の旦那が、恐縮しつつ前へ出た。

「実は私どもは日之出山関の贔屓《ひいき》で、この舟で仙台堀《せんだいぼり》の方の料理屋に乗りつけて、賑《にぎ》やかにやろうという趣向で……でも人気の高い関取のこと、出歩くたびに女子衆《おなご》が騒ぎますんで、こんな風に目立たぬよう」

「ええい真昼間から紛らわしい。もういいから、さっさと行きやがれ」

照れ隠しにまた怒鳴る源七の肩を押さえ、伝三郎が旦那衆に言った。

「邪魔して悪かったな。まあ、楽しんできてくれ」

「はい、恐れ入ります」

関取と旦那衆が一礼し、船頭は竿を立てて舟を岸から離した。ふと見ると、川沿いの道を数人の若い娘が小走りに駆けて来る。どうやら日之出山を見つけたらしい。伝三郎も気付いて、船頭に急げと手を振った。日之出山は着物を被り直し、船頭は竿の動きを速めた。

「源七親分、とんだ見込み違いでしたね」

おゆうはくすくすと笑った。ロシア人かと思いきや、アイドル力士とタニマチの一行だったとは。

「うるせえや。あんなにでかい奴なら、もしかしてと思うじゃねえか」

「そう簡単に捜してる相手に出くわすなら、苦労はねえや」

伝三郎がやれやれと肩を竦め、源七はきまり悪そうに俯《うつむ》いた。

「まあいい、先へ進もう。あそこに舟溜まりがあるぜ」

伝三郎が指差す方を見ると、十艘ばかりの舟が舫《もや》われ、荷下ろしをしている場所があった。何艘かは空舟《からぶね》になり、褌《ふんどし》に半纏《はんてん》の船頭が煙管《キセル》をふかしている。気を取り直した源七が、駆け寄った。

「おう、ちょいと済まねえな。御用の筋だ」

船頭たちは、胡散臭《うさんくさ》げに源七を見上げた。

「何です、親分さんがた。八丁堀の旦那まで。おや、こんな別嬪の女親分さんが居るとは、驚いたな」

目を丸くする船頭に、おゆうは愛想で微笑んだ。源七が咳払いする。

「五日前の夜中から三日前の晩くらいまでの間に、お前さんたちは中川からこの辺を通ったかい」

「ええ、そりゃあ、俺たちはほとんど毎日、粕壁《かすかべ》辺りからこの界隈まで、往来してやすから」

「そうか。じゃあその間に、この川筋で怪しい舟を見なかったかい。中川の方から江戸へ向かって来る舟だが」

「怪しいって、どんな」

あまりに漠然とした問いに、船頭は眉根を寄せた。

「人が隠れているような舟とか、妙に大柄な奴が顔を隠して乗っている舟とか、そういうやつなんだが」

「そう言われても……その気になりゃ人が隠れられる舟なんか、幾らでもありやすぜ」

船頭はますます当惑したようだ。それを見て、隣の船頭が声をかけた。

「大柄な奴ってのは、何なんです。盗人《ぬすっと》か何かで」

「まあ、そんなようなもんだ」

「大柄ってだけじゃ、船頭にも何人か居やすしねえ。どのくらいの背恰好《かっこう》ですかい」

「背丈はだいたい五尺八寸ってとこだ。肩幅も広い」

ロシア人の身長は、捕らえたときに計測されていた。が、身体データでわかっているのはそれだけだ。

「そいつはでけえな。けど、そんな目立つ奴は見かけてやせんぜ」

やはり、簡単にはいきそうにない。おゆうたちは礼を言って、その場を離れようとした。そこへ船頭の一人が、思い出したように声をかけた。

「あの田舎の侍風のお人も、同じ奴を追っかけてるんですかい」

「田舎の侍？」

三人は驚いて足を止めた。

「そいつは、どんな奴だった。年恰好は」

伝三郎が鋭い声で問うた。船頭はその様子を見て背筋を伸ばした。

「へ、へい。年は三十くらいで、旦那よりちいっと背は低かったかな。色黒でくたびれた着物を着て、何て言うか、埃《ほこり》っぽい感じでしたねえ。どっかから旅でもしてきたような」

「そう言や、服装《なり》は確かに二本差しだったが、物腰はどうも、根っからのお侍とは違うような……」

　横から別の船頭が口を出した。それを聞いて、おゆうは思わず伝三郎の顔を見た。その田舎侍とは、もしや評定所から姿を消した狭間という手代ではないのか。

「そいつは、どんなことを言ってた」

　伝三郎も同様に思ったらしく、勢い込んで聞いた。

「へい、旦那方と同じように、怪しい舟を見なかったかと。それから、割符みてえなもんを出して、見覚えはねえかと聞かれやした」

「割符って、何です」

　おゆうが聞くと、船頭の方が戸惑った顔をした。

「親分さん、割符を知らねえんで？」

「割符ってのは、あらかじめ文字とか絵を描いた板や紙を半分に割ったものだ。初めて会合する相手が本物かどうか確かめるため、各々《おのおの》が片方ずつ持っておいて、会合の場で突き合わせるんだよ」

　伝三郎が急いで解説してくれた。そう言えば、時代物の映画か何かで見たような気がする。

「で、その割符はどんな図柄だ」

「大船の帆の中に字を書いたものの、右半分、ってところで」

「字があったのか。何て字だった」

船頭は頭を掻いた。

「旦那、自慢じゃねえが、俺は先祖代々字が読めねえんで」

「馬鹿野郎、威張って言う話か」

源七が呆れたように言った。江戸の識字率は高いとは言え、まともに字が読める者は七割ぐらいだろう。これは致し方ない。

「その図柄に、心当たりはあるのか」

「どこの印かまではわからねえが、廻船問屋《かいせんどんや》のもんじゃねえか、って思いやした。そのお侍には、はっきりとは言いやせんでしたがね」

「うむ。それからどうした」

「へい、それだけ聞いたら、礼を言ってあっちへ行っちまいました」

船頭はおゆうたちが行こうとしていた、東の方角を指した。

「そうか。で、それはいつの話だ」

「いつって、ついさっきでさあ。まだ小半刻も経っちゃいねえや」

「何だと！」

伝三郎は飛び上がり、東の方へ走り出した。源七とおゆうも慌てて後を追う。船頭たちが呆気《あっけ》に取られて見送っているのが、目の端に映った。

扇橋《おうぎばし》を越え、七、八町走って小名木川橋が見えてきた辺りで、その男を見つけた。船頭が言っていたように中背で色黒、垢抜《あかぬ》けない着物を着ている。そこは先ほどの場所と同様、何艘かの舟が舫われて船頭たちが休憩していた。田舎風の侍は、船頭たちに屈《かが》みこんで何か尋ねている様子だ。伝三郎と源七とおゆうは、一旦足を止めて呼吸を整えてから、侍に近付いていった。

三間ほどにまで近付いたところで、侍が気付いてこちらを向いた。侍は伝三郎の姿を見て、ぎくっとしたようだ。懐から何か出そうとしていたのを、慌てて戻した。おそらく、さっきの船頭が言っていた割符のようなものだろう。

伝三郎が立ち止まり、侍をねめつけた。侍は落ち着かなげに視線を動かしている。

「失礼する。鉾田代官所の、狭間甚右衛門殿とお見受けしたが」

名指しされた侍の目が、見開かれた。どうやら勘は当たったようだ。

「南町奉行所の、鵜飼伝三郎と申す。狭間殿ですな」

伝三郎が名乗って、念を押した。侍は、不承不承という様子で頷いた。

「なぜ、評定所から勝手に出たんです」

狭間は口元を歪《ゆが》めた。だが、何も喋らない。船頭たちはこの意外な成り行きを、興味深そうに眺めている。

「あんたにはいろいろ聞きたいことがある。大番屋まで同道してもらいましょう」

有無を言わせぬ口調で伝三郎が言った。源七とおゆうも、すっと前に出る。が、狭間は素直に従わなかった。

「こ……断る。そんな指図は受けけん」

伝三郎の顔が険しくなった。

「あんたは誰の命もなく、評定所を抜け出した。皆があんたを捜してるんだ。いいから一緒に来てもらおう」

「代官所は勘定所の支配だ。町方に従う理由はない」

狭間はあくまで拒否する構えだ。勘定所の配下だろうが何だろうが、江戸市中で事件を起こせば町方で捕らえることはできる。だが、今のところ狭間は町方の支配地で罪を犯しているわけではないし、伝三郎たちも、狭間を見つけ次第拘束しろとの指示は受けていない。現状では、狭間があくまで突っ張るなら、拘引するのは難しかった。

「どうしても嫌だってのかい。それじゃあ、その懐にあるものだけでも見せてもらおう」

狭間は、反射的な動きで懐を押さえた。やはり、割符はかなり重要なものらしい。

「そいつは割符なんだろ。どこの誰のものなんだ。さあ、見せな」

伝三郎が一歩踏み出し、手を出した。その刹那《せつな》、狭間はぱっと身を翻して、脱兎《だっと》のごとく駆けだした。

「あッ、野郎、待ちやがれッ」

源七が叫んで、飛び出した。伝三郎とおゆうも走り出す。船頭たちは、加勢したものか迷ったようだが、傍観を選んだ。

狭間はまっしぐらに駆けるかと思いきや、急に左に曲がって小名木川橋を渡った。伝三郎たちも懸命に追う。だが、相手との距離は一向に縮まらなかった。

「畜生、ずいぶん足が速えじゃねえか」

源七が走りながら、意外そうに言った。狭間はもとが百姓だけに、足腰は丈夫なのかもしれない。そのうち、また急に左に曲がるのが見えた。源七と伝三郎も続いて曲がる。だが、着物の裾が邪魔になるおゆうは、ずっと遅れてしまった。

息を切らして何とか追い続けると、大横川にかかる菊川橋《きくかわばし》の上で、伝三郎と源七が突っ立ったまま左右に頭を振っているのが見えた。どうやら、狭間を見失ったらしい。

「鵜飼様、源七親分、あいつはどうなりました」

はあはあ言いながらどうにか聞くと、源七が苦々し気に欄干を叩いた。

「やられたよ。消えちまいやがった。あの野郎、当てがあって逃げてるのかな」

源七が首を捻ると、伝三郎が言った。

「奴は江戸の道筋なんか知るまい。あてずっぽうに走ってるんだ。滅法速くて追いつけなかったが」

「いったい、何を探ってたんでしょう。逃げたオロシャ人を捜してるとしたら、あの割符は」

「わからん。もしかしたら、オロシャ人が持ってたものかもしれんが」

「オロシャ人のものだとしたら、割符の相手はオロシャ人が逃げるのを手伝った連中でしょうか」

おゆうが思い付いて言うと、源七が首を傾げた。

「そりゃ変じゃねえか。オロシャ人は、初めてこっちに来て、すぐ捕まったんだろ。割符の片割れを、いつ受け取ったんだい」

「それもそうですね」

確かに、事前の接触がなければ、割符を受け渡すことはできない。

「さっき船頭さんが、割符に描いてあった印は廻船問屋のものじゃないか、って言ってましたよね。そっちから当たりましょうか」

伝三郎はその場で少しの間、思案した。

「そうだな……。うん、オロシャ人の手掛かりになるかもしれねえ以上、割符を追ってみる値打ちはあるな。おゆう、頼むぜ」

「はい、任せて下さい」

おゆうは十手を差した帯を、掌《てのひら》でぽんと叩いた。

「さて、この印でございますか」

箱崎町《はこざきちょう》の廻船問屋、島屋《しまや》の主人は、骨ばって皺が深く刻まれた顔に難しい表情を浮かべ、おゆうが手渡した紙をじっと見つめた。

「如何《いかが》でしょう。思い当たるお店は」

島屋は考え込んでいる。紙に描かれたのは、船頭が証言した割符の図柄だ。割符を見た船頭のところに戻って、もう一度詳しく聞きながらおゆうが描いたものだった。とは言っても、船頭も細かいところはあやふやで、真ん中にあった文字は漢字らしいとわかったものの、どの字なのかは判別できなかった。

「これだけでは、どのお店とは。半分だけしかありませんし」

「船の帆の絵柄を使っているお店は、多いんですか」

「五、六軒はありますが、そのどれとも少し違っているようで」

そう言われると困る。店の印をそのまま使わず、アレンジしたのだろうか。船頭の記憶がいい加減だったのか。それとも自分の絵が下手なだけか。

「そもそも、廻船問屋さんで割符を使うことは、あるんでしょうか」

「左様でございますな……」

島屋の顔が、さらに難しいものになる。

「割符とは、顔を知らぬ相手が真の取引相手かどうか、互いに確かめるために双方で持って行き、突き合わせるもの。しかし、常の取引では、そのような場面はまずございません」

「島屋さんも、お使いになったことはないのですね」

「はい。この店を継いで三十年になりますが、一度も。先代も、使ったことなどありますまい」

「では、使うとしたら、どのような取引でしょう」

「考えられるのは、抜け荷、でございましょうな」

島屋はきっぱりと言い切った。おゆうも「やはり、そうですか」と頷く。思い出してみれば、映画か何かで見た割符らしきものは、確か密貿易のシーンで使われていた。

「問屋仲間で、抜け荷の噂をお聞きになったことなどは、ございませんか」

やや性急だが、敢えて聞いてみた。島屋は、慎重に言った。

「この商いをしておりますと、時にどこかでそういう噂が立つことはございます。しかし、手前が直に耳にしたことはございません」

おゆうは小首を傾げた。そんな噂がないこともないが、不確かな話をするつもりはない、という意味だろうか。

「ただ、もし自分で抜け荷をやるとしたら、船持ちの店でしょうな」

「船持ち？　ああ、島屋さんは船をお持ちではないんですね」

「はい。ずっと昔は問屋も船を持って自分で動かすところも多かったようですが、今は荷主様から受けた荷を、船主様から船を借りて運ぶのが普通です。船頭は船主の雇人ですから、それを抱き込まずに抜け荷はできません」

「つまり抜け荷は、船主自身がやるか、問屋と船主が結託するか、どちらかでなければ難しいということですね」

島屋は、その通りだと頷いた。

「おゆう親分さんは、呑《の》み込みが早くていらっしゃる。付け加えて申しますと、帆の絵柄を印に使っている店のうち、三軒は船持ちです。奥州屋《おうしゅうや》さん、中津屋《なかつや》さん、大浦屋《おおうらや》さんです」

「そうなんですか。ありがとうございます」

おゆうは喜んで礼を述べた。島屋の言う通りなら、狭間の持っていた割符は、その三軒の店のどれかのものである可能性が高いわけだ。まだ、それをどうやって狭間が手に入れたのか、という疑問は残るが、取り敢えず伝三郎に報告する成果としては、充分だろう。

夕刻、七ツ半（午後五時）の鐘が鳴ってからだいぶ経って、伝三郎がやって来た。いつもと比べると、だいぶ遅い時刻だ。

「鵜飼様、だいぶお疲れですね」

大小を受け取って刀掛けに置いてから、伝三郎の様子を見て言った。羽織はくたびれ、目にも生気が感じられない。これは、精一杯癒やしてあげなくては。

「ああ、確かにくたびれたよ。あれからもう一ぺん、千住の具合を見て来たんだが、やっぱり何も出てこねえようだ」

「そうですか。源七親分はどうしたんでしょう」

源七はあの後、狭間の行く先を突き止めようと、走り回っているはずだ。

「まだ何も言って来ないところを見ると、こっちも駄目らしいな。お前の方は」

「はい、廻船問屋の島屋さんに、話を聞いてきました」

おゆうは島屋から聞いたことを詳しく話した。

「そうか。やっぱり抜け荷か」

伝三郎も納得した様子で、しきりに頷いた。が、すぐに難しい顔になって腕組みをする。

「もしオロシャ人と組んで抜け荷を働くって話なら、町方の手に余るぞ」

「でも、オロシャ人を見つけ出せというお指図でしょう。他に手掛かりがなければ、そちらから当たるしかないんじゃ」

「お前の言う三軒の廻船問屋だが、直に乗り込むにゃあ、証しが足りねえ。かと言って、じっくり調べている暇もねえ。オロシャ人たちは、明日にも江戸へ入り込むかもしれねえんだ。何とかしてその前に押さえたいんだが」

やれやれ、八方塞がりだな、と伝三郎は珍しく弱音を吐いた。おゆうはそっと立って、台所から銚子と盃を運んで来た。

「はい、まずは一杯どうぞ」

伝三郎に盃を渡して、冷や酒を注ぐ。伝三郎は一気に干して、ほうっと息を吐いた。

「疲れたときにゃ、こいつが一番利くなあ」

「それじゃ、肩でもお揉みしましょうね」

おゆうは伝三郎の後ろに回り、両手を肩に当てた。確かにだいぶ凝っていそうだ。

幾分か力を入れて、揉み始めた。伝三郎が目を細める。

「ああ、こいつは有難えや」

体を寄せ、肩から二の腕へと揉んでいった。

(何だかいいなぁ、こういうの)

頬が、ほんのり熱くなった。が、そこでふいに警戒心が湧く。

(こういういい雰囲気になると、いつも邪魔が入るんだよね。誰かが大変だ、って駆

け込んで来るとか）

揉む手を休めずに少しの間、耳を澄ました。何も気配はない。心配し過ぎたか、と思い、おゆうは力を抜いて、頬を伝三郎の背に付けようとした。

その途端、いきなり表口を勢いよく開ける音がして、源七の野太い声が響き渡った。

「だっ旦那、鵜飼の旦那、大変《てえへん》です！　すぐ来ておくんなさい」

ああもう、勘弁して頂戴《ちょうだい》。

第二章　謎のロシア人

四

深川堀川町《ほりかわちょう》の商家の裏にある小屋に着いたのは、六ツ半に近かった。辺りはもう暗くなり、近くの番屋で用意された御用提灯《ちょうちん》の灯りが、薄汚れた小屋の中を照らしている。

伝三郎とおゆうは、小屋の中に一歩踏み込んだ。奥に、座り込んだまま壁に背を預け、頭を垂れている人間が居る。提灯を近付けると、着物の前が黒っぽい染みに覆われていた。出血の跡に違いない。

「着物に刺した裂け目がある。刀か匕首《あいくち》か、調べりゃわかるだろう」

伝三郎はそう呟きながら、垂れた頭に手をかけて上を向かせた。表情は歪んでいるが、狭間甚右衛門に間違いなかった。

「見つかったのが一刻前。私たちが狭間様を見失ったのは、四ツ半（午前十一時）頃でしたね。殺されたのは、八ツ半（午後三時）から七ツ（午後四時）、というところかと」

おゆうは、ざっと死体に目をやりながら言った。近頃では、そのくらいの見当もつくようになってきた。

「その辺だな。日も高くて、人通りも多い時分だ。大胆と言うか、ずいぶん荒っぽいな」

「余程急いでたんでしょう」

「かもな。捜していた相手に殺《や》られた、ってのが一番ありそうには思うが」

伝三郎は手を伸ばして、狭間の懐を探った。手拭いと財布が見つかったが、あれだけ大事そうに持っていた割符は、そこになかった。財布がある以上、単なる物盗《ものと》りという線はない。

「割符は下手人が持ち去ったんでしょうか。割符を奪うために殺した、とも考えられますね」

「ああ。畜生、昼間にこいつを捕まえられてりゃなあ。文句を言おうがお構いなしに、大番屋へ引っ張っときゃ良かったぜ。今さら言っても始まらねえが」

伝三郎は口惜しそうに唇を嚙み、十手で自分の首筋を叩いた。

「旦那、ちょっといいですかい」

外から源七の声がした。振り向くと、小屋の入り口に提灯を持った源七と、五十近い商家の主人風の男が立っていた。

「ここの持ち主を連れて来やした」

その男が、丁寧に一礼した。

「市兵衛《いちべえ》と申します。表で桶屋《おけや》をやっておりまして、ここは手前の物置だった小屋で」

「だった、ってことは、もう使ってないのか」

伝三郎は立ち上がり、小屋の外に出た。

「はい。二年ほど前から、使っておりません。何も置いていないので、鍵もございません」

「誰でも入れたわけか。不用心じゃねえか。盗られるものがないとしても、誰か入り込んで悪さをしねえとも限らねえだろ。現にこうやって、殺しの場になっちまった」

「はあ、申し訳ございません」

市兵衛は困ったように、もう一度頭を下げた。

「お前はずっと、表の店に居たのか」

「はい。ですが、こんなことが起きているなんて、気付きもしませんでした」

「争うような音は、聞かなかったんだな」

「小さな音なら店の方まで聞こえませんが、大の男が争っていたりすれば、さすがに気が付きます」

伝三郎がこちらに背を向けて市兵衛と話している間、おゆうは急いで死体の周りを調べた。分析できそうな証拠品がないか、と思ったのだ。提灯を近付けてみたが、遺留品のようなものは、何も見つからなかった。床は土間だが、硬く踏み固められているため、はっきりした足跡はない。しかも、源七や番屋の者たちにさんざん踏まれてしまっていた。

おゆうは死体に手をかけ、背を壁から離してみた。ＯＬ時代からすれば信じられないが、今はこんなことも平気でできる。死体の後ろの板壁には、幾らか血の跡があった。さらによく見ると、背中にも刺し傷がある。

「鵜飼様」

おゆうが呼ぶと、伝三郎が傍らに戻ってきた。

「見て下さい。背中からも、刺されています」

「なるほど。お前の見立ては」

「はい。狭間様は、誰かにこの小屋へ誘い込まれ、中に入った途端にいきなり後ろから刺された。驚いて振り向いたところで、前からもう一度刺され、それがとどめになって、後ずさりしながらあの壁に当たり、そのまま崩れ落ちて息絶えた、と思われます。市兵衛さんが気付かなかったということは、声を上げることもできなかったのでしょう」

「よし、上出来だ」

伝三郎が、満足の笑みを浮かべた。おゆうはちょっと嬉《うれ》しくなった。

「狭間さんは、刀を抜いた様子がありやせんね」

源七が、腰に差したままの狭間の大小を指して言った。

「抜く間もなく、やられちまったか。まあ、剣術の腕で代官所の手代になったわけじゃねえだろうし」

「旦那、死体《ホトケ》はどうしやす。一旦、番屋へ運びやすかい」

「おう、そうしてくれ。それから、戸山様を通して、勘定所と評定所にも知らせにゃなるめえ。そっちは朝一番でやろう」

源七が、承知しやした、と応じ、番屋の若い衆に死体を運ぶ戸板を取りにやらせた。

「よし、殺しがあったのは昼過ぎの明るいうちだ。狭間を見た者は、この界隈に何人も居るだろう。そいつらをまず捜そう。朝になったら、と言いてえが、悠長なことはしてられねえ。ホトケを運んだら、すぐに回ってくれ」

おゆうと源七は、わかりましたと頷いた。


聞き込みの成果があったのは、小屋から三町余りしか離れていない、仙台堀沿いの居酒屋だった。そこで飲んでいた三人の船頭を摑まえたのだ。

「お、こいつは驚いた。ずいぶんと別嬪の親分さんじゃねえか」

おゆうの十手を見た船頭の一人が、にやけた顔で言った。それを聞いた源七が、鬼瓦並みの顔を船頭の前に突きつけた。

「御上の御用だ。今日、その先で殺しがあった。鼻の下を伸ばすのをやめて真面目に答えねえと、厄介なことになるぜ」

殺し、と聞いて船頭たちも酔いが醒《さ》めたようだ。たちどころに真顔になった。

「お前さんたち、今日の昼間、八ツ頃はこの辺に居たかい」

「へえ。ちょうど荷下ろしが済んだ後で、舟で一服してやした」

「そうかい。そのとき、侍が一人、声をかけてきたりしなかったかい。田舎風というか、風采の上がらねえ三十くれぇの男だが」

源七は狭間の風体を細かく説明した。すると、三人の船頭は顔を見合わせた。どうやら心当たりがあるようだ。

「そういうお侍なら、確かに来やしたよ。でもそりゃあ、昼飯を食おうとしてた時だ。九ツ（十二時）前頃だったと思うが」

「そのお侍と話をしたんですか」

おゆうは勢い込んだ。九ツなら、おゆうたちを撒《ま》いたすぐ後だ。その後、狭間がどういう行動を取ったかの手掛かりになりそうだ。

「まあ、話と言うか、半分に割れた木の板を見せられて、見覚えがねえかって。ありゃあ、割符か何かでしょうね」

「それで、何て答えたんです」

「へえ、割符なんてものは、俺たちみたいな川舟の船頭にゃ縁がねえ、使うとしたら外海に出る千石船《せんごくぶね》の連中じゃねえか、って言ってやったんです。そしたら、びっくりして目から鱗《うろこ》、って顔をしてやしたねえ」

そうか。狭間はおそらく、割符が逃走に使った川舟の船頭とオロシャ人一行の間で使われるはずだったものでは、と考えていたのだ。ここで千石船と聞いて、抜け荷の可能性に思い当たったのだろう。

「怪しい舟とか、顔を隠した大柄な男の乗った舟とか、そういうことは聞かれなかったんですか」

「ああ、聞いてたよ。それにゃあ心当たりがねえんで、そう言ったんですが、ありゃいったい、何のことなんで？」

おゆうはそれには答えず、割符のことを聞いた。

「図柄に心当たりはありますか。書いてあった字とかは」

「船の帆みたいな絵だったが、字の方は漢字だったんでねえ。あっしらは、平仮名しか読めねえんで」

やれやれ、またか。しかし、大船の船頭や知工《ちく》（事務長）ならともかく、小舟の船頭で漢字を習っている者は、そうそう居ないだろう。

「どこかの廻船問屋の印じゃないんですか」

「いや、似たようなのはあるが、どこかの店のものと、はっきり言えるものじゃなかったねえ。思い付きで書きなぐったような感じだったな」

おゆうは胸の内で唸った。これでは、島屋から聞いた三軒の廻船問屋を調べる材料にもならない。割符の図柄なんて、極論すれば何でもいいわけだから、この船頭の言うように、その場の思い付きで描いただけかもしれないのだ。

「それで終わりかい。千石船のことについちゃ、もっと聞いてこなかったか」

源七が促すと、船頭は大川の方を指した。

「千石船が着くのは、大川の向こう岸の江戸湊《えどみなと》だ。その水主《かこ》（乗組員）とかに会いてえなら深川なんか歩き回らねえで、その周りの本湊町《ほんみなとちょう》とか東湊町《ひがしみなとちょう》の居酒屋でも覗けばいいって教えてやりましたよ。当たり前の話でさぁ。あの侍、江戸に慣れてねえんでしょう」

もっともな話だった。地理不案内の狭間が、よくここまで辿り着けたものだ。

「そうか。じゃあ、その侍は、江戸湊に向かったんだな」

「へい。永代橋《えいたいばし》を渡って、そこから先はまた誰かに聞いてくれ、って言ってやったんです。侍は礼を言って、そっちへ歩いて行きやした」

ここから江戸湊までの道順を全部言ったら、狭間の頭はパンクしただろう。船頭の案内は適切だ。永代橋への道筋は、堀川町を通る。その途中で殺されたのだろうか。

「ああ、そうだ。それからだいぶ経って、その侍が永代橋の方から戻って来るのを、ちらっと見ましたよ。大川沿いに下ノ橋《しものはし》へ歩く途中です。連れが居たようですがね」

「何っ、道連れが。そいつは、どんな奴だ」

源七とおゆうは、俄然《がぜん》緊張した。

「遠くて人相なんかはわかりやせんが、着流しの、大柄な男でしたね。何となく物腰から、堅気じゃねえような気はしたんですが」

「ほう……そうかい」

これは重要な話だった。狭間と連れ立っていたその男が下手人である可能性は、非常に高い。しかし、江戸湊の方から永代を渡って深川に戻ってきたのは、なぜだろう。

「ありがとう。助かりました」

おゆうは礼を言い、源七に目配せして居酒屋を出ようとした。

「あの、親分さんがた。殺されたのは、そのお侍なんですかい」

船頭が、興味深そうな目付きで聞いてきた。源七は振り向き、じろりと一睨みした。

「この一件にゃ、関わらねえ方がいいぜ」

目付きに気圧《けお》されたか、船頭たちは「わかりやした」と言って横を向いた。

居酒屋から充分離れたところで、おゆうが聞いた。

「源七親分、狭間さんと一緒だった男を見た人が他に居ないか、捜したいところですけど、もうどのお店も閉まってますねえ」

「仕方ねえな。続きは明日にするか。いってえ、連れになってた男ってのは、何者だろう」

「狭間さんがすぐ江戸湊に向かったのなら、その男は千石船の水主か何かかもしれませんね」

「だとすると、やっぱり抜け荷絡みか。俺たちも、千石船を当たってみるか」

「でも、千石船を片っ端から当たるわけにもいかないでしょう。年が明けちゃいますよ」

「そうだな。それに千石船の水主ってのは、荒海を渡るのに仲間に命を預けるから、結束が固いんだよな。仲間が絡む話だと気付くと、口が重くなるからなぁ」

　源七は思案に困ったように頭を掻いた。おゆうはぽんと手を叩いた。

「あ、そうか。狭間さんは江戸湊で会った水主に、身内のことが関わる話はここじゃできない、知り合いの目が多いから、江戸湊から離れようと言われたのかも」

　ならば、わざわざ深川に引き返した理由にはなる。源七も「かもな」と呟いた。

「けどまあ、狭間さんの連れが水主だったんじゃねえか、ってのは勝手に俺たちが思ってるだけだ。証しを拾うのは難しいぞ」

「うーん、そうですね。でも、私たちが思ってる通りなら、下手人はそいつでしょう」

「狭間さんが余計なことに首を突っ込んできたから口を塞いで、証しになりそうな割符を奪い取った、っていうわけかい。確かに筋は通るがなァ」

源七は得心しつつも、まだ首を捻っている。

「どうするね。あんたが島屋から聞いた、三軒の持ち船だけでも調べてみるかい」

「そうですね……」

おゆうは曖昧に返事した。こうなると、千石船の周辺に大きな手掛かりがあるのは間違いあるまい。千石船にロシア人を隠している、ということもあり得るだろう。狭間はそれを見つけようとして、隠れ場所に近付き過ぎたのかもしれない。もしそうなら、下手につつくとロシア人はどこかへ移動してしまう。

とにかく早くロシア人を見つけないと、奉行所は正常な態勢に戻れない。今のところ、物証が拾えないので科学捜査の出番がないのも、じれったい。

（宇田川にドローンを借りて来て、広域空中捜索でもしてみようか）

埒もないことを考えながら、月明かりの大川沿いを北へと歩く。この夜空の下のどこかにロシア人が潜んでいるなんて、何だか現実離れしているように思えた。

翌朝、伝三郎に報告しようと奉行所に行ってみた。朝一番で狭間の件を戸山に話すと言っていたので、門前で待とうと思ったのだ。門に着くと、ちょうど境田左門が出て来るところだった。

「おう、おゆうさんか。伝さんなら、ついさっき千住に行ったぜ」

「え、そうですか」

「ああ。千住から急ぎの知らせがあってな。なんでも、今朝がた早くに騒ぎが持ち上がったらしい」

「今朝がた騒ぎが？　でも、まだ五ツ半（午前九時）を過ぎたところですよ」

千住の名主の家からはここまでざっと三里。走り通しても半刻はかかる。

「騒ぎが起きたのは、明け六ツから六ツ半（午前七時）頃らしい。喧嘩みたいなもののようだが、ずいぶん剣呑だったって話だ」

「何でしょうね、剣呑な騒ぎって」

「ちらっと聞いたところじゃ、何人かの侍と、強面《こわもて》風の連中との争いだそうだ。それ以上はわからん。あんたもあっちへ行った方がいいんじゃないか」

「はい、そうします。ありがとうございました」

おゆうはそのまま、急ぎ足で千住に向かった。どうもよくわからない。喧嘩騒ぎが、そんなに重大なのだろうか。

千住の名主の家の離れに着いてみると、空気が慌ただしくなっているのが、はっきりわかった。座敷の真ん中に伝三郎が座り、広げた絵図を見ながら儀助と何事か話している。

「あの、鵜飼様」

おゆうが声をかけると、二人がさっと振り向いた。伝三郎の顔がほころぶ。

「おっ、来てくれたか。何があったか、聞いてるか」

「はい、境田様から。侍とやくざ風の連中の喧嘩だと聞きましたが」

「いや、やくざじゃねえ。千石船の水主たちだ」

儀助が思いがけないことを言ったので、おゆうは仰天した。

「水主ですって！」

おゆうは急いで、昨日の聞き込みの結果を知らせた。狭間が水主たちに接触しようとしていたと聞いて、伝三郎も儀助も勢いづいた。

「旦那、繋《つな》がりやしたね」

儀助の言葉に、伝三郎も頷く。おゆうにはまだもう一つ、話が見えない。

「どうしてこんなところに、水主なんかが居るんですか」

「吉原からの帰りに、道に迷った、って言いやがる。喧嘩の場所は、小塚原の近くだ。吉原から近いと言やあ近いが、江戸湊に帰るんなら方角が逆だ。何もねえ大海原で船を操る水主が、陸《おか》の上で迷子になったなんて、洒落《しゃれ》にもならねえ」

　儀助が小馬鹿にしたように言う。水主の証言は、信用できないということだ。

「水主たちは、捕まえたんですか」

「何人かは逃げたが、四人ばかり押さえた。小塚原町の番屋に引っ張ってある」

「侍の方は」

「そっちは取り逃がした。しかし、どうも浪人者とかじゃなさそうだ」

「ということは……もしや、狭間さんの仲間とか」

　これには伝三郎がかぶりを振った。

「狭間以外の代官所の連中は、今も評定所に留め置かれてる。鉾田の代官所にも、勘定所から人数を出してある。外に出ていたのは、狭間だけだ」

「じゃあいったい、何者でしょう」

「今のところ、皆目わからん。が、それより気になることがある」

　伝三郎が真剣な表情で言った。

「喧嘩の起きた場所のすぐ近くに、荒れ寺が一つある。その周りに住む百姓が、四、五日前から夜な夜な荒れ寺に出入りする人影を見てるんだ。薄気味が悪いので、見ないふりをしてたそうなんだが」

「え……じゃあ、もしかすると、荒れ寺に出入りしていたのは水主たちかも、ってことですか」

「そうなんだ。しかし寺社地だからな。踏み込むには、上の許しが要る。今はそれを待ってるところなんだ」

「あの、これってやっぱり、オロシャ人に関わっているんでしょうか」

「そいつはわからん。しかし、荒れ寺に夜な夜な、ってのは、いかにも人目を避けて何かやってる様子だろ。この辺一帯で見つかった、怪しげな動きはこれだけだ。それに狭間が水主を捜してた、ってことなら、調べる値打ちは充分にある」

伝三郎は、いかにも焦《じ》れている様子だ。一刻も早く荒れ寺を調べたいのだろう。

「でも、千住大橋から山谷《さんや》、今戸にかけては虱潰しに当たったはずでは」

痛いところを、という顔で儀助が頭を掻いた。

「寺社地は勝手に入れねえんで、後回しになってたんだ。それに、ほれ、異人ってのは切支丹《きりしたん》だろ。寺なんかにゃ寄り付かねえだろうと思ってさ」

やれやれ、ローラー作戦を実施したはずが、穴があったか。寺社地で町方の目が届き難いのをいいことに、寺が犯罪に使われることはよくある。現に、おゆうたちも何度も経験していた。非常事態なんだから、最初から全ての寺社地への立ち入り許可を得ておけばいいのに。

表から、息せき切って駆け込んで来る小者が居た。奉行所の使いらしい。寺社地への立ち入り捜査許可を持って来たのだとしたら、普段の役所仕事から考えると、驚異的なスピードだ。いかにこの一件が重要視されているか、よくわかる。

「鵜飼様、遅くなりました。こちらが、戸山様からの書状です」

伝三郎は、奪うように書状を受け取り、さっと開いた。そしてすぐ、満足したように頷いた。

「よし、お許しが出た。寺へ踏み込むぞ」

伝三郎は、履物を履くのももどかしげに、表に飛び出した。


寺は、小塚原の処刑場から三町ばかりのところにあった。元は了玄寺《りょうげんじ》という寺だったそうだが、経営不振で住職が亡くなった後、引き継ぐ者が居なかったらしい。本堂と庫裏は、傷んでいるものの、ほぼそのまま残っている。

伝三郎は十手を抜いて、本堂の正面から乗り込んだ。中は当然ながら空っぽだが、積もった埃の上に足跡が幾つもあり、数人が出入りしていたのは間違いない。

「旦那」

儀助が、本尊を安置していた内陣の脇を指した。観音開きの扉が開いて、床下への入り口が、ぽっかり口を開けている。

「そこを使ってたなら、蝋燭《ろうそく》か何か、灯りがあるだろう。捜してみろ」

言われて儀助が辺りを探ると、すぐに散らばった使いさしの蝋燭と、手燭《てしょく》が見つかった。ご丁寧に、火打石もある。すぐに火を点《つ》け、手燭に載せて床下に入った。

「あ、錠前があります。壊されてるみたいですね」

階段の下で、おゆうが見つけたのは、ごく普通の箱型の錠前だった。ここへ入る扉に付けられていたのだろう。何かで叩き壊されたようで、閂《かんぬき》が歪んでいる。板張りの床には、縄の切れ端と割れた茶碗が落ちていた。

「殴り込みみたいなのがあって、大急ぎでここを捨てた、ってぇ趣きですね」

中を見回しながら、儀助が言った。

「とにかく、ここで何をしてやがったか、その証しを捜そう」

柱に照明用の蝋燭立てが幾つかあって、蝋燭が残っていた。それに火を点けると、ある程度は明るくなったので、伝三郎と儀助は、何か残された品物でもないか探り始めた。

おゆうは手燭を持って、床に屈み込んだ。おゆうの捜すのは、もっと小さなものだ。壁の隅に沿って、手燭を動かしていく。間もなく、目当てのものが見つかった。髪の毛だ。おゆうは見つけた髪の毛を一本ずつ拾い上げ、丁寧に懐紙に載せていった。

「おう、何やってんだい」

儀助が怪訝《けげん》な顔で、声をかけてきた。おゆうはそれを手で制し、髪の毛を確かめる。

「鵜飼様」

声をかけると、伝三郎はすぐに寄って来た。その顔の前に懐紙を差し出し、手燭を近付ける。

「髪の毛か。これは……」

言いかけた伝三郎の目が、鋭くなった。覗き込んだ儀助が、その毛を見て言った。

「何だい、白髪もあるのか。爺《じい》さんでも混じって……」

言いかけて、儀助もあっと呻《うめ》いた。

「こいつぁ、異人の金色の毛か」

「そのようです」

伝三郎はおゆうから金髪を受け取り、じっと見つめた。顔に興奮が現れている。

「間違いない。こんな髪の色をしてるのは、あのオロシャ人だけだ。奴はここに居たんだ」

「じゃあ、奴は今、どこに居るんです。侍と水主の中にゃ、居なかったんでしょう」

儀助が外を指して、戸惑ったように言った。

「騒ぎの最中、隙を見て逃げ出したんだ」

伝三郎が舌打ちした。近くまで迫っていたのに、取り逃がしてしまったのだ。

「けど、千住大橋からここまでは、全部当たったんだぜ。山の中の一軒家じゃねえんだ。ここまで来るのに、小塚原町や中村町《なかむらちょう》に住んでる誰の目にも留まらなかった、ってのは解せねえなあ」

儀助が首を捻る。それはおゆうにも疑問だった。が、考えがないわけではない。

「千住大橋の方からでなく、反対の南側から来たってことはないでしょうか」

口に出してみると、儀助はかぶりを振った。

「これから江戸へ入ろうって奴が、どうして南の江戸市中から来るんだよ」

「でも、北側を捜しても何も出てこないんじゃ……」

そこで伝三郎が口を挟んだ。

「南にゃ、吉原があるな」

言われておゆうも、はっとした。あの水主たち、吉原帰りに迷ったと言っていたのでは。

「絵図をよこせ」

伝三郎に言われた儀助が、床に絵図を広げた。しばらく絵図を見つめた伝三郎が、唸った。

「吉原のすぐ北側に、大川から堀が通ってる。深川の方と違って、この辺の水路を見張ってる者は居ねえ」

「それじゃ、吉原の近くまで舟で来て、そこから歩いたとしたら……」

「それだ！　しかも、そっちからだと小塚原の仕置場の傍を通る。夜中なら、そんな気味の悪い場所に近付く奴は、居やしねえ。気付かれずにここまで来れたかもしれん」

得心した伝三郎が膝を打ったとき、上の本堂をばたばたと駆け回る音が響いてきた。聞き込みに回っていた岡っ引きたちが、知らせを聞いて集まったのだろう。伝三郎は、階段に足をかけて床上に顔を出すと、大声で言った。

「ようし、いいか。例の異人が、今朝までここに潜んでたのは間違いねえ。見つからずに遠くへは行けねえはずだ。草の根分けても捜し出せ」

岡っ引きたちが、「へい」と叫ぶのが聞こえた。おゆうは、採取した髪の毛を懐にしまうと、伝三郎の後を追って階段を駆け上がった。

勢いよく飛び出したものの、さてどっちへ行こうか。二十人ほどの岡っ引きたちが、思い思いの方向に走って行く背中が見える。慌てて右往左往してもしょうがないな、と思ったおゆうは、立ったまま考えた。

ロシア人は、自分がこの国では甚だしく目立つのを承知している。騒ぎのどさくさで逃げ出したのなら、すぐに追われるだろうこともわかっている。なら、どうするのが最善か。

（伝三郎の言う通り、遠くへは行けない。地理不案内だから、町がどっちにあるかも

わからない。なら、取り敢えず近くに隠れて、夜を待つ）

おゆうは寺の裏手に回った。庫裏の建物は、襖《ふすま》も障子も外され、奥まで見通せた。まったくのがらんどうだ。さすがに、ここではない。

庫裏の脇には、炭小屋のようなものがあった。そこも戸は開いたままで、空っぽだ。おゆうは一度覗いてから肩を竦め、その場を離れようとした。そのとき、地面にあるものが目に留まった。

小屋の陰の地面は、湿って柔らかくなっている。そこに一つ、裸足《はだし》の足跡があった。おゆうは自分の足を並べてみた。明らかに大きい。自分のサイズは二十三・五センチ。この足跡は、少なくとも二十七センチはあった。そんな足の持ち主は、江戸ではまず見かけない。

足跡の向いた先に目をやった。その先は草むらで、草の丈はかなり伸びている。目を凝らすと、確かに誰かが踏み込んだ形跡があり、倒れた草が何本か見えた。その向こうに、小さな祠《ほこら》がある。明治以前は神仏習合で、寺の境内に社《やしろ》や祠があるのは珍しくない。踏み跡は、真っ直ぐ祠に向いているようだ。おゆうは抜き足差し足で祠に近付いた。

祠のすぐ手前で、同じ足跡を見つけた。もう間違いはない。周りを見回したが、他の岡っ引きの姿は見えなかった。仕方ない。相手は武器を持っていないだろうし、一人でやるか。おゆうはそっと祠の扉に手をかけた。

大きな音を立てて刺激しないように、扉をゆっくり開ける。祠の中には、筵の塊が見えた。おやと思って手を止めると、筵が動いた。よくよく見れば、筵の上から金髪が僅《わず》かに覗いている。見つけた、とおゆうは思った。

さあどうしよう。相手は日本語なんかわかるまい。と言って、こちらも英語ならともかく、ロシア語なんか全然わからない。

躊躇っていると、筵がずれて、隠れていた顔が半分現れた。観念したのだろうか。表情ははっきり見えないが、その青い目には、恐れより戸惑いが浮かんでいるような気がした。現れた追っ手が女だったので、驚いたのか。いずれにせよ、もう迷っている場合ではない。おゆうは十手を抜いて突きつけた。

「ヘイ！　アイアム・ポリース！」

ロシア人の目が見開かれた。英語がわかるのかどうか知らないが、ポリスという単語は理解できたらしい。まさかこの国の女が外国語を喋るとは思ってもいなかったのだろう。

おゆうは十手で、出て来いと合図した。ロシア人は、諦めた様子で被っていた筵を捨て、おずおずと両手を上げると、覚束《おぼつか》ない足取りで祠から出てきた。身長は百七十五センチくらい。五尺八寸という記録の通りだ。肩幅も広い。江戸人の中に入れれば、雲を衝くような大男に見えるだろう。おゆうはロシア人に頷いてみせると、呼子を吹いた。

真っ先に伝三郎と儀助が駆け付け、おゆうがロシア人に十手を向けているのを見て、目を剝《む》いた。

「お、おゆうさん、大丈夫かい」

儀助が舌を嚙みそうな有様で言った。まるで猛獣でも前にしたようなうろたえぶりだ。伝三郎の方は、さすがにずっと落ち着いていた。

「おゆう、怪我《けが》はないか。こいつ、暴れたりしなかったか」

心配そうに尋ねる伝三郎に、おゆうは笑って見せた。

「まるっきり大丈夫です。おとなしいもんですよ」

伝三郎はそれを聞いて、安心した様子でロシア人と対峙《たいじ》した。

「お前は、オロシャ人か」

相手は、きょとんとしている。

「鵜飼様、駄目ですよ。言葉が通じません」

伝三郎は眉間に皺を寄せた。

「そりゃそうだな。おい、儀助、奴に縄をかけろ」

「えっ、あっしがですかい」

儀助は青くなったが、伝三郎に睨まれ、仕方なく縄を出した。

「儀助親分、大丈夫ですって。熊や狼じゃないんですから、嚙みつきゃしません」

おゆうがくすくす笑うと、儀助は取り繕うようにロシア人を睨んで、後ろへ回ると定石どおりに縄で縛った。ロシア人は、一切抵抗しなかった。

そこへ、散っていた岡っ引きたちが集まって来た。誰もがロシア人を見ると足を止め、少し離れておっかなびっくりで様子を窺っている。初めてライオンを見に来た幼稚園児みたいだ。

「おい、誰か奉行所に走って、駕籠を用意させろ。このままじゃ、引っ立てて連れて行くわけにもいかねえや」

岡っ引きの一人が、合点だと言って駆け出した。伝三郎は、ロシア人を促して本堂に戻った。迎えが来るまでは、ここで待つしかなさそうだ。

それからの一刻半ほどは、どうにも奇妙な時間だった。ロシア人を真ん中に、岡っ引きたちが取り巻いて座っている。言葉の問題で尋問はできないから、伝三郎も手持無沙汰の様子だった。そのうち、ロシア人が身じろぎを始めた。見ていると、だんだん動きが激しくなる。何をやってるんだと怒ろうとしたとき、儀助が言った。

「旦那、この野郎、小便したいんじゃねえですかね」

伝三郎が苦笑し、顎をしゃくった。儀助が嫌な顔をした。

「仕方ねえだろうが。逃げないよう、四、五人で行ってこい」

儀助が溜息をついて立ち上がった。興味本位らしい何人かも立ち、ロシア人を囲みながら出て行った。

しばらくして、一団が帰ってきた。何故か、ロシア人以外の誰もが、妙に感心したようにしきりに首を振っている。

「何だ、どうかしたのか」

伝三郎が聞くと、儀助が照れ笑いを返した。

「いや旦那、奴が小便するのを皆で見てたんですがね、異人の摩羅《まら》ってのはその、鞍《くら》馬山《まやま》の大天狗《おおてんぐ》の鼻かってくらい……」

「そんな話、聞かせないで頂戴！」

おゆうが床を叩き、伝三郎が大笑いした。一人ロシア人だけは、わけがわからずぽかんとしていた。

迎えとしてやって来たのは、境田左門だった。権門駕籠を一挺《いっちょう》、伴っている。

「おう、伝さん、お手柄だったな。戸山様も、胸を撫《な》で下ろしてるぜ」

「左門か、ご苦労だな。見つけたのはおゆうだ」

「へえ、おゆうさんか。さすがだな」

境田は、おゆうに笑みを向けて頷いた。おゆうも微笑んで、一礼した。

「奉行所へ運ぶか。それとも評定所か」

「いや、駒込《こまごめ》に屋敷を用意してあるから、そっちへ運べと。戸山様のお指図だ」

「そうか、手回しがいいな。確かに、奉行所じゃ人目に立ち過ぎる。ところで、捕まえた水主たちはどうする。まだ小塚原の番屋に押し込んだままだが」

「ああ、そっちは大番屋の仮牢《かりろう》へぶち込む。他の罪人とは別にしてな。浅はか源吾が、直々に出向いて引っ立てるそうだ」

「あいつか。余計なことをしなきゃいいがな」

伝三郎は渋い顔をした。筆頭同心浅川源吾衛門は、深く考えずに都合のいい解釈に走る傾向が強い。浅はか源吾と揶揄《やゆ》される所以だ。

「まあ、奴《やっこ》さんも事が事だけに、今度ばかりは慎重なようだ。で、どう思う。やっぱり水主たちがオロシャ人を攫《さら》ったのか」

「成り行きを見るに、そう考えるのが筋だと思うが、水主だけでこんな大それたことはできねえだろう。誰かに指図されてるはずだ。それに、襲ってきた侍たちは何者だ。それがわからんことにはな」

「まあそいつは、水主の口を割らせりゃ見えてくるだろう。あのオロシャ人が、こっちの言葉を喋れたら世話はねえのにな」

境田は、オロシャ人を顎で示して、肩を竦めた。それから思い出したように付け加えた。

「そうだ、岡っ引き連中はまた奉行所に集まれとさ。今度の一件、他言するなと改めて言い渡すんだろう。それと、お手当も出るらしい」

「口止め料ってわけか」

「人聞きが悪いな。まあ、そう言えなくもないが」

「よし、おゆうと儀助は、俺と一緒に駒込まで付き合え。後の連中は、このまま奉行所へ行ってくれ。ご苦労だった」

岡っ引きたちが、うち揃って頭を下げた。おゆうと儀助はロシア人を立たせ、駕籠へと進ませた。ロシア人は駕籠を見て、溜息をついた。鉾田から我孫子宿まで乗せられていた駕籠と、そっくりなのだろう。それでも嫌がりはせず、おとなしく駕籠に乗り込んだ。

「行くぞ。左門、案内を頼む」

境田が承知して先に立った。権門駕籠を真ん中に置いた一行は、岡っ引きたちに送られて荒れ寺を出発した。駒込までならざっと一里半、一刻もあれば着く。

五

駒込は江戸市街の北端になるが、大名家の下屋敷や旗本屋敷が建ち並んでおり、決して場末という感じではない。代表的なのが大和郡山藩松平家《やまとこおりやまはんまつだいら》のもので、かつては柳沢美濃守吉保《やなぎさわみののかみよしやす》の贅《ぜい》を凝らした屋敷であった。その庭園が現在六義園《りくぎえん》となっていることは、おゆうもよく知っている。

境田が案内した屋敷は、その松平家の北東側にあり、他の屋敷群から少し離れて孤立していた。大きさから見て、千石ぐらいの旗本屋敷だろうか。極秘裏に異国人を収容するには格好の場所だろう。

門を入り、玄関の前で駕籠を下ろした。邸内には、警護の役目らしい侍が、何人か居た。奉行所の者ではない。どこから派遣されたのだろう、とおゆうは訝《いぶか》った。式台《しきだい》には、戸山が満足の笑みを浮かべて待っていた。

「首尾よくやってくれたな。誠にご苦労であった」

労《ねぎら》いの言葉に、伝三郎とおゆうと儀助は、深々と腰を折った。

「荒れ寺の裏手の祠に隠れておりましたものを、このおゆうが見つけ出しまして」

伝三郎が告げると、戸山はさらに相好を崩した。

「うむ、左様か。いつもながら、見事な働きだな」

「恐れ入りましてございます」

そうまで褒められると、むず痒《がゆ》い。おゆうは恐縮して、もう一段頭を下げた。

「よし、オロシャ人をこれへ」

戸山の指示で駕籠の戸が開かれ、縛られたままのロシア人が引き出された。ロシア人は珍しそうに周囲を見回してから、正面の戸山に気付いて真っ直ぐに見つめた。捕らわれの身だが、怖気《おじけ》づくような気配は見えない。

「ふむ、なかなかの面構えだな」

戸山はロシア人の目を見返して言った。

「この者、何か喋ったか」

「いえ、何も。そもそも、こちらの言葉はわからないようで」

「そうか。では、奥へ連れてまいれ」

戸山は背を向け、廊下を奥へ向かった。伝三郎と境田はロシア人の左右を押さえながら、その後に続いた。儀助は式台の脇に控えている。おゆうはどうしようかと思ったが、誰も止めないので、そのまま伝三郎たちについて屋敷に上がった。

一番奥の十畳ほどの座敷に入った。襖の代わりに急ごしらえの板戸が嵌《は》められ、錠前が吊るされている。

「よし、縄を解《ほど》いてやれ」

ロシア人を座敷の真中に座らせると、伝三郎が縄を解いた。ロシア人は腕をさすりながら、部屋を見回している。廊下の反対側は縁側で、雪隠《せっちん》もそこにあった。縁先の庭は、これも急ごしらえの竹矢来《たけやらい》で囲まれており、正面の土塀の手前には木が鬱蒼《うっそう》と茂って、外部からの目を遮断していた。竹矢来の外には、警護の侍が立ってこちらを見張っている。

どうやらロシア人は、この座敷と前の庭からなる空間に軟禁されるようだ。当のロシア人もそれを察したらしく、了解したと言うように戸山と伝三郎に向かって頷いてみせた。

警護役の一人が、白湯《さゆ》を入れた湯呑《ゆの》みを持って来て、ロシア人の前に置いた。ロシア人はほんの少し逡巡《しゅんじゅん》したが、やはりだいぶのどが渇いていたのだろう。湯呑みを取り上げ、一気に飲み干した。戸山はそれを見て、座敷を出ると警護役に目配せした。警護役は、さっと板戸を閉め、鍵をかけた。ロシア人の幽囚《ゆうしゅう》の暮らしが、始まった。

廊下に出た戸山は、おゆうに「しばしここで待て」と言い置き、伝三郎と境田に隣の座敷に入るよう目で指図した。三人はおゆうを残して座敷に入り、襖を閉めた。何やら内々の打合せをするようだ。

廊下に座って十五分ほど待ったところで、打合せを終えた伝三郎たちが出てきた。

座り直して頭を下げると、戸山はおゆうを一瞥《いちべつ》してから、伝三郎に「儂《わし》は戻る。後は頼むぞ」と言い置き、廊下を玄関に向かった。境田が、伝三郎とおゆうを手で拝むようにして、戸山の後を追った。

「鵜飼様、戸山様のお指図は何だったんです」

境田の様子に首を傾げつつ、おゆうが聞いた。伝三郎は、決まり悪そうに頭を掻いた。

「うん、それなんだが……オロシャ人は、上から御沙汰があるまでここに留め置くそうだ」

「はあ、そうですか」

ロシア人捜索の指示が出たときの、いかにも場当たりな具合からすると、真っ当な対応を決めるまでには時間がかかりそうだ。

「もともと長崎へ送るんじゃなかったんですか」

「そうだが、我孫子宿でオロシャ人を、誰が何のために攫ったのか、突き止めるまで下手に動かしたくねえようだ」

「つまり、水主に指図した者をまず捜し出せ、ということですね」

それは確かに、わからなくはない。

「そこで、ちょっとお前の手を借りたいんだが……」

「私の？　はい、何を調べましょう」

こうして当てにしてもらえるのは、いつも嬉しい。だが、今回は伝三郎の歯切れが良くない。

「いや、調べだけじゃなくて、オロシャ人をここに置くなら、女手も要るんじゃねえかと。いかつい警護役しか居ねえんじゃ、身の回りの気遣いなんかできねえだろうって話だ」

「ああ、お世話役を雇うんですね」

「あー、まあ、そうだ。しかし、異人が江戸に居るなんて公にできねえ。このことを知ってる者を、これ以上増やすわけにはいかねえんだ」

え、ということは……。

「私にやれと言うんですか」

「ずっとここに居ろってんじゃねえ。通いでいいんだ」

「待って下さいな。そう言われても、奥女中の真似事なんかできませんよ」

「なに、ちょいちょい覗きに来て、何か不自由してねえか見るくらいでいいさ」

伝三郎は、殊更気楽そうに言った。照れ隠しかな、と思ったとき、急に顔を近付けて声をひそめた。

「それだけじゃねえ。あいつら、俺たち町方を締め出すつもりらしい」

「締め出す？　オロシャ人を捕まえたのは、私たちですよ」

「そうともさ。俺たちを便利遣いしておいて、ここから先は自分たちに任せて常の仕事に戻ってくれ、町方は忙しいだろうから、なんてぬかしやがる。そうはさせねえ」

ははあ、伝三郎と戸山の考えが読めてきたぞ。

「つまり私に、ここの様子をしっかり見聞きして、知らせろと」

「そういうことだ。儀助か源七をここに置くか、とも思ったんだが、あいつらに断られた。だが、女手ならあってもいいかもしれん、ってことになってな。女と思って、甘く見てるようだ」

それは怪《け》しからん奴らだ。一泡吹かせてやろうじゃないの。

「そんなわけで、お前に頼むしかないんだよ」

「しょうがないなあ。戸山様と鵜飼様のお頼みなら、何とかしますよ」

「悪いな。よろしく頼む」

渋々、という風を装って承知したが、おゆうは俄然やる気になっていた。それに、ここに居ればロシア人に好きなときに接触できる。この大事件がなぜ歴史から抹殺《まっさつ》されているのか、納得のいく答えが探り出せるかもしれない。

伝三郎は安堵したようで、警護役の一人を呼んだ。

「話はしました。このおゆうが、こちらに出入りをします」

「承知した。おゆうとやら、面倒をかける。棚橋蔵乃介《たなはしくらのすけ》と申す」

名乗った侍は四十くらい。眉が濃く、引き締まった顔つきをしている。ここの責任者らしい。

「東馬喰町で十手を預かります、おゆうでございます。よろしくお願い申し上げます」

丁寧に頭を下げると、棚橋は深々と頷いた。

「女だてらに十手持ちか。それは頼もしい。何しろ言葉の通じぬ相手だ。何を考えているのか、わからぬからな」

「心得ております。とは言え、見たところ鬼でも蛇でもなさそうですし」

「ははっ、いかにも。よし、お前なら心配あるまい」

棚橋は豪快に笑った。どうやら難しい男ではなさそうで、おゆうはほっとした。

「早速ですが棚橋様、夜具のご用意などは」

「うむ、それは奴の部屋の押入れにある。寝間着も用意してある。替えの褌《ふんどし》もな」

準備は怠りない、と言いたいようだ。おゆうは首を傾げた。

「あの、異国人は着るものも私たちとは違いましょう。下帯の付け方など、わかりましょうか」

この時代の西洋の下着がどんなものか、おゆうも知らないが、ロシア人が褌を知っているとも思えない。棚橋は、困惑の表情を浮かべた。

「それは……まあ、何となくわかるのではないか」

「やはり、教えてさしあげた方がよろしいのでは」

棚橋が、眉を上げた。

「ふむ……そうか。小者にやらせよう」

やりとりを見ていた伝三郎が、その調子で頼む、と目でおゆうに告げた。おゆうは微笑みを返した。

「では棚橋様、我々は取り敢えず、オロシャ人を攫った者どもの詮議に参ります。本日は、これにて」

伝三郎が断りを入れると、棚橋は「わかった。明日からも頼む」と応じ、奥へ引っ込んだ。おゆうは、やれやれと一息ついて、伝三郎と一緒に玄関を出た。


「あの棚橋様という方、どこからお見えなんですか」

屋敷の外に出てから、おゆうは尋ねてみた。が、伝三郎も詳しくは聞いていないようだ。

「御目付の誰かの配下らしい。それ以上は俺も知らん」

「御屋敷は、どなたのものでしょうね」

「それも知らねえ。だいぶ上の方が用意したには違えねえんだが、たぶん空家だったんだろう」

　この一件の対応は、老中が直接指示しているはずだ。町奉行所、評定所、勘定所の他に目付も関わっているのか。思ったより、関係している人数は多いのかもしれない。

「ただ思うに、御奉行以外の誰かが、御老中からのお指図を受けて全部を取り仕切っているみたいだ。もしかすると、その御目付かもしれねえな」

　なるほど、とおゆうは思った。余りにもイレギュラーな事態に、通常の指揮系統から離れた特命指揮官を任命したというなら、極めて適切な処置だと言うべきだろう。


　四人の水主は、大番屋の仮牢に入れられても、特に恐れ入った様子はなかった。時々牢番に嘲笑《あざわら》うような視線を向ける以外は、いい骨休めとでも思っているように、ごろ寝を決め込んでいる。

　その中で一番恰幅のいい男が、伝三郎の前に引き据えられた。年の頃は三十四、五。角張った顔は、船乗りらしく日に焼けている。口元には、薄笑いのようなものが浮かんでいた。いかにも太々《ふてぶて》しい男だ。

「お前、名前は」

「権十郎《ごんじゅうろう》で」

「千石船の水主だそうだな」

「へい、親仁《おやじ》をやっておりやす」

「つまり、水主の頭だな。どこの何て言う船だ」

「北見屋《きたみや》の、荒神丸《こうじんまる》で」

伝三郎の後ろに控えたおゆうは、北見屋に関する記憶を探った。確か、江戸湊に近い川口町《かわぐちちょう》に店を構える、廻船問屋の大店だ。船持ちの問屋のようだが、帆の絵柄を使う三軒の中には入っていない。

「何で水主が、湊から遠く離れた小塚原なんかに居たんだ」

「そりゃあ旦那、何度も申しましたが、吉原帰りに道に迷っちまったんで」

「ふん。吉原じゃ、どの店に揚がってた」

「梅乃屋《うめのや》って店で。聞いてもらえばわかりやす」

「小塚原で逃げたのは、何人だ」

「五人ほどでさあ。あっしは下の連中を見捨てて逃げるわけにいかなかったんで」

「そいつは殊勝だな」

伝三郎は皮肉っぽく言った。

「五人か。お前たちと合わせて九人だ。けどなあ、梅乃屋の話じゃ、店に揚がったのは四人だけだったそうだぜ。あとの五人は、どこに居たんだ。言ってみろ」

伝三郎の口調が厳しくなった。梅乃屋には早々に確認が取られており、四人しか居なかったのは間違いない。残る五人は、権十郎たちが遊びに出ている間、了玄寺で異人を見張っていたに違いなかった。だが、権十郎もこの程度ではひるまない。

「吉原にゃ、皆で行きやしたよ。俺たち四人は梅乃屋に揚がったが、他の連中はもうちっと安い店に行ったようで。どこに揚がったかは、あいつらに聞いてもらわねえとわかりやせんねえ」

伝三郎の顔が険しくなった。吉原の全ての店を調べても、人相もはっきりしない五人がどこへ行っていたか、見つけ出すのは難しい。権十郎も、その辺は見越しているようだ。

「了玄寺で、何をやっていた」

「了玄寺？　そりゃあ、どこの寺です」

「小塚原近くの荒れ寺だ。知らねえ、と言うつもりか」

「へえ、そんな寺は知りやせん。あっしらは、小塚原は初めて通りかかっただけなんで」

権十郎は、少しも動じる気配がなかった。

「小塚原で喧嘩になった侍、ありゃあ何者だ。心当たりぐらいあるだろう」

伝三郎は切り口を変えた。権十郎は肩を竦める。

「全然知らねえ侍でさ。何で俺たちを襲ってきたのか、見当もつかねえ」

「理由もなく、道を歩いてたらいきなり襲われたとでも言うのか」

「へえ、その通りなんで」

「お前、御上を馬鹿にしてやがるのか！」

伝三郎が竹刀《しない》を摑み、床を激しく打った。さすがに権十郎の肩が、ぴくりと動いた。

「馬鹿にしてるなんて、とんでもねえ。どういうことなのか、俺たちが聞きてえくれえで」

「顔を見た覚えもねえと、言うつもりか」

「へい、誓って会ったことのねえ連中でさあ」

おゆうは、権十郎の目付きが、それまでと微妙に違うことに気付いた。吉原の話のときには、こちらを小馬鹿にしたような感じだったのに、侍の話になると、僅かに不安の影がさしたのだ。相手が何者かわからない、というのは本当なのかもしれない。

「重ねて聞くが、斬りかかられるような覚えはない、と言うんだな」

「いや、斬りかかられたってのは、ちょっと違いやすんで。あいつら、刀は抜かなかった」

「ちょいと御免なさい。あんた、額に怪我してますね」

おゆうは尋問の合間を捉えて、前に進み出た。

「見せてもらいますよ」

権十郎の額の右隅に、痣《あざ》になっている部分がある。新しいようなので、侍との乱闘で付いた傷に違いないだろう。おゆうは権十郎に近付き、少しばかり乱暴な手つきで額を探った。

「痛えよ、姐さん」

権十郎が苦笑し、身をよじった。

「どうです。刀傷なんかじゃねえでしょう」

「ええ。打ち身ですね」

「素手の殴り合い、だったのか」

伝三郎は訝し気に言った。だとすると、侍は水主を殺したり、重傷を負わせる気はなかった、ということだ。

「だが、お前は匕首を抜いたろう」

伝三郎は、牢番に指図して押収した匕首を持って来させ、権十郎に突きつけた。

「刀を抜いてねえ相手に、匕首を振るったなら、捨て置けねえな」

「待って下せえ。相手は侍だ。いつ抜くかわからねえから、こっちも身を守らなくちゃならねえ。だから抜いては見せやしたよ。でも誰にも斬りつけちゃ、いませんや。刃を見て下せえ」

伝三郎は匕首を抜いた。権十郎の言うように、刃に血は付いていない。

「これでわかったでしょう。あっしらは吉原帰りに、わけのわからねえ奴らに襲われたから、手向かっただけだ。早いとこ、牢から出しておくんなせえ」

「そう簡単にはいかねえな。侍をとっ捕まえて、お前らの話が信用できるとわかったら、出してやるさ」

そんな馬鹿な、と権十郎が嚙みつくのを無視し、伝三郎は権十郎を牢に戻すよう、牢番に命じた。権十郎は伝三郎を腹立たし気に睨んだが、おとなしく牢へ戻って行った。

「鶫飼様、異人を捕らえていただろう、っていう話は出されなかったんですね」

権十郎が連行されてから、おゆうは伝三郎に寄り添って言った。ロシア人のことを追及しないので、何だか歯痒かったのだ。

「ありゃあ、ごく内密の話だからな。万が一、あの水主たちがこの件に嚙んでなかったらまずい。オロシャ人のことで締め上げるのは、もうちっと周りを固めてからだ」

伝三郎がそういう方針なら、否やはない。おゆうはわかりましたと言って、仮牢の詮議の場を出ようとした。そのとき、はっと気付いた。

「鶫飼様、さっきの匕首ですけど」

「匕首がどうしたって」

「もしかして、狭間様を刺したものじゃないかと」

狭間は、千石船の水主を捜そうとして刺殺された。狭間の動きに気付いた権十郎が、始末した可能性は充分にある。

「うん、やっぱりお前もそう思ったか」

伝三郎が、よく気付いたなと言うように頷く。

「一応俺も調べたんだが、決め手がねえ。血が付いたとしても、拭き取られてる」

「でも、詳しく調べたら何か出るかもしれません。少し預からせていただけませんか」

「匕首を、か」

伝三郎は、少し考え込んだ。普通の品ではなく、凶器だ。おゆうに任せてしまうのは、躊躇いがあるのだろう。それでも、しばらく待っていると伝三郎は、牢番を呼んでさっきの匕首をもう一度持って来させた。

「よし、匕首はお前に任せる。扱いには気を付けろよ」

「ありがとうございます。充分に気を付けます」

おゆうは鞘《さや》に入った匕首を、両手で慎重に受け取った。

おゆうの家に着いたときには、もう日が暮れていた。おゆうを送ってきた伝三郎は、戸口のところで「それじゃあな」と言って踵《きびす》を返した。

「あら、お寄りにならないんですか」

残念そうに言うと、伝三郎は頭を掻いた。

「今夜は奉行所に泊まり込みだ。これからの段取りを、戸山様や浅はか源吾と相談しなきゃならねえ。明日もいろいろ手間取りそうだ。源七が狭間殺しの方を追ってるから、そっちを手伝ってやってくれ。匕首の方も、何かわかり次第知らせてくれ」

「わかりました。ご無理なさらないで下さいね」

伝三郎は軽く手を振り、懐手をして帰って行った。

やれやれ、何とも忙しい一日だった。おゆうは家に入り、行灯《あんどん》を灯してから改めて匕首を鞘から抜き、じっくりと眺めた。確かに血の色は見えず、鋭い刃が鈍く光っているばかりだ。だが、拭っただけで血液の痕跡は消えない。人の目に見えなくなっているだけだ。

おゆうは匕首を収め、一人で笑みを浮かべた。ラボへ持ち込む材料が、一つ手に入った。


翌朝。桶屋の市兵衛は、下っ引きの千太を連れて再び現れたおゆうに愛想よく応対したが、その頼みにはちょっと驚いたようだ。

「あの小屋の、羽目板でございますか」

「ええ。殺されたお侍の、血の跡が残っているところだけ。引《ひ》っ剝《ぱ》がして持ってっても、構いませんか」

「はあ、どのみちあのままでは気味が悪いですから、張り替えるか、小屋ごと建て替えるかと思案しておりましたところで」

「ありがとうございます。では、遠慮なく」

おゆうは千太を従えて小屋に入ると、奥の壁を指差した。

「千太さん、あれ、剝がしちゃって」

「へい、承知しやした」

袖をまくり上げた千太は、市兵衛から借りた鉈《なた》をふるって、たちまち血痕付きの羽目板を割って剝がし、外に持ち出した。

「姐さん、これでいいですかい」

「はい、ご苦労さん。それじゃ、持って帰ろう」

おゆうは市兵衛に礼を言うと、板切れを抱えた千太と一緒に家に向かった。

「こんなもん、持って帰ってどうするんです」

「調べることがいろいろあるのよ」

「どうも今度の一件は、よくわからねえなあ。親分も詳しいことは何も話しちゃくれねえし。この前、奉行所に呼び出されたことと関わりがあるんですかい」

「私も源七親分も黙ってるのは、それなりの理由があるのよ。だから、今は余計な詮索をしちゃ駄目。いいね」

「はあ……」

千太は不満そうにしながらも、それ以上文句は言わなかった。

「源七親分は、今日はどこに」

「鵜飼の旦那と、北見屋って廻船問屋に行きやした。水主がどうとか言ってやしたが」

小塚原から逃げた五人の水主を追っているのだ。併せて、北見屋がロシア人拉致を企んだのかどうか、探りを入れるのだろう。

「やっぱ、抜け荷絡みだろうなあ……」

「え、姐さん、何か言いやしたか」

呟きが口に出てしまったようだ。おゆうは「何でもない」と手を振り、道を急いだ。


千太に小遣いをやって帰らせると、おゆうは羽目板と匕首、了玄寺で採取した毛髪を持って、押し入れの奥に潜り込んだ。さすがに羽目板は、通すのに苦労した。

優佳の服装に着替えて東京の家に入ると、まず羽目板に鋸《のこぎり》を当てた。このままでは、電車に乗れない。血痕の一番濃いところを三十センチ四方ほどに切り、ビニールに包んで紙袋に突っ込んだ。次は匕首だ。台所から銘品の包丁が入っていた木箱を探し出して、ビニールで巻いた匕首を収め、厳重に梱包した。何しろ、持ち歩いているだけで銃刀法に引っ掛かる代物だ。

用意ができると、宇田川にメールした。「ちょっとヤバいもの持って行くんで、分析お願い」と送る。彼が読むかどうかはわからないが、いきなり匕首を出すのもどうかと思ったのだ。

いつものように中央線《ちゅうおうせん》各駅停車に乗り、ラボに着いたのは十時半頃だった。宇田川はいつもと変わらず、デスクに向かって背を丸めている。その脇に寄って、紙袋をどすんと置いた。

「おはよう。メール、見てくれた?」

「ああ、見た。ヤバいものって、何だ」

宇田川の声には、相変わらず緊張感がない。その目の前に、紙袋から取り出した木箱を恭しく置いた。

「何だこりゃ」

「周りに見られないで。匕首が入ってるの。凶器よ」

「凶器だと」

宇田川の目が光った。凶器の現物をここへ持ち込んだのは、初めてだ。

「さすがに警察からの仕事でも、凶器を扱ったことはないな」

嬉しそうに木箱に手を伸ばすのを、慌てて押さえた。

「ここでオープンにしちゃっていいの？　刃物なんだよ」

言われて宇田川は、手を止めた。

「それもそうだな。人が居ないときにやるか」

肩を竦めて、視線を紙袋に戻した。

「そっちは何だ」

優佳は羽目板を引っ張り出し、宇田川のデスクに置いた。

「血痕付きの板よ。犯行現場の壁から剝がしてきたの。被害者は背中と胸を刺されて、壁にもたれかかってた。これは被害者の血痕に間違いないから、匕首に残った血の痕跡と照合してほしいの。刃は拭われてるけど」

「拭ったくらいなら大丈夫だ。そっちの袋の中は、髪の毛か」

宇田川は、了玄寺の毛髪の入ったジップロックを摘《つま》み上げた。

「おや、金髪らしいのが混じってるな」

「それ、例のロシア人のやつ」

「てことは、ロシア人は捕まえたんだな」

「まあ、何とかね」

優佳は、ロシア人を見つけた経緯をかいつまんで話した。宇田川は一応聞いてはいたが、興味があるのかないのか、わからない顔をしている。視線は、髪の毛に固定されたままだった。

「ふん、そうか。で、これをどうする」

話を聞き終えた宇田川が、ジップロックを指で叩いて言った。

「金髪の方は、データだけでいいわ。照合が必要なのは、金髪じゃなく黒髪の方」

優佳は紙袋から、もう一つのジップロックを出した。その中には、傷を調べるふりをして手に入れた権十郎の毛髪が入っていた。

「黒髪は、ロシア人拉致犯の一味か」

宇田川は、納得したように頷いている。

「ふうん、十九世紀前半のスラブ系人種の毛髪か。面白い」

宇田川はジップロックを持ち上げ、照明に透かすようにして見つめた。その目には、子供のような光が宿っている。

六

「御免下さいまし。おゆうでございます」

おゆうは駒込の屋敷に着くと、門番に挨拶して通用口を入り、玄関から奥に向かって声をかけた。門番以外に、警護役の姿は見えない。目立たぬよう、奥の方に控えているのだろう。

すぐに足音がして、棚橋が現れた。

「おう、ご苦労。通れ」

おゆうは一礼し、式台から廊下に上がった。

「何か持って来たのか」

棚橋はおゆうが提げている風呂敷包みを見て、言った。

「はい、異人は何を好むか今一つわかりませぬゆえ、唐物《からもの》問屋に参りまして、異人の食するものは何か、聞いてまいりました。そうしますと、このようなものがありましたので」

おゆうが風呂敷を解いて出したのは、ワインのボトルだった。それと鶏肉だ。

「ほう、これは葡萄酒《ぶどうしゅ》か」

棚橋が目を瞠《みは》った。

「はい。以前、さる大きな一件で唐物問屋の大店とお付き合いができまして。そのお店のご主人から、お譲り頂きました。長崎より取り寄せた品だそうで。それと、異人は鳥獣の肉を好むとのことでしたので、鶏肉を」

「うーむ、なかなか気が利くではないか」

棚橋は唸ったが、すぐに顔を引き締めて詰問するように言った。

「お前、その唐物商に異人の話などしてはおるまいな」

「もちろんでございます。さるお店の好事家《こうずか》のご隠居から、一度異国人の好むものを食してみたいと相談されたことにしております」

「左様か。それでよい」

棚橋は、緊張を緩めた。

「料理人に渡しておこう。賄方《まかないかた》に言えば、代金はこちらで払う」

「恐れ入ります。では、異人の様子を見てまいります」

畳に手をついて一礼し、座敷を出ようとして呼び止められた。

「はい、何か」

不都合でもあったかな、と心配すると、棚橋はちょっと困ったような顔をしている。

「あー、鶏肉だが、どう料理するよう言えばいいのかな」

「はい、それは……」

オリーブオイルとバターと白ワインでソテーすれば、と言いかけ、慌てて止めた。

「申し訳ございません。そこまで考えておりませんでした。とにかく焼けばよろしいのでは」

「ふむ。まあ、良かろう」

わかったようなわからないような様子の棚橋の前を辞して、おゆうは奥へ行った。

警護役に鍵を開けてもらい、ロシア人の軟禁部屋に入った。所在なげに胡坐《あぐら》をかいていたロシア人は、ぎょっとして座り直した。

「ああ、そのままでいいですから」

警護役と共にロシア人の前に正座したおゆうは、手振りで楽にしろと伝えた。ロシア人は理解したらしく、胡坐に戻った。

「あなた、この国へ、何しに、来たんですか」

手振りを交えて、ゆっくり聞いてみた。それを見て、脇に控えた警護役が鋭い声を発した。

「余計なことは、聞かずともよい」

尋問はお前の仕事ではない、ということか。ロシア人の方も、何を質問されたかわかっていないようだ。おゆうは、済みませんと警護役に詫《わ》び、改めて手振りで、何か要るものはないかと尋ねた。ロシア人はおゆうを見ながら考え込んでいるようだったが、やがてかぶりを振った。何とか意味は伝わったらしい。

（やれやれ、これじゃ話もできない。疲れるなあ）

おゆうは溜息をついた。ゴローニン事件以後、幕府にもロシア語の通訳ができる人間が居るはずだ。どうして呼んでこないんだろう。何も聞かずに長崎へ送って、厄介払いする気なのか。

　おゆうはロシア人の顔を、じっと見つめた。年は四十代前半、あるいはもう少し行っているか。金髪碧眼《へきがん》で、顔立ちは整っている。が、さほど地位のありそうな人間には見えない。どうしてたった一人、この日本に上陸してきたのだろう。知りたいことは山ほどあるが、聞けないのが歯痒い。

　おゆうが穴のあくほど見ていると、ロシア人は落ち着かなくなったのか顔を逸《そ》らした。それに気付いた警護役が、「もう良かろう」と促した。おゆうは軽く頭を下げ、立ち上がった。部屋を出るとき、ロシア人の視線が背中を追ってくるのが感じられた。


　どうも慌ただしい一日だった、と思いながら家へ帰ると、間もなく伝三郎がやって来た。

「おゆう、帰ってたか」

　座敷に上がるなり、伝三郎は大きく溜息をついて、どすんと腰を下ろした。

「まあ、今日もずいぶんお疲れなんですね」

　おゆうが精一杯の癒やしの笑みを向けると、伝三郎も微笑んで応じた。

「源七と北見屋へ行って、だいぶ締め上げたんだが、知らぬ存ぜぬの一点張りだ。自分のところの水主が何で小塚原に居たのかなんて、知ったこっちゃねえ、てな様子でな。船が湊に舫われている間は、命の洗濯ぐらい行くでしょう、なんてぬかしやがる」

「それじゃあ、喧嘩相手のお侍のことも」

「何の話かさっぱりわからねえ、という格好で通してやがる。ロシア人のことは正面切って聞けねえが、聞いたとしても、やっぱり知らぬ存ぜぬだろうな」

「それは難しいですねえ」

確かに今のところ北見屋に関しては、雇っている水主が小塚原で侍と揉めた、という以外の事実は、何もない。

「ロシ……オロシャ人に話を聞ければいいんですが」

いけない、現代風にロシア、と言いそうになった……あれ、今しがた伝三郎も、ロシアって言わなかったっけ。いや、気のせいかな。

「通詞の方は、いらっしゃらないんですか」

「いなくはないはずだ。誰か言葉のわかる者が話を聞かねえと、埒が明かねえわな」

上の方の人たちは、何を考えているんだろう。

「お前、今日も駒込に行ってくれたんだろ」

「はい、行ってきました。何も様子は変わりませんが……あっ、そうだ」

おゆうは台所に立って、大徳利と湯呑みを持って来た。

「唐物問屋の西海屋《せいかいや》さんに行って、葡萄酒を譲っていただきましてね。オロシャ人に差し入れしたんですけど、すこしばかりうちの分も頂戴してあります。お試しになります？」

　本当は東京のデパートで買った方が種類も選べるし安上がりなのだが、ワインは江戸では大変なレアものだ。出所を追及されると厄介なので、以前の事件でできた伝手《つて》を頼ったのである。

「へえ、あの西海屋か。江戸一番のあそこなら、葡萄酒くらいありそうだな」

　伝三郎はおゆうの差し出した湯呑みを受け取った。

「これで飲《や》るのかい」

「葡萄酒を飲むときは、硝子《ギヤマン》の大きな盃を使いますから、このくらいでちょうどでしょう」

　おゆうは徳利から湯呑みに、赤ワインを注《つ》いだ。伝三郎が目を丸くする。

「何とも言えねえ色だな」

　湯呑みに口をつけ、そうっと流し込んだ。口の中で味わいながら、しきりに首を捻っている。

「うーん、こっちの酒とは全然違うな。渋いと言うか、酸っぱいと言うか……まあ、悪くはねえが」

「私もちょっと、いただきますね」

おゆうは手酌で、自分の湯呑みに半分ほど満たした。十九世紀のワインはどんな感じかな、と飲んでみる。思ったより濃いめだが、現代のものとそう変わらない気がした。

「あ、これ、美味しいかも」

伝三郎がびっくりしたように、こちらを見ている。

「へえ、お前もなかなかやるなあ」

「ふふっ、たまにはこういうものも、いいですね」

おゆうは笑って、伝三郎の湯呑みに徳利の残りを注いだ。大徳利一本分、ハーフボトル程度しかないのが残念だ。

「北見屋の方ですが、どうしましょう。正面からで駄目なら、源七親分と相談して、搦手《からめて》から攻めましょうか」

おっかなびっくりで少しずつワインを啜っている伝三郎に、おゆうが聞いた。伝三郎はすぐに頷いた。

「それがいいな。どこから攻める」

「そうですね。やっぱり疑いは抜け荷でしょうから、そんな噂がないか、商いの具合はどうか、その辺からまいりましょう」

「うん、定石だな。駒込の方も頼んじまって悪いが、その辺はうまくやってくれ」

　おゆうは「承知しました」と返事して、ワインの残りを舌の上で転がした。

　伝三郎は一刻余りの後、帰って行った。いつもの酒とは違う久々のワインに、おゆうはほんのり酔っていた。伝三郎も、日本酒より酔いの回りが早かったようだ。フルボトルで一本か二本あれば、すっかり酔って、泊まってくれたかもしれないのにな、などと残念に思う。

（さあ、明日も忙しいぞ）

　未練を払い、胸の内で呟く。北見屋の評判を探り、駒込の様子を見て、宇田川の分析結果を聞かなくては。おゆうは戸口の前で、大きく伸びをした。夜空に夏の星座が見える。明日は晴れて、暑くなりそうだ。


「しかし驚いたなあ。異人を捕まえたのは大手柄だが、世話の手伝いまでやらされてるのか。あんたも大変だな」

　新材木町《しんざいもくちょう》から小網町《こあみちょう》、さらに箱崎町へと歩きながら、源七は感心したように言った。

「鵜飼の旦那も人使いが荒いな。まあ、あんただから信用できるってことだろうが」

「鵜飼様が、って言うよりその上の人たちですよね。内与力の戸山様も、御奉行様ではないどなたかから、お指図を受けておられるようですし」

「誰が采配を振ってるのかわからねえ、ってのは、どうも気に入らねえな。だいたい、何だって俺たち町方の下っ端が、異人なんかと関わらなきゃならねえんだ。御上にゃ、いくらでも使える偉いお役人方が居るんじゃねえのかい」

「源七親分、声が大きいです」

源七はびくっとして口を押さえた。幸い、誰も聞いてはいない。

「北見屋さんは、手強《てごわ》そうですか」

「ああ。だいぶ面の皮は厚いな。確かに小塚原に居たのは水主だけだ。北見屋の指図があったんだとしても、水主の連中が口を割らねえ限り、証しがねえからな」

源七は、北見屋にあしらわれたのが相当口惜しいようだ。おゆうはそうですねと相《あい》槌《づち》を打って、行く手を指差した。

「あそこが島屋さんです。北見屋さんについて、何かいいネタが聞けるといいんですが」

島屋の主人は、二人を愛想よく迎えてくれた。

「これはおゆう親分さんに、馬喰町の親分さん。またのお越しということは、先日お尋ねの割符について、何かわかりましたのでしょうか」

「いいえ、残念ながらまだ何も。割符を持っていたお侍も、殺されてしまいまして」

おゆうは狭間の一件を、手短に話した。島屋は「何と恐ろしい」と嘆息した。

「川向こうの堀川町で人が殺されたらしい、という話は聞きましたが、それがあの割符に関わっていたのですか」

「割符が殺しにどう関わるのか、その辺はまだわかっちゃいねえんですがね」

源七は狭間の件をそこまでにして、話を変えた。

「ところで島屋さん、北見屋さんとはお親しいんで？」

「は？　北見屋さんですか。同業ですから存じ上げてはおりますが、まさか……」

島屋は北見屋が殺しに関わっていると思ったらしく、顔色を変えた。おゆうは急いで否定した。

「いえ、これは別の件でお聞きしている話ですから」

「ああ、左様ですか」

島屋は安心したらしく、もとの温和な顔に戻った。

「北見屋さんは、船持ちですね」

「はい。千石船を二艘お持ちで」

「どちらへの廻船でしょうか」

「上方へ一艘、蝦夷地《えぞち》から奥州にかけて一艘、廻《まわ》しておられたと思いますが」

おゆうと源七は、顔を見合わせた。やはり北見屋は、北方への船を出しているのだ。

言うまでもなく、蝦夷地の向こうにはロシアがある。

「蝦夷地へ廻しているのは、荒神丸ですかい」

源七が聞くと、島屋は首を捻った。

「さて船の名までは、しかと覚えておりませんが」

「権十郎って北見屋の水主の親仁は、ご存知で？」

「いえ、水主や船頭の名までは存じません」

島屋の顔に訝しむ表情が浮かぶ。

「その男が、何かしましたのでしょうか」

「ああ、いえ、ちょっとした揉め事です」

おゆうは軽く誤魔化し、話の向きを変えた。

「北見屋さんの商いの景気の方は、島屋さんの目から見て如何でしょう」

「商いの……はあ、それは」

同業者の経営状況を聞かれた島屋は、言い難そうに口籠った。何かありそうだ。おゆうは追い込みをかけた。

「ご存知のことがあれば、話して下さい。ご迷惑はかけません」

「同業の義理もあるでしょうが、島屋の旦那、こいつは御上の御用ですから」

源七も加勢する。島屋は、仕方なさそうに先を続けた。

「わかりました。調べればすぐわかることですから。北見屋さんは、去年の暮れに船を一艘、失《な》くしておられます」

「失くした？　船が沈んだんですか」

「はい。千石船よりひと回り小さな、五百石積みの船だったのですが、駿河《するが》の沖で嵐に遭いましたようで。船と積み荷を合わせますと、二千両ほどの損害になったのでは、と噂しております」

「二千両……」

源七が目を丸くした。

「そいつは、北見屋さんが丸ごと被るんですかい」

「問屋仲間で助け合う仕組みはありますが、かなりの額を北見屋さん自身で何とかせねばなりませんでしょうな」

廻船問屋には、海難事故のリスクは付きものだ。この時代にも海上保険に似た原始的な仕組みはあるようだが、二千両の損害を被れば、北見屋の屋台骨はかなり揺らいだはずだ。

「北見屋さんは、うまく金策ができたんでしょうか」

「そこまでは、手前どもには何とも。ですが、だいぶ苦労しておられるようです。思ったより多くの先々から、利息の多い少ないにかかわらず借り入れをなすっているようで」

「潰れたりはしませんか」

島屋は苦笑を浮かべた。

「そこまでは、ありますまい」

「そうですか……ところで、北見屋さんの船は江戸湊に居るのですか」

「ああ、はい。そう言えば、蝦夷地の方へ向かう船は、しばらく出しておられないようですな。二十日余りも湊に停まっています」

船が入港したまま、というのは妙だ。大きな損失を出したなら、それを穴埋めするためフル稼働させるのが普通ではないのか。

「船の具合が悪いんでしょうか」

「さあ、そうかもしれませんが」

島屋はそれ以上詳しいことは知らないようだ。おゆうと源七は、北見屋の評判についてもう少し聞いてから、島屋を辞した。

源七が昼飯を食って行けというので、ちょっと早いが「さかゑ」に寄った。源七はおゆうを店の一番奥の席に誘い、膳を用意するように言ってから、お栄も遠ざけて小声で話した。

「島屋の話を聞いた限りじゃ、北見屋で決まりだな。船を失くした損を埋めるため、抜け荷を企んだんだ」

「蝦夷地へ行く船をどこかでオロシャの船と落ち合わせ、品物をやり取りしようって魂胆でしょうか」

「それよ。北見屋は、鉾田の辺りでオロシャ人と会うはずが、手違いでその相手が代官所に捕まった。抜け荷がばれたら、損を埋めるどころか獄門台だ。そこで水主を使って、我孫子宿でオロシャ人をかっさらった。人に見られちゃいけねえから、取り敢えず小塚原に閉じ込めておいて、様子を見てこっそり船に移すつもりだったのが、あんたに見つかっちまった。どうだい、これで筋が通るだろ」

源七は一気に喋って、どうだというように胸を張った。我ながら見事な推理だ、と言いたげだ。

「なるほど、源七親分、お見事です」

確かにそう考えるのが、理に適《かな》っている。おゆうの褒め言葉に、源七は得意満面の趣だ。

「狭間さんは、オロシャ人が持っていた割符を取り上げ、深川で聞き込みするうち抜け荷のことに気付いた。そこで抜け荷の相手を捜そうと江戸湊に行ってみたけど、権十郎たちに見つかった。水主相手に片端から声をかけたら、たちまち権十郎の耳に入ったでしょうからね。それで口封じに殺され、割符も奪われた。こういうことですね」

「その通りさ。万事これで繋がるじゃねえか」

「そうすると、小塚原で水主たちを襲った侍は、何者でしょう」

「えっ」

「それと、オロシャ人はどうして鉾田なんかで、わざわざ陸に上がってきたんでしょうね。船で会った方がよほど安全でしょう」

「うん、それはだなァ……」

源七は何か言いかけたものの、途中で止まってしまった。目を上下左右に動かして、考え込んでいる。が、間もなく匙《さじ》を投げた。

「細かいことは、後から調べるか、北見屋に吐かせりゃいいじゃねえか。そういっぺんに何もかもわかるもんかい」

そこへお栄が、昼の膳を運んできた。

「何だいお前さん、天下取ったみたいに笑ってたと思ったら、急にまた難しい顔してさ。いったい何事なんだい」

「うるせえな。今度のことについちゃ、余計なことを聞くな」

「ほんとに、何にも話せないってことなのかい」

お栄の表情が硬くなった。常とは勝手が違うので、心配になってきたらしい。

「今度ばかりは、それだけ大事な御用を務めてるってことだ」

「お栄さん、ごめんなさい。いつかお許しが出たら、話すから」

おゆうが済まなそうに言うと、お栄もそれ以上聞かなかった。

「おゆうさんまでそう言うなら。お前さん、どんな一件か知らないけど、調子に乗って深入りしないよう、気を付けるんだよ。おゆうさんが付いてるなら、大丈夫とは思うけど」

「そりゃお前、話が逆だろ」

文句を言おうとする源七の背中を一発叩き、おゆうに「うちの人、お願いね」と言って、お栄は厨房《ちゅうぼう》に戻っていった。

「あいつめ、亭主をもうちょっと信用しやがれ」

「どんな一件に関わってるのか見えないから、心配なんですよ。話せるところは正直に話してあげて下さいね」

わかってらぁ、と源七は応じた。自分でも、女房に異人の話をできないのが苛立たしいのだろう。

「で、あんたはこの後、また駒込に行くのかい」

「ええ、そのつもりです」

「毎日、駒込とこっちを行ったり来たりじゃ大変だな」

おゆうの家から駒込の屋敷までは、ざっと一里半、六キロ少々ある。江戸の町をさんざん歩き回ったおかげで、足腰は相当丈夫になったが、毎日この距離を往復するのはさすがにきつい。と言って、向こうに居続けでは捜査情報が得られない。何か手を考えるか。早急に事件を片付けられれば一番いいのだが。

ロシア人の様子は、昨日と何も変わっていなかった。だが、おゆうが持ち込んだワインは気に入ったようだ。座敷の隅に空き瓶があり、おゆうが入って行くと、それを指差して笑顔を見せた。今回は、警護役は同席しなかった。任せておいても問題ない、と判断したようだ。

さてどうしよう、とおゆうは考えた。意思疎通がままならないのだから、できることはあまりない。見回すと、廊下に箒《ほうき》とはたきがあったので、掃除でもすることにした。

ロシア人を手振りで隅に下がらせ、畳を掃いていく。ロシア人は、物珍しそうにそれを見ている。丁寧にやったつもりだが、座敷と廊下を掃くのに、ものの五分もかからなかった。

何だか、ひどく馬鹿げたことをやっている気がした。誰も彼もがどうしていいのかわからないような雰囲気だ。棚橋にしても、尋問すらできない以上、ただ張り番をしているだけ、という様子である。

おゆうは溜息をついて、ロシア人の座敷を出た。鍵のかかる音を背後に聞いて、玄関に向かう。こんな具合なら、居ても居なくても同じだろう。通訳も寄越さず、幕府は何をやってるんだ。

胸の内でぶつぶつ言いながら玄関に出ると、警護役に付き添われて駕籠が着くところだった。そこそこ立派な乗物だ。いよいよ幕府の高官がロシア人と接触しに来たのかと思い、式台から土間に下りて膝をついた。

深々と一礼してから顔を上げ、駕籠から降りた人物を見て、おゆうは首を傾げた。その人物は白髪で、かなりの年配だった。だが、武家ではなく町人だ。見たところ、裕福な大店のご隠居という印象である。いったい何者だろう。

駕籠から降りた老人は、おゆうに気付くと丁寧に腰を折った。

「大黒屋光太夫《だいこくやこうだゆう》でございます、棚橋様にお取次ぎを願います」

「あ、はい。かしこまりました」

悠揚《ゆうよう》迫らぬ老人の態度に、これは相当な人物ではと感じたおゆうは、すぐさま奥へ行った。大黒屋？　どこかで聞いたような気がするが。

廊下の途中で、「あーっ」と叫びそうになった。どうにか声を抑え、棚橋を呼ぶ。

「棚橋様、大黒屋様がお見えです」

「おお、大黒屋殿か。すぐ参る」

棚橋はさっと襖を開け、急ぎ足で玄関に向かった。おゆうは廊下に座って控えた。

(なんとまあ、歴史上の人物のご登場だわ)

大黒屋光太夫は、四十年近く前、伊勢から江戸へ向かう途中、船頭(船長)として乗っていた船が嵐に遭い、はるか北方のアリューシャン列島に漂着。現地に居たロシア人と共にロシア本土に渡り、首都ペテルブルクでエカテリーナ女帝に謁見までした人物だ。十年を経て日本に帰国し、今は七十歳くらいになっているはずだが、江戸に住んでいたとは知らなかった。

棚橋に案内されて廊下を進んできた光太夫は、おゆうを見て軽く頭を下げると、棚橋の使っている座敷に入った。打合せをするらしい。この時代の日本で最高のロシア通である光太夫が来たのは、ロシア人の尋問に際し、通詞を務めるために違いあるまい。いや、或いは光太夫自身が尋問役を仰《おお》せつかったのかもしれない。おゆうは興味津々で、待った。

四半刻ほど過ぎたかと思う頃、光太夫と棚橋が出てきた。棚橋は廊下に座るおゆうを見て、眉をひそめた。

「お前は、表に出ておれ」

棚橋は目で玄関の方を示した。ロシア人の尋問を、おゆうには聞かせたくないということか。これはまずい。しかし、面と向かって抗議しても、棚橋は受け付けまい。おゆうは一礼し、一旦引き下がった。棚橋はロシア人の居る座敷の鍵を開けさせ、光太夫を伴って中に入った。

おゆうは一度玄関の方へ行ってから、そうっと引き返した。どこかで盗み聞きしようと思ったのだ。だが、廊下には警護役が二人も控えていて、隣室に誰も近付かないよう見張っていた。まあ、これは想定内だ。おゆうは再び玄関へ回って庭に出た。

外からアプローチして、床下に潜り込もうと考えたのだが、庭にも警護役が居た。やはり連中も抜かりはない。おゆうは内心で舌打ちし、屋敷の内に戻って納戸に行った。ここから天井裏に入ることができる。おゆうは積んである長持や箱を踏み台に、天井板を上げて首を突っ込んだ。

埃だらけの天井裏は、通気用の小さな格子窓から入る僅かな光で、何とか見通すことができた。奥の座敷の方向に目を向け、おゆうはがっかりした。座敷の天井と思《おぼ》しきところは、格子状の木組みで塞がれていた。ネズミは通れるが、人間は無理だ。

（まいったなあ。近付くルートがないじゃない）

これでは盗み聞きはできない。この屋敷、見た目ほど無防備ではないようだ。おゆうは埃を払いながら納戸を出た。

うろうろと動き回ったものの、会話が聞こえる距離に接近することはできなかった。どうにかしなければ、と思うが、忍者ではないのだから方法が思い浮かばない。ぐずぐずしているうちに、奥の座敷で動きがあった。おゆうは急いで玄関まで退いた。

光太夫と棚橋が出てきた。棚橋が笑みを浮かべているところをみると、尋問はうまくいったのだろう。棚橋は、光太夫を玄関に近い部屋に案内した。

「聞き書きの清書をします。お確かめいただきたいので、暫時お待ちを」

棚橋が光太夫にそう告げるのが聞こえた。棚橋はすぐに部屋を出ると、おゆうを見つけて手招きし、光太夫に茶を出すよう言った。

台所で茶を淹《い》れて持って行くと、光太夫は座卓を前に一人で座っていた。一礼して、茶碗を差し出す。光太夫は丁寧に礼を返し、茶碗を手に取った。

一口啜った光太夫は、おゆうの方にゆっくり顔を向けた。

「町方の、お人だそうですな」

「はい。東馬喰町で十手を預かります、おゆうと申します」

「おゆうさん、ですか。ご苦労様です」

光太夫は、上品な笑みを見せると、もう一口、茶を啜ってから言った。

「私の住まいは小石川《こいしかわ》の御薬園《おやくえん》にございます。後でお寄り下さい」

えっと思って、光太夫の顔を見た。光太夫は微笑みと共に黙って頷いた。

それから半刻ほど後、調書の確認を終えた光太夫は、警護役に付き添われ、駕籠に乗って帰って行った。おゆうはロシア人の様子を見ようと思ったが、棚橋から、今日はもういいと言われてしまった。ならば長居は無用。おゆうは屋敷を出て、早速小石川に向かった。駒込からは二十町、二キロ少々というところだろう。小半刻余りで着くはずだ。

第三章　駒込の密議

七

小石川の御薬園は、薬草の栽培を目的として幕府が設けた、一種の植物園である。五代綱吉《つなよし》の時代に南麻布《みなみあざぶ》から移転し、八代吉宗《よしむね》によって大拡張され、養生所が併設された。広さは四万五千坪ほどもあり、明治以降もそのまま使われ、東京大学附属小石川植物園となって現在に至っている。

光太夫の家は、その広大な薬園の一隅にあった。もしや厳重な監視対象施設では、と思い、それなりに覚悟して行ってみたのだが、見たところ普通の家で、監視人が常駐していたり柵で囲われていたりということは、一切なかった。

「御免下さいませ。先ほどお目にかかった、おゆうでございます」

いささか拍子抜けしながら門のところで呼ばわると、下男風の老人が出てきて、奥に案内してくれた。

「ようこそお越し下さいました。狭いところですが、あてがわれた家でございますので、ご容赦のほどを」

光太夫はそう言って迎えてくれたが、決して彼が言うほど狭くて不自由な家ではなかった。むしろ、居心地のいい隠居所という感じだ。

「正直に申しますと、もっとご不自由されているのでは、と思っておりました」

「そうですか。そう思われたということは、やはり私の来歴をご存知なのですな」

しまった。大黒屋光太夫がロシア帰りだということは、江戸の町人にはほとんど知られているまい。だが、光太夫は駒込でのこちらの態度で、既に察していたようだ。

「はい。オロシャ国に行かれたお方、とお聞きしております」

「いかにも左様です。どうやらあなた様も、ただの岡っ引きではないようだ。いや、そうでなければ奉行所の方々が、あなた様を一人で駒込に残されることは、ございますまい」

おゆうはちょっとたじろいだ。光太夫は、おゆうを奉行所に派遣された密偵かくノ一の類い、と思っているようだ。当たらずと言えども遠からずだが、だからこそわざわざここに呼んだのだろう。

「棚橋様たちの居《お》られないところで、今日のことをお話しいただけるということでしょうか」

正面切って聞いてみると、光太夫は頷いた。

「棚橋様は、さる御目付のお指図で動いておられます。ただ、御老中からどのようなお指図を受けておられるのか、私にはわかりません。それに、町奉行所を遠ざけているご様子。もしその御目付が、ご自身のお考えでそうなさっておられるとすると、如

は、やはり不都合でございましょう」
「オロシャ人は、既に江戸に入っておるのです。町奉行所を差し置いたままというの
「では……私にお話しいただけることを、御奉行様にお伝えせよと」
何なものかと」

そこまで言われて、おゆうも気が付いた。

「あの……大黒屋さんは、御奉行様と関わりが……」

「このような立場で江戸に住まわせていただいておりますので、いろいろと」

光太夫は、口元に意味ありげな笑みを浮かべた。

「さて、それでは本題に入らせていただきましょう」


全部聞き終えるのに、半刻余りかかった。

「名前は、ピョートル・ステパノフです」

光太夫は、そこから始めた。

「オロシャの交易船で、アリョールという名の船に乗っていたのですが、その中で揉め事を起こしたそうで」

ステパノフは船内で些細《ささい》なことから喧嘩騒ぎを起こし、相手に重傷を負わせた。それで船内に居られなくなり、夜明け前に小舟に乗せられ、追い出されたのだという。

「船は、ステパノフを追放するため、陸地に近付いたとのことです。我が国の領地ということは海図で承知していましたので、小舟を下ろすと、すぐに立ち去ったようです。小舟は海岸近くで岩にぶつかって壊れ、最後は泳いで岸辺に辿り着いたとか」

「では、そのステパノフという男は、何の当てもなく陸に上がり、さまよっているうちに代官所に捕らえられたのですか」

「そのようです。捕まるまでのことは、詳しく話してくれました」

光太夫は、ステパノフが上陸してから、飲み水を得ようとして代官所の手勢の待ち伏せに遭ったところまでを、聞いたままだと言って語った。そこに不審な点はないようだ。

「それでは、我孫子宿でのことは、いったい何だったのでしょう」

「さあ、それが厄介ですな。ステパノフ自身は、全く心当たりがないと申しております」

「自分が望まないのに勝手に連れ去られた、ということですか」

「少なくとも、あの男はそう言っております」

「彼を連れ出して小塚原の寺に閉じ込めていたのは、やはり私たちが捕らえた水主たちですか」

「それは間違いなさそうですな。刃物も突きつけられたとか」

「代官所の人たちは、何をしていたのでしょう」

「その辺はステパノフにもはっきりとはわからぬようですが、我孫子宿で泊まっていた宿の表でボヤ騒ぎが起き、煙が入ってきたようでして。喧嘩のような声も聞こえたので、襲撃かと思い、皆がそちらに行ってしまったのでしょう。代官所の方々は、このようなことに慣れておられませんから、してやられたのですな」

陽動作戦に引っ掛かったわけか。いくら不慣れでも、連行中のロシア人を一人にしてしまったのは、大失態だ。

「宿の裏手に出されて、猿ぐつわをされたそうです。用意されていた駕籠でしばらく運ばれてから、舟に乗せられ、だいぶ進んでからまた陸に上がりましたが、そこからは頬かむりに半纏という姿で歩かされたということで」

逃走経路は、おゆうたちが推測した通りでほぼ間違いなかったようだ。

「殴られるとか、痛めつけられたりはしなかったのですね」

「そうですが、連れ出した連中が何を企んでいるか、自分がどこに居るのかも全くわからず、ひどく不安だったと言っておりました」

それについては、おゆうもステパノフに同情していた。

「小塚原で水主たちを襲った侍については、何か見聞きしていませんか」

「はい、何かひどく騒がしくなったので、役人が押し寄せてきたのかと思ったそうです。ただし、侍の姿は見ていません。そのうちに騒動が遠ざかった気がしたので、外の様子を窺い、誰も見ていないのを確かめてから逃げ出した、とのことです」

残念、ステパノフは何も見ていないのか。水主を襲った侍の手掛かりは、何も得られないままだ。

「どうでしょう……大黒屋さん、ステパノフの話は信用できますか」

「そうですな。聞いた限りでは、まずまず筋は通っているかと存じますが」

光太夫は、やや含みのある言い方をした。信用度は、七、八割というところか。割符のことに触れていないのが、気にかかる。

「そうそう、一つ面白いことを言っておりましたな」

光太夫が、膝を叩いた。

「自分を見つけた女が、奉行所の役人を意味する異国語を使ったそうです。それを聞いて、ステパノフは腰を抜かすほど驚いたとか」

おゆうは目を剝いた。光太夫が面白そうに覗き込む。

「あなた様でございますね」

「え、はあ……知り合いの蘭学者に教わりました。異国人相手なら効き目があるかと思いまして」

「ほう。左様でございましたか」

光太夫は、おゆうの顔をまじまじと見たが、それ以上は何も聞かなかった。おゆうは背中に汗が浸みだすのを感じた。

話しているうちに暮れ六ツの鐘が鳴り、夜道は危ないですからと光太夫が駕籠を呼んでくれた。歩けば一刻近くかかりそうだったので、これは有難い。他にも光太夫は、お役に立つでしょうからとロシア語の単語を記した帳面をくれた。これでステパノフと、多少なりとも意思疎通ができるかもしれない。おゆうのことを何者と思ったかはわからないが、協力はしてくれるようだ。

半刻もかからずに家に着いた。行灯に火を入れ、やれやれと一息ついたところで

「おーい、帰ってるか」と伝三郎の声がした。

「あら鵜飼様、ついさっき戻ったところですよ」

いそいそと迎えに出ると、伝三郎は竹の皮の包みを差し出した。

「毎日駒込まで出向いたんじゃ大変だろ。卵焼きと泥鰌《どじょう》だ。精がつくぜ」

「まあ嬉しい。ご心配いただいてるんですね」

おゆうは喜んで包みを受け取り、すぐお銚子を用意しますと台所に行った。

「ずいぶんたくさん、ありがとうございます」

二人分にしてはちょっと多いな、と思ったら、伝三郎が頭を掻いた。

「実は、源七にもここへ来るよう言ってあるんだ。何しろ、今度の一件はうっかり番屋でも話せねえからな」

なあんだ、二人っきりのディナータイムじゃないのか。ちょっと残念だったが、北見屋の周辺を洗っている源七の話は、おゆうも聞きたい。

三人分の皿と銚子を用意し、膳に漬物を添えたところで、源七がやって来た。

「おっ、こりゃあご馳走じゃねえか」

「鵜飼様のお気遣いですよ。それにしても源七親分、いい間合いで来ますねえ」

「だろ。俺は鼻が利くからな」

伝三郎が手招きし、源七は御免なすってと座敷に上がって膳の前に座った。

「北見屋の評判は、どうだい」

銚子を持ち上げ、源七に注いでやりながら伝三郎が聞いた。

「へい、やっぱり良くはねえようで。島屋の言ってた通りでさあ」

恐縮して盃を受けながら、源七が答える。

「商売のやり口は、だいぶ強引らしいです。船持ちで、多少の融通が利くのをいいことに、他所の荷主をかっさらうようなことを、しょっちゅうやってたそうです」

「それじゃあ、人や船の使い方も荒かったんじゃありませんか」

おゆうが聞いてみると、源七は「そうともさ」とすぐに肯定した。

「金払いはいいんだが、人使いは荒いって水主連中は言ってる。この前、持ち船が嵐で沈んだのだって、他の船が船出を見合わせてるのに、儲《もう》けを先にして無理に出たからだって専らの噂だ」

現代で言うブラック企業のようだ。

「そんな店なら、腕のいい船頭や水主は集まらねえんじゃねえか」

「旦那のおっしゃる通りで。名の知れた船頭にゃ、敬遠されてたようですねえ」

「そうか。あの権十郎って奴も面構えの太々しさから見ると、真っ当な船乗りじゃねえのかもな。オロシャ人を攫った水主どもは、やくざ者と大差ねえ奴らなんだろう」

「ところで、一つ気になる話があるんですが」

泥鰌を齧《かじ》ってから、源七が言った。

「北見屋はこの一月《ひとつき》か二月《ふたつき》ばかりの間、中津屋と何度か会ってるみたいなんで」

「中津屋？　船松町《ふなまつちょう》の廻船問屋だな。廻船問屋同士が会うのが、どうして気になる」

「へい、中津屋は北見屋とは逆に、評判のいい店でしてね。商いは正直だし、荷の扱いもいい。主人の勘右衛門《かんえもん》は義理堅い男だって聞きやす。北見屋についても、商いの道に外れる店だと言って嫌ってたそうなんで。それがどうしたわけか、内々で人を入れずに会ってたんですよ」

「ふうん。どこでだ。お互いの店か」

「いえ、芝口《しばぐち》の叶屋《かのうや》って料理屋です。出入りの駕籠屋をちょいと揺さぶって聞き出しやした」

その辺り、源七はやはり抜け目がない。

「叶屋へは行ってみたのか」

「そいつはまだです。けど、叶屋も上客のことについちゃ、なかなか喋らねえでしょう」

それはそうだ。客同士の密会を漏らしていたら、料理屋の信用問題になる。そこでおゆうは、大事なことを思い出した。

「あ、中津屋って、帆の絵柄を印に使ってる店の一つですよね」

「帆の柄？　あの割符のか」

伝三郎も眉を上げた。

「あの割符、中津屋が作ったものかもしれねえ、ってことかい」

源七も興味を引かれたようだ。声が大きくなる。

「そこまで言えるかどうか、まだわかりませんけど」

「もしそうなら、中津屋とオロシャ人が割符の片割れずつを持っていたわけか。そして、オロシャ人のものを狭間が取り上げたと……」

伝三郎は腕組みし、考えを巡らせている。

「権十郎が狭間を殺してその割符を手に入れたんだとすると、今は北見屋が持ってるだろう。権十郎は捕まえたとき割符なんか持ってなかったからな」

「北見屋は、割符を手に入れてどうしようってんです」

源七は、伝三郎の考えが呑み込めないようだ。

「オロシャ人に割符とくりゃ、島屋も言っていた通り、抜け荷だろうよ。割符は抜け荷を企んだ、ってえ証拠になるかもしれん。そんなものを手に入れたら、お前ならどうする」

源七が「ああ」と叫んで右手で膝を打った。

「割符をネタに、中津屋を強請《ゆす》ろうというわけですね」

「それは、考えられますね」

中津屋の評判が上辺だけのもので、北見屋に尻尾《しっぽ》を掴まれたというなら、世間の目を避けて密会した理由もわかる。

「でも、その割符が中津屋の用意したものだと、北見屋が証明できなけりゃ駄目ですよね」

「そりゃあそうだ。帆の柄以外にも漢字が書いてあったって、あの川舟の船頭が言ってたな。ことによると、はっきり中津とか中津屋とか、書いてたんじゃねえのか」

「そう言や、中津屋の看板の印は、四角い帆に中津って書いてありやすね」

　おゆうは首を捻る。抜け荷の道具に、店の印をもろに使うなんて不用心だ。何かの事情で急遽《きゅうきょ》作ったので、つい深く考えず使ってしまったのか。それとも、抜け荷以外の目的があったのか……。

　ここで源七がはっと気付いた。

「ちょっと待って下せえよ。北見屋が中津屋と会ったのは十二日前が最後です。狭間さんが殺られて割符を盗られたのは、三日前でしょう。これじゃ強請りに使えやせんぜ」

「十二日前から、北見屋は中津屋に会ってねえのか」

「へい。店の者に聞いたところじゃ、この三日ほど北見屋は店からも出てねえそうです」

「十二日前なら、オロシャ人はまだ鉾田の代官所だしな」

「でも、北見屋は中津屋の抜け荷をだいぶ以前から勘付いていて、この二月《ふたつき》、ずっと強請っていたとも考えられます。中津屋が断ろうとしたので、動かぬ証拠となるものを手に入れようとして、荒っぽい手段で割符を奪ったのかも」

「ふむ。それも一理あるが」

　伝三郎は、考えがまとまらないようだ。

「まあ、ちょっと戻ってみよう。俺たちは、中津屋がその割符を使って、オロシャとの間で抜け荷をやってたんじゃねえかと疑ってる。そして北見屋が、その抜け荷のことで中津屋を強請ってたんじゃねえかとも考えてる。ただし、はっきりした証しはねえ。ここまではいいな」

おゆうと源七が頷く。

「よし。そのうえで、北見屋が権十郎たちを使って、我孫子宿の宿からオロシャ人を攫ったとも考えてる。だが、北見屋はなんでそんなことをしたんだ」

「えっと……そりゃあ、抜け荷の証拠になる割符を奪おうとして、じゃねえんですか」

源七が、自信なさそうに言った。

「でも、割符は狭間さんが持っていた。攫われる前にオロシャ人から取り上げていたんでしょうね。なら、北見屋がオロシャ人を攫ったことは、骨折り損だった？」

おゆうも首を傾げた。こうして考えると、どうにもややこしい。

「だいたい、割符を手に入れるだけのためにオロシャ人を攫うなんて大技をかけるのは、やり過ぎだろう。ばれたら、獄門だけじゃ済まねえぞ。それにだ、北見屋たちは、この一件に割符が使われていてオロシャ人がその片割れを持ってることを、いつ知ったんだ。どれもこれも、まだ決めつけるのは早計じゃねえか」

おゆうと源七は、顔を見合わせた。伝三郎が言うように、まだ辻褄《つじつま》の合わないことや、わかっていない謎はたくさんある。

「源七、中津屋の方をもっと洗ってみろ。勘右衛門の本性はどうなのか、調べるんだ」

わかりやした、と源七は返事し、おゆうが注いだ酒をぐっと呷《あお》った。

「よし、それで駒込の方はどんな具合だ」

「はい、オロシャ人が何者か、わかりました」

おゆうは大黒屋光太夫が来てステパノフを尋問したことを、詳しく話した。

「へえ、その捨八《すてぱち》だか何とかって奴は、オロシャの船の水主なんだな？」

聞き終えた源七が、勝手に名前を日本語化して、首を捻りながら言った。

「まあ、そんなようなものらしいですね」

「そいつは、オロシャの船から放り出されたってわけか」

「その話の通りなら、そいつは抜け荷についちゃ何も知らねえ、ってことになるが
……」

伝三郎もまた、首を捻っている。

「ステパノフは下っ端なので、気付いていなかったのかも」

アリョール号が密貿易船で、ステパノフは何も知らずに雇われた水夫にすぎない、ということは、あり得なくはないだろう。ステパノフは、船内で密貿易船に乗ってしまったと悟り、船長に逆らったために追い出されたのかもしれない。光太夫の尋問のときは、一味として処罰されるのを恐れて何も言わなかった、とも考えられる。

「じゃあ、何で割符なんか持ってたんだ」

「それは……」

伝三郎が鋭く衝いてきた。確かに、抜け荷の一味でない水夫が割符だけ持っているというのは、変だ。船を追い出されるとき、抜け荷の証拠として盗み出したとか？いや、アリョール号の船長たちもそこまで間抜けではあるまい。では、ステパノフは光太夫に嘘《うそ》をついたのか。

「どうもよくわからねえ。この一件を仕切っている御目付は、どこまで知ってるんだろうな」

釈然としない様子で、伝三郎がぼやくように言った。

「奉行所の方にも、何もお知らせがないんですか」

「ああ。戸山様も、相当苛立ってる。どうも御奉行まで蚊帳《かや》の外らしいからな」

町奉行をスルーできるというなら、その御目付は相当な権限を持たされているわけだ。そんなことが可能なのは、老中首座の水野《みずの》出羽守《でわのかみ》しかいないはずだが。

「このまま奉行所を虚仮《こけ》にされちゃあ、堪らねえ。おゆう、お前には苦労かけて済まねえが、もうちっとオロシャ野郎のところに張り付いていてくれ」

伝三郎は、おゆうを拝むようにして言った。そんな、頭なんか下げなくていいのに。

「大丈夫です。きっと何か摑んできますから」

おゆうは力強く頷いた。伝三郎のために、というだけではない。おゆう自身、この真相を何としても知りたかった。

ラボに着いたとき、宇田川は相変わらずデスクにかじりついて、優佳の方を見ようともしなかった。

「おはよ。朝から熱心に仕事してるじゃないの」

傍らの椅子に腰を下ろして声をかけたが、返ってきたのは「ああ」という唸り声だ。この男の無愛想はいつものことなのだが、今日は磨きがかかっているようだ。優佳に顔も向けないのは、さすがに珍しい。

「あのさ、何か面白いものでも見つけたの」

またしても、返事は唸り声だけだ。何を調べてるんだ、と思って、頬がくっつくぐらいにぐいっと顔を寄せ、モニター画面を覗き込んだ。さすがに宇田川は、ぎょっとして引いた。

「な、何だよ」

「だから、何を調べてるのよ」

「正体不明の化合物だ。いったいどういう代物か、分析してくれと持ち込まれた」

「新種？　毒物とかじゃないでしょうね」

「まだわからん。出所もわからんが、場合によっちゃ、科捜研に回すかもしれん」

最低限のことしか言わないので、何なのかよくわからない。要するに、正体のわからない薬物のようなものが発見されたので、ヤバいものじゃないか調べてくれ、ということらしい。宇田川がずいぶん熱心になっているのは、未知の新種のようだ、ということに惹《ひ》かれたからだろう。科捜研という名前が出てくるところを見ると、事件の可能性もあるのだろうか。

「それって……」

もう少し聞こうかと思ったが、これは自分が立ち入るべき話ではない。優佳は、化学式のようなものが並んでいるモニター画面から目を離し、用件を言った。

「一昨日頼んだ江戸のブツだけど……」

それを聞いた宇田川が、初めてこちらを見た。

「あ、あれか」

宇田川の興味が、急に切り替わったようだ。引き出しを開けると、A4の紙束を取り出した。優佳に差し出し「見るか」と聞いたが、どうせ素人には読み解けない。結果だけ聞かせてくれればいい、とやんわり断った。

「照合した。黒髪の方だが、金髪と一緒にあった黒髪の中の一本と、DNAが一致した」

よし。これで、権十郎が了玄寺でステパノフと一緒に居たことは間違いない。

「それから、刃物からは確かに血痕が検出できた。板切れに付いていた血痕のＤＮＡと一致した」

完璧。権十郎が狭間を刺した証拠も、これで得られた。もっとも、江戸でそのまま使えはしないが。

「これ、持って帰ってくれ」

宇田川は、下の引き出しから厳重に梱包《こんぽう》したものを出してきた。言うまでもなく、預けてあった匕首だ。優佳は、ガラスの間仕切りの向こうに居る事務職員たちに見られないよう、急いでブツをバッグにしまった。

「それから、その金髪なんだが」

宇田川は、Ａ４の紙にプリントされた分析結果を見ながら続けた。

「一本は毛根が付いてた。おかげで詳しく分析できた」

おそらく水主の一人が金髪を珍しがって、ステパノフの頭から引っこ抜いたのだろう。誰のものか疑いなくわかっているので、捜査上の分析は必要ないが、宇田川へのお土産のようなものだった。

「こいつは、例のロシア人のものに間違いないんだよな」

「そりゃそうよ。長崎じゃなくて江戸なのよ。他に金髪の人間なんて、居るわけないじゃん」

優佳は笑ったが、宇田川の表情を見て、おや、と思った。分析結果を見ながら、妙に難しい顔をしている。何だろう、と思ったとき、宇田川は唐突に立ち上がって、キャビネットの一つを開き、中から小型の段ボール箱を出した。

「何なの、それ」

優佳が驚いて聞くと、宇田川は確認するように言った。

「あんた、そのロシア人の部屋に出入りできるんだな？」

「ええ、まあ、そうだけど」

そうかと頷き、宇田川は箱の蓋を開けた。優佳は中身を見て、目を丸くした。

「えっ……これって」

「集音マイクとＩＣレコーダーだ。こいつをロシア人の部屋にセットしてくれ」

優佳は、唖然《あぜん》としてその高価そうな道具を見つめた。宇田川は、ステパノフの部屋を盗聴してどうするつもりなんだろう。

「それから、できれば明日にでもそのロシア人の顔を拝みたい。多少遠くからでも構わん」

ええっ！　江戸に来るって言うの。しかも明日ですって。

八

急いで江戸に戻り、本駒込の吉祥寺《きちじょうじ》の傍にある宿を確保した。宇田川の宿舎にするためだ。駒込からの帰りが遅くなるときは、おゆうもここを使うつもりだが、宇田川と同じ宿に泊まっていると伝三郎が知ったら、どう思われるだろう。妬《や》いて怒り出すかな、などと考え、苦笑する。

ステパノフは駒込の屋敷から出られないので、外から顔を見るとしたら、五十メートルほど離れたところにある、太い木の枝にでも上るしかあるまい。宇田川のことだから、望遠レンズなどの道具は持って来るだろう。それより、彼の運動神経の方が心配だった。木の上から転落でもされたら目も当てられないし、そもそも木登りできるのだろうか。警護役の侍に見つかる可能性だってあるし……。

ああもう、あれこれ心配しても始まらない。とにかく、やれることからやろう。おゆうは駒込の屋敷に入ると、棚橋に挨拶してからまっすぐステパノフの部屋に行った。

ステパノフは、相変わらず所在なげに座敷に座っていた。退屈だろうな、とは思うが、事実上の囚人なのだから、我慢してもらうしかない。

おゆうの顔を見ると、ステパノフは微笑んだ。無愛想な侍ばかりに囲まれていると、やはりおゆうが来るのが嬉しいようだ。おゆうはステパノフの向かいに腰を下ろし、その顔を指差して「ピョートル」と言ってみた。

ステパノフの顔に、驚愕が広がった。が、すぐに光太夫から聞いたのだと思い当ったようだ。満面の笑みを浮かべ、「ダー。ピョートル・ステパノフ」と言った。おゆうは頷き、親指で自分を指して、「おゆう」と名乗った。ステパノフはすぐ理解し、「オユウ」と繰り返した。どうやらこれで、最初のコミュニケーションが成立した。

じゃあ、次は何を言ってみようか。部屋を見回して考えていると、ステパノフが先に部屋の隅にある空き瓶を指して「ヴィノ」と言った。ええっと、何だっけ。急いで光太夫からもらった帳面を懐から出し、頁《ページ》を繰る。あった。ワインのことだ。おゆうが頷くと、さらに「ヤ　ハチュー」と続けた。ワインがほしい、と言っているのだ。それは困る。

おゆうはかぶりを振り、「ニェット」と返事した。ステパノフは、哀し気な表情になった。にべもない、と思われたようなので、また帳面を繰って単語を捜し、「ダローゴ」と付け足した。値が高い、という意味だ。言わんとすることはステパノフもわかったらしく、苦笑が返ってきた。それでもひどく残念そうな顔をするので、おゆうはつい吹き出した。ステパノフも、つられて笑った。

こうして見ると、このロシア人、何だかいい人っぽい、と思えてきた。ステパノフの方も、わずかながら尋問以外の会話ができたので、いくらかリラックスしたようだ。よし、それでは仕事にかかろう。

おゆうはうっすら汗ばんでいるステパノフの額を指して、「ジャールカ（暑い）？」と聞いた。日本の高温多湿な気候は、ロシア人には辛《つら》いはずだ。思った通り、ステパノフは「ダー」と応じて、渋面をつくった。やはり、快適ではないらしい。おゆうは了解の印に頷き、一旦部屋を出て棚橋のところに行った。

「水浴びさせたら、と思うんですが」

「水浴び？　風呂に入れるのか」

「オロシャは北の国ですから、江戸の暑さはこたえましょう。井戸のところで、水を被るだけでもよろしいかと」

日本式の風呂には慣れないだろうから、シャワー代わりの井戸水で充分だろう。棚橋は少し考えてから、了承した。

「確かに、奴は少しばかり臭うな。よかろう。すぐ用意させる」

十五分ほどで、警護役の一人が用意できたと言って、ステパノフを連れに来た。ステパノフは何事かと訝しみ、構える様子を見せた。入浴を意味する「コゥパーニャ」と言ってやると、緊張を解いた。さらに、手桶で水を浴びる仕草を示してやると、ステパノフは笑って頷いた。

ステパノフが井戸へ向かった後、おゆうはこの間に掃除しますと言って、部屋に残った。警護役が了解して出て行くのを見送り、おゆうは押し入れの襖を開けた。上段に上がり、端の天井板を上げて天井裏に頭を突っ込む。埃以外に何もないのを確認し、懐から集音マイクとレコーダーを出してクリップで天井板の枠に固定してから、双方をＵＳＢケーブルで繋いだ。おゆうも以前に通販で買った盗聴器を江戸で使ったことがあるが、こちらはずっと高性能のようだ。

スイッチをＯＮにし、インジケーターが点灯したのを確認すると、天井板を元通りにして押し入れから出た。バッテリーは、二日ぐらいはもつはずだ。おゆうは何食わぬ顔ではたきと箒と雑巾を使い、ステパノフが戻るのを待った。

ステパノフは、二十分ほどで戻ってきた。ずいぶんさっぱりした顔をしている。やはり彼も、水浴びしたかったのだ。おゆうを見ると、「スパシーパ」と礼を言った。水浴びがおゆうの進言によるものと知ったのだろう。マイクを仕掛ける時間を作るための作戦だったのだが、どういたしましてと微笑みを返しておいた。

「水浴びは、良い考えであったな」

棚橋は満足げに言った。

「二日ごとに、今時分頃に水浴びするのがよろしゅうございましょう」

「うむ。それが良さそうだな」

棚橋はさほど考えもせず、おゆうの提案を受け入れた。これで明後日、マイクとレコーダーを回収できる。思惑通りに運んだので、おゆうはほっとした。後は宇田川に、どううまくステパノフの顔を見せるかだ。

翌日午前、家で待っていると、宇田川がタクシーで到着した。カメラバッグらしきものを担いでいる。やはり、望遠レンズでステパノフを撮影する気らしい。

「どうだ。顔を見られそうな場所は見つかったか」

挨拶も愛想も抜きで、いきなり切り出した。優佳は慣れっこで、別に驚かない。

「何とかなりそうだけど、タイミングが難しいかな。あんた、木登りできるの」

「つまり、木の上から見ろってことか」

「塀際に木がたくさん繁ってて、目隠しになってるのよ。だいぶ高い位置から覗くしかないの」

宇田川の顔が歪んだが、文句は言わなかった。

「じゃあ、さっさと着替えて。着物は前に使ったやつを用意してあるから。着替えたらすぐに、髪型整えるからね」

優佳も愛想抜きで畳みかける。宇田川は返事もせず、急いで家に入った。

「集音マイクとレコーダーは、セットできたんだよな」

閉めきった襖の向こうで、宇田川が江戸の衣装に着替えながら言った。宇田川は案外器用で、ネットで着物の着方と帯の締め方を調べ、ある程度自分でできるようになっている。

「天井裏に取り付けた。それでいいでしょ」

「ああ。天井板を通すぐらいなら、何も問題ない」

「でも、録音したって会話はほとんどないよ。警護の侍はステパノフに話しかけたりしないし、尋問はこの前、終わっちゃっているし」

「構わん。独り言とか寝言が拾えれば、それでいい」

それってどういうことなの、と優佳が聞こうとしたとき、スマホの着信音が鳴りだした。優佳のものではない。宇田川に電話がかかってきたらしい。襖の向こうで、宇田川が応答する声が聞こえた。

「あー、河野《こうの》さん、何？」

相手はラボの社長で宇田川の大学の先輩、河野氏のようだ。

「うん、え？　例のやつ？　今、別の用事なんだけど」

仕事の呼び出しか。できれば、先にこっちを片付けてほしいが。

「だからそれ……え？　そんなに？　ふん、ふん、はあ。わかった。一時間で」

通話が終わったな、と思ったら、いきなり襖が開いた。

「江戸はとりやめだ」

「えっ、どうして」

唐突に言われて、優佳は困惑した。こっちの段取りはできているのに。

「昨日の化合物だが、廃棄された建物跡から小型のコンテナ一杯分ほど出てきたそうだ。現場で分析するので、すぐ来てくれと河野さんが言ってきた」

「かなりヤバいものなの」

「わからんが、最悪の想定はしておく必要がある」

「最悪っていうと……」

「揮発性はなさそうだが、毒性の強い粒子だったら、警察を呼んで周辺住民を避難させる」

げっ、それほど危険な事態の可能性があるのか。だったら、無理に引き止めるわけにもいかない。

「わかった。そんな大ごとなら、仕方ないね。こっちは延期しようか」

「延期か。そうだな……」

宇田川は少しの間思案していたが、首を振った。

「いや、行くまでもないか。あんたがそのロシア人の画像を撮って、送ってくれりゃいい」

「ええっ、私にやれと」

あまりに簡単に言う宇田川に、優佳はカメラバッグを指して反論した。

「こんな望遠レンズ付きの立派なカメラ、使ったことないよ。それとも、本人の目の前にスマホを突き出せとでも言うの」

「心配いらん。フルオートならシャッター押すだけだ。猿《さる》でもできる」

とうとう私を猿扱いか。

「失敗しても責任持てないよ」

「もともとあんたの仕事だし」

そう言われると、言い返しようがない。

「最悪、画像がなくても音声データが確保できれば、何とかなるだろう。任せた」

宇田川はそれだけ言って、襖を閉めた。せっかく着た着物を脱いで、もとのよれよれのシャツとジーンズに着替えるのだ。優佳は足元のカメラバッグを見つめて、大きな溜息をついた。


「本駒込の方に宿を取りましたので、明日からそっちへ泊まろうと思います」

夕刻、家に来た伝三郎に銚子を差し出しながら、おゆうは告げた。

「そうか。毎日ここから駒込まで通うんじゃ大変だからなあ。俺もそうしたらどうかって、言おうと思ってたんだ」

伝三郎の言う通り、駒込までの往復をずっと続けるのは、さすがに辛い。結局宇田川が宿を使うことはなさそうだから、自分で活用しよう。

「俺も帰りがけに、できればそっちへ寄ることにするよ」

「まあ。そうしていただけると嬉しいです」

宿屋で伝三郎と二人過ごす、というのも気分が変わって悪くない。伝三郎も泊まればいいのに、と思うのだが、いつもの様子からすると、残念ながら難しいだろう。

それにしても、宇田川が急に予定を変えたおかげで、今日は大変だった。駒込の屋敷の裏手にある、目を付けておいたクスノキに登り、望遠レンズを屋敷に向けて撮影するという荒業をやってのけたのだ。着物姿で木に登るのはかなり大変で、草履を脱ぎ、裾をからげて両脚をむき出しにしなくては無理だった。誰かに見られたらと思うと恥ずかしくて堪らなかったが、幸い近くを通る者もなく、屋敷の側からも気付かれずに済んだ。そのカメラバッグは、おゆうの背後の押入れに突っ込んである。

「それで鵜飼様、お預かりした権十郎の匕首なんですが」

匕首と聞いて、伝三郎の顔が仕事モードになった。

「何かわかったか」

「はい、ちょっとご覧下さい」

おゆうは手拭いにくるんでいた匕首を出し、虫眼鏡と一緒に伝三郎に手渡した。

「ここです。刃の根元のあたり。柄《つか》の部分に、微《かす》かに血の痕があります」

伝三郎はおゆうの人差し指が示すところを、虫眼鏡で確かめた。

「お……なるほど、針の先ほどの染みだが、お前の言う通り血のようだな。よく見つけたな」

それが間違いなく血痕であることは、ラボで確認してある。

「これだけで、証しになるでしょうか」

DNAの照合結果を知っているおゆうとしては歯痒いが、単に微量の血が付いていた、というだけで狭間殺しの証拠とはさすがに言えまい。

「そりゃあ、これだけってわけにはいかねえが」

そこは承知のうえで、と伝三郎が言う。

「何かの争い事で、相手が血を流した、てことぐらいは言えるだろう。実はな、源七が、狭間が殺られた堀川町の隣の佐賀町《さがちょう》で、殺しのあった時分に急ぎ足で真っ直ぐ永代橋へ行く、大柄で着流しの、ちょっといかつい男を見たって奴を捜し出したんだ。近所の瀬戸物屋の番頭だ。往来で肩がぶつかりそうになったんで、覚えてた」

「えっ、そうなんですか。大柄でいかついっていうと……権十郎もそんな見てくれですね」

「そうよ。船頭が見た、狭間と連れ立ってた男も着流しの大柄な奴だったたって話だろ。あいにく船頭も番頭も顔は覚えてねえそうだが、体つきは権十郎に似てるじゃねえか。匕首のことと合わせて責めたてりゃ、権十郎は口を割るかもしれねえ」

拷問のようなことは好きではないが、権十郎は少々脅したところで口を割るようなヤワではない。ＤＮＡで犯人だと証明されている以上、ここはやむを得ないか。

「白状すれば獄門です。喋るでしょうか」

「吐かせてやるさ。他に手はねえしな」

伝三郎は、任せておけと頷いた。

駒込には昼から出向けばいいので、翌朝、おゆうは伝三郎と共に大番屋へ赴いた。権十郎から思い通りに白白を引き出せるかどうかは、全て伝三郎の腕にかかっている。伝三郎自身がそれをよく承知しているので、表情からも気負いが感じられた。おゆうは、頑張ってね、と心で念じた。

だが、大番屋へ着くなり肩透かしを食わされることになった。

「おう、鵜飼におゆうか。朝からご苦労」

意外にも、二人は戸山に迎えられた。

「これは戸山様。如何なさいましたか」

内与力が大番屋に出向くのは、珍しい。伝三郎が聞くと、戸山は難しい顔で、奥の座敷を示した。伝三郎とおゆうは無言で一礼し、戸山に従った。

「他でもない、権十郎と申す水主のことだ。奴は鉾田代官所の狭間甚右衛門を殺《あや》めた疑いがある、と聞いたが、確たる証しは見つかったのか」

「は、それは……」

伝三郎とおゆうは、思わず顔を見合わせた。

「確たる、とまでは参りませぬが、大いにそれらしき疑いはございます」

「痛めつけて、吐かせるか」

戸山が、こちらの考えを見透かしたように言った。伝三郎は仕方ないという様子で、「はい」と答えた。

「まあ、それも良いが」

戸山には、何か考えがあるようだ。

「泳がしてみては、どうか」

「一旦、解き放てとおっしゃるので」

伝三郎は眉間に皺を寄せた。

「左様。さすれば、抜け荷の企みがあるのなら、北見屋と諮《はか》って何かの動きをすることもあり得る。ただ痛めつけるよりは、得るものがあるのではないか」

一理あるかも、とおゆうは思った。しかし、少なくともおゆうには権十郎が殺人犯だとわかっている。それを一時とはいえ自由の身にするのは、さすがに黙過できない。

「恐れながら、戸山様。権十郎を出してしまえば、殺しの証拠を消しに動くのではございますまいか」

おゆうが口を挟むと、伝三郎に肘で小突かれた。仕方なく頭を下げる。

「ならば、証拠を消そうとしたところを捕らえれば、ぐうの音も出まい。そのために、奴をしっかりと見張るのだ」

正論だ。そこまで言われては、「承知仕《つかまつ》りました」と返事するしかなかった。

戸山は念を押して立ち上がり、出て行こうとした。その背に、伝三郎の声が飛んだ。

「しかと、頼んだぞ」

「戸山様。このお指図は、どなたか上の方の御意向でございますか」

戸山の足が止まった。一拍置いてから、低い声が返ってきた。

「声高に、申すな」

戸山はそうひと言漏らしてから、去った。

おゆうは駒込に行かねばならないので、源七ら数人の岡っ引きに、急遽招集がかけられた。いずれもロシア人捜索に動員された連中である。

「いいか。権十郎は明日朝、五ツ（午前八時）に解き放つ。匕首は間違っても返すんじゃねえぞ。それまでに用意を整えて、奴から四六時中目を離さねえようにしろ。どんな些細な動きでも見逃さず、知らせるんだ」

伝三郎に強く命じられ、岡っ引きたちは幾らか緊張した面持ちになった。

「承知しやした。で、奴が何か悪さをしようとしたらどうしやす」

「刃傷沙汰《にんじょうざた》にでもならねえ限り、手を出さず見張れ。余程の馬鹿じゃなけりゃ、そんなことはするめえがな」

当の権十郎は、仮牢の中でおとなしく座っている。その顔には、こちらを舐《な》め切ったような笑みが浮かんでいた。伝三郎は、憎々し気にその姿を睨みつけた。


駒込では、ちょっと手間取った。二日前と同様、ステパノフを水浴びさせている間に、集音マイクとレコーダーを回収しようとしたのだが、間の悪いことに雨が降り出した。それを見た警護役が、今日は水浴びは不要では、と言い出したのだ。雨で涼しくなるし、水を被りたければ着物を脱いで雨の中に立っていればいい、という論法だ。盥《たらい》に水を張るのが面倒だったのだろう。

ステパノフが部屋に居座ったままでは、道具を回収できない。おゆうはステパノフ自身に聞いてみた。

「コゥパーニャ?」

「ダー」

やはり水浴びはしたいらしい。念のため、ちょうど降りだした雨を指差してみた。ステパノフは言いたいことがわかったらしく、「ニェット」とかぶりを振った。

「一昨日のように、水浴びしたいそうです」

棚橋に言ってみた。棚橋は外の雨を見やって少しばかり首を傾げたが、警護役の一人を呼んで、横着せず決められた通りにやれ、と指示した。警護役は恐縮して、盥を用意しに行った。おゆうは安堵した。

無事に回収を終え、ステパノフに、じゃあまた明日、と手を振って、屋敷を後にした。雨は夕刻になっても止《や》まない。持って来た傘をさして、本駒込の宿に行った。宿は駒込の屋敷から十町程度の距離なので、こんな雨の日は格段に楽だ。

二階の部屋に案内され、女中が去ると、おゆうは畳の上に大の字になった。大きく伸びをして、懐からマイクとレコーダーを出してみる。何が録音できたか、興味津々だ。

レコーダーの再生ボタンを押した。特に何も聞こえない。本当にちゃんと録音できたのかと心配になったが、一分ほどで畳の上を歩くような音が聞こえた。ステパノフが縁側の方へ歩いたのだ。続いて縁側の床板を踏む音。戸の開け閉めの音。手洗いに行った音だったようだ。少なくとも、録音の状態には問題ない。

しばらく聞いてみたが、それ以外の音はほとんどしなかった。庭の警護役同士の会話が、一度だけ入っていた。そんなものもクリアに拾えるとは、立派な機械だ。しかし、がさがさっと何かが走る音が聞こえたのには驚いた。ネズミに違いない、と気付いて、鳥肌が立った。

十分ほど聞いて、変化の少なさに飽きてしまい、再生を止めた。宇田川の意図がどこにあるのか知らないが、こんなもの本当に役に立つのだろうか。

その晩は、ぐっすりと眠れた。布団の片付けも掃除も要らないので、ゆっくり朝寝する。雨は夜の早いうちに止んだようで、鳥の囀《さえず》りが聞こえた。極楽だね、と思いながら、布団の中でもぞもぞしていると、表の方で誰かが大声で呼ばわるのが聞こえ、続いてどたばたと階段を駆け上がる音がした。

「姐さん、姐さん、起きてますかい。あっしです」

千太の声だ。何てこと、騒々しいのがここまで追ってくるとは。

「ええ？　朝っぱらから何事よ」

「朝っぱらたって、もう四ツ（午前十時）をだいぶ過ぎてやすぜ」

うわ、しまった。寝過ぎたようだ。

「ちょっと、まだ襖開けちゃ駄目。何事なの」

「すいやせん。でも、大変なんです。権十郎の奴が、消えちまったんで」

「えっ！　ちょっと、何よそれ」

思わず襖越しに怒鳴った。権十郎には、何人ものベテランの岡っ引きが、二十四時間態勢で張り付いていたのではなかったのか。

「とにかく姐さんをすぐ呼んで来いと、鵜飼の旦那のお言いつけで」

「わかった。すぐ支度するから」

おゆうは布団を撥《は》ね飛ばした。いったい何が起きたんだ。

九

案内されたのは、霊岸島《れいがんじま》の番屋だった。そこでは、苛立ちを隠そうともしない伝三郎と、うなだれる源七が待っていた。

「権十郎が消えたって聞きましたが」

急《せ》き込んで聞くと、伝三郎が「そうなんだ」と言って、源七を促した。

「あの野郎、一緒に出された水主を従えて、悠然と大番屋を出て行きやがった。それを俺たちが、代わる代わる尾けていったんだが」

「皆さんほどの手練《てだ》れが揃っていて、撒かれたっていうんですか」

「面目ねえ。湊橋を渡ってこの近くまで来たところで、後ろの方で掏摸《すり》だって大声が上がってよ。そっちを向いたら、何だか怪しい奴が路地に駆け込むのが見えた気がして、つい目で追っちまったんだ。いけねえと思って前を向いたら、権十郎の姿が消えてた」

陽動作戦だな、とおゆうは思った。我孫子宿で使われたのと、同様の手口だ。大声を上げただけで、掏摸なんて居なかったのだろう。伝三郎の顔を見ると、同じ考えのようだ。

「その辺りの家に入り込んだんでしょうか。長屋を突っ切って裏へ出たんでしょうか」

「俺もそう思って捜したんだが、見つからねえ。まったく、情けねえよ」

源七は、しょげかえっている。

「北見屋へ戻ったんじゃないんですか」

「それなら、堂々と戻ればいい。何も姿をくらますことはねえだろう」

伝三郎の言うのは、もっともだった。尾行を撒いた以上、何か良からぬことをしようとしているに違いない。ならば泳がそうという狙いは正しかったわけだが、逃げられてしまっては元も子もない。

「一緒に大番屋を出された水主たちは、どうしたんです」

「あいつらは途中で別れて船に戻っただけだ。船の方は見張らせてるが、これといった動きは今のところ、ねえ」

「鵜飼様、あいつらの船、荒神丸でしたっけ。どこに舫われてるんですか」

「ああ、大川端《ばた》の三ノ橋《さんのはし》の傍だ」

「千石船は本湊に泊まると思ってましたが」

「荷積みの時はそうだが、しばらく荷積みはしねえらしくて、他の船に場所を空けるため、大川端の方に動かしたようだ」

「じゃあ、水主たちはどこで権十郎と別れたんです」

それには源七が答えた。

「箱崎町まで来たところで、水主たちは真っ直ぐ進んで大川端の方へ行った。権十郎は右に折れて、湊橋を渡ったんだ」

「ふうん……源七親分、権十郎が消えた場所、教えて下さい」

「あ、ああ、わかった」

源七はすぐに立ち上がると、番屋を出て一町足らずの通りの角までおゆうを案内した。

「ここって、そのまま進めば三、四町で、川口町の北見屋に着くんじゃありませんか」

左右を見回してから源七に聞くと、その通りだとの答えが返った。その界隈は、普通の町家が並ぶだけで、変わったものは何もない。おゆうは首を傾げた。

「おゆう、どうした。何か気になるか」

後ろから伝三郎が声をかけてきた。おゆうは川口町の方を指差した。

「尾けられているのを承知で撒こうとしたなら、こんな場所を選ぶでしょうか。このままいったん北見屋に入って、私たちを安心させてから、こっそり裏から出る方がずっとやり易いでしょう」

「それはそうだが……たまたま掏摸だって声が聞こえたんで、その機会をうまく使ったのかもしれねえぜ」

「偶然に、ですか。それはでき過ぎでは」

おゆうは北の湊橋の方と南の川口町を、交互に見ながら考えた。

「船の碇泊《ていはく》場所を知っていれば、水主たちが湊橋を渡らず真っ直ぐ行くのは予想できる。権十郎が北見屋へ報告に向かうとすれば、湊橋から川口町までの間、権十郎が一人になることも予想できる、か……」

「何だ、何をぶつぶつ言ってるんだ」

つい声に出していたらしい。伝三郎が怪訝な顔でこちらを見ている。考えをまとめたおゆうは、伝三郎に言った。

「鵜飼様、権十郎は自分から姿をくらましたんじゃないかもしれません」

伝三郎の顔が、険しくなった。

「誰かに、攫われたってのか」

「はい。おそらく、待ち伏せではないかと」

「しかし、誰がそんなことを。権十郎なら腕っぷしも立つだろう。源七にも気付かれねえほどあっさりと攫われるとは思えねえが」

「武芸の心得のある人が、何人かでやれば。不意打ちで当て身を食らわせ、気絶させるとか」

「相手は侍だとでも？」

伝三郎は怪訝な顔をしたが、はっとして眉を上げた。

「まさか、小塚原で権十郎たちを襲った侍か」

「狭間さんのお仲間は、まだ評定所なのでしょう。その他に関わりのありそうなお侍は、その連中くらいしか思い当たりません」

「うーむ……」

伝三郎が呻いた。

「だが、奴らだとしたら何のために権十郎を攫ったんだ。それに、いったいどこに連れ去られたんだ」

おゆうも、その答えは持ち合わせていなかった。

夕方までかけて総出で捜索した結果、裏路地の奥で、乾ききっていない土の上に何人かが争ったような痕跡を見つけた。権十郎はここに引きずり込まれたのでは、と思われたが、それ以外には、これといった手掛かりは摑めなかった。

「この界隈は、人通りも荷車の通りも多いからなあ。奴を眠らせるか縛り上げて、荷車か駕籠に隠して運び出しゃあ、まず気付かれねえだろうぜ」

儀助が諦めたように嘆息した。儀助の言うように、小半刻ほど聞き込みを続ける間にも、二、三十台の荷車が通り過ぎていた。これでは、絞り込みは難しい。

伝三郎は、戸山に報告してお叱りを受けてくる、と言い置いて奉行所に向かった。日が暮れてきたので、おゆうは駒込の宿に行きかけたが、そこで集音マイクとレコーダーを持ったままなのを思い出した。これは早く宇田川に引き渡さないといけない。おゆうは方向を変え、自分の家へと急いだ。

東京の家に着いたときは、午後六時を回っていた。江戸行きを取り止めるほど重要な仕事が入っているのだから、宇田川も残業中かもしれない。今からラボへ行っても大丈夫だろうか。

取り敢えず、メールしてみる。すると、宇田川にしては早いレスがあった。「家へ持って来て」これは珍しい。優佳は手早く着替えてマイクとレコーダーをトートバッグに入れ、預かっていたカメラバッグを肩にかけて家を出た。夕飯は新宿あたりで買っていくとしよう。

イタリアンのテイクアウトを持って、西荻窪《にしおぎくぼ》のマンションに到着した。インターホンで聞き慣れた無愛想な声に迎えられ、宇田川の部屋に向かう。

「おう」

ドアを開けた宇田川の挨拶は、それだけだった。今日はよれよれのTシャツにスウェットパンツ姿で、飾り気ゼロという点ではいつも通りだ。

「晩ご飯、まだでしょ。パスタとサラダとライスコロッケ」

包みを持ち上げて見せると、「ああ」と頷いた。ちゃんと「ありがとう」ぐらい言いなさいよ。

包みをダイニングテーブルに置くと、宇田川が皿とグラスと飲み物を出した。その中に、優佳が好きなラガービールがあるのを見て、おや、と思った。宇田川が普段飲むものではない。不器用なりに気遣いをしてくれているのに、ちょっと嬉しくなる。

「はい、カメラ。なんとか顔が撮れてるのは確認した。結構大変だったんだからね」

カメラバッグを差し出すと、宇田川は「そうか、ご苦労さん」と言って早速カメラを取り出した。木登りまでする羽目になったのに、ひと言だけか、と思ったが、宇田川が労いの言葉を挟むことは滅多にないので、まあ良しとすべきだろう。

「ふうん、こいつがそのロシア人か」

　モニター画面で画像を確認した宇田川は、眉間に皺を寄せた。

「ちょっと暗いし、小さいな。まあ、補正はできるか」

　やれやれ、正直に言ってくれるじゃない。どうせ私は写真が下手よ。

「あ、これ、マイクとレコーダー。一応、ちゃんと録音はできてるみたいだけど、やっぱり会話とかはほとんど拾えてないよ」

「構わん。こっちでちゃんと解析する」

　宇田川は手を出してレコーダーを受け取り、隣の部屋のパソコンの前に座ってＵＳＢケーブルを接続した。音声データを取り込むらしい。宇田川が作業している間に、優佳は電子レンジで料理を温め、グラスに自分用のビールと宇田川のソフトドリンクを注いだ。

　テイクアウトながら、皿に盛りつけるとそれなりにディナーらしい格好がついた。用意できたよ、と声をかけると、宇田川はのろのろとパソコンの前から立ち上がり、テーブルの前に座った。

「都合はいいの？　一昨日の様子じゃ、何か大事件に関わる調査を請け負ったみたいだけど」

　それを聞いた宇田川は、苦虫を嚙み潰したような顔をした。

「あれか。ガセだったよ」

「ガセ？」

「ああ。未知の化合物なんて言うから、その気になって行ってみたんだが、要するに調合に失敗した化学薬品だった。倒産した中小の薬品会社が、処理に困って他所へ運んで放置したんだ。毒性はあるが、弱い。大騒ぎするような代物じゃない」

「空騒ぎだった、ってこと？　どうしてそんな」

「都庁の役人が調べようとして、試薬で異常反応が出たと思い込んだんだ。それでパニクって、うちのラボに連絡してきたらしい」

「そうなの。大ごとにならなくて良かったじゃない」

　宇田川は、怒ったような表情を浮かべた。無事に済んだということより、無駄足を踏まされて江戸に行き損ねた、という腹立ちの方が大きいようだ。

「いきなり陸自の化学防護隊を呼ばずに、うちへ分析を依頼するだけの頭があって良かった、ってところか」

　宇田川は皮肉っぽく言って、パスタを口に運んだ。優佳としては、宇田川が重要な仕事にかかり切りになる状況を避けられて、助かったと言える。ほっとして、ビールをぐいっと飲《や》った。

十分ほどで、皿が空っぽになった。宇田川は美味《うま》いとも何とも言わなかったが、残さず一気に食べたところをみると、気に入ったのだろう。口の周りに、幼稚園児みたいにトマトソースを付けているのを見て、優佳はくすくす笑った。

食事を終えた宇田川は、すぐにパソコンに戻った。そして画面を見るなり、優佳を呼んだ。

「え、これは何？　音声をデータ化したやつ？」

画面には、地震計に出てくるような波が帯状に続いている。波形データとかいう代物だ。

「大きな波がなくて、平板な感じねえ」

「それだけ静かで、雑音がしないってことだな。さすがに江戸時代だ。大都市の周辺部なのに、北海道の一軒家みたいだ」

「ところどころ盛り上がってるのは、話し声かな」

期待を込めて聞いた。せっかく苦心して採取したデータなのに、静けさを再確認しただけで終わっては意味がない。

「聞いてみりゃいい」

宇田川が波形の盛り上がった部分をクリックし、再生した。「カァ、カァー」という声が出てきた。

「なあんだ、カラスか」

がっかりして、宇田川に画面を先へスクロールしてと促す。しばらくすると、また盛り上がりが見つかった。これも再生してみる。今度は間違いなく、人の声のようだ。

「ちょっと大きくして」

ボリュームを上げて聞いてみる。ほぼ明確に、内容がわかった。「おーい北岡《きたおか》。玄関の方と交替してくれ」という男の声。警護役の組頭か誰かが、指示を出したのだ。よく聞くと、すぐ後に「はっ」という返事も録音されていた。

それから先を順に調べていったが、警護役の声がごくたまに入る以外、話し声は聞こえない。一か所、大きな波があったので期待したが、桶か何かが風で転がった音のようだった。波の起伏が集中している箇所があったが、鍵を開ける音、足音、茶碗の音などで、ステパノフが夕食を摂っているところに違いなかった。

「ステパノフが喋った言葉、入ってないのかな」

不安になってきた優佳が呟いた。宇田川は黙ってスクロールを続けているが、思いは同じらしい。

その先にも幾つか波があったが、人の声ではなかろうと宇田川が言うので、スルーした。時計を見ると、もう一時間以上経っている。画面を確かめると、録音された時間は午後十時を過ぎたところだ。思わず欠伸《あくび》が出た。ステパノフは、そろそろ就寝するだろう。この先は、鼾《いびき》しか聞こえないのかも知れない。寝言でも漏らしてくれていれば……。

マウスを動かしていた宇田川の手が、ぴたりと止まった。

「何？　どうしたの」

宇田川は黙って波形を指差した。

「人の声だ。この時間なら、警護役の声じゃないだろう」

「ステパノフの独り言なの？」

「わからん。再生する」

宇田川が再びマウスを操作する。優佳は出てきた音声に、神経を集中した。数秒で、くぐもった声が聞こえた。何と言っているかは、よくわからない。宇田川はボリュームを上げた。

物がぶつかるような鈍い音。小さな叫び声。もごもごとした呟き。どうにか耳に捉えられたのは、それだけだった。呟きの内容は、わからない。優佳は首を傾げた。

「どう思う？」

「ふむ。推測だが、ロシア人が柱か鴨居《かもい》にぶつかって悪態をついてるんじゃないか」

なるほど。江戸の建物は当時の日本人の体格に合わせて造られているから、ステパノフから見ればかなり狭苦しいだろう。

「よし、これでロシア人の声が録れているのはわかった」

宇田川は一人で頷いて、画面を終了させた。

「え……それだけでいいの」

優佳は思わず聞いた。てっきり、ステパノフが大黒屋光太夫に話した内容の裏付けになるような言葉や、新たな秘密情報を拾うのだ、と考えていたのだ。わけのわからない呟き一つで、宇田川は満足しているのだろうか。

「明日、こいつを分析に回す。ラボのソフトで音声をもっとクリアにしてから、外注先に出す」

「どこへ外注するの」

「武州《ぶしゅう》大学の言語学研究所。結果が出たら教える」

何だかよくわからないが、優佳としては頷くしかなかった。

丸一日、駒込に行けなかったので、次の日は朝から出向いてみた。警護役は別に不審な顔をせず、すぐに通してくれたが、棚橋は出かけていて留守だった。昨日から、上司の御目付に定期報告をしに行っているようだ。

ステパノフの部屋に顔を出し、「ドーブラエ・ウートラ（おはよう）」と挨拶した。

ステパノフはにっこり笑い、同じ挨拶を返した。何となく、一昨日より機嫌が良さそうだ。何か進展でもあったのだろうか。聞いてみたかったが、光太夫の単語帳にそんな会話の仕方までは載っていない。

「ヴチェラ?」

逆にステパノフから、「昨日は?」と尋ねてきた。ちょっと考えて、「ラボート(仕事)」と答え、眉を下げてみた。いろいろ忙しくて大変なの、という意味を込めたつもりだが、ステパノフは了解したらしく、笑って肩を竦めた。

おゆうはステパノフを庭へ出し、手早く部屋を掃除してから押し入れにごそごそ潜って、布団一式を引っ張り出すと、縁側に干した。ステパノフが興味深そうにそれを見ている。

その後、ステパノフと他愛無い単語のやり取りを、しばらくの間続けた。警護役の侍たちはステパノフと全く言葉を交わさない(ロシア語がわからないのだから当然だが)ので、おゆうとの単語だけの会話でも、ステパノフにとっては息抜きになっているようだ。アルバイトでカウンセラーをやっているみたいな気分だった。

昼を過ぎたので、今日はこの辺で、と屋敷を辞した。棚橋はまだ戻っていない。昼食に蕎麦《そば》を食べてから本駒込の宿へ入ると、主人がおゆうの顔を見てすぐに寄ってきた。

「東馬喰町の親分さん、四ツ少し前に、若い衆がえらく慌てた様子で来られまして」

おゆうはぎくりとした。千太か藤吉《とうきち》が、また何か良くない知らせを持ってきたのだろうか。

「言伝《ことづて》はありますか」

「はい、できるだけ早く大番屋まで来てほしいと。何でも、土左衛門が大川に上がったそうで」

土左衛門だと。嫌な予感がする。

「ホトケの身元について、何か言っていましたか」

「ええと、権次郎とか権十郎とか、そんな風に言っておられましたが、何しろ大変にお急ぎで、早口だったもので……」

そこまで聞くと、おゆうは礼を言って宿を飛び出した。


吉祥寺の門前で休憩していた駕籠を摑まえ、大番屋まで全速力で向かわせた。権十郎が行方不明になってまだ一日しか経っていないというのに。これでは権十郎は、死ぬために釈放されたようなものだ。おゆうは唇を嚙んだ。

大番屋に着くと、源七が待っていた。相当がっくりきている。

「ほとほとまいったぜ。昨日の今日で、こんなことになるなんてよ」

「ホトケはどこで見つかったんですか」

「新大橋のちょっと下手、万年橋近くの杭《くい》に引っ掛かってた。死んだのは、今朝の夜明け前くらいじゃねえかな」

「姿を消してからそれまで、どこかに閉じ込められてたんでしょうか」

「そうだろう。ちくしょう、俺がしっかり目を見開いときゃなァ。旦那にも申し訳なくってよ」

源七は繰り言を言いながら奥を差した。土間には筵をかけた死体が横たえられている。それが権十郎だろう。伝三郎はその脇に立ち、頭を垂れて浅川の叱責を受けていた。その隣で、戸山が怒ったように真一文字に唇を引き結んでいる。

「とんでもない大失態だ。まんまと撒かれた上にこのような……しかもこやつは傷だらけではないか。何者がどこでどう痛めつけたのか、なぜこやつがそんな目に遭うたのか、一切わからぬというのか。どうするつもりだ」

「申し訳次第もございません。しかし、権十郎を拉致した者については、北見屋が何かを知っておるに相違ありません。早々に北見屋を詮議し……」

「北見屋は前にも調べたのであろう。締め上げれば口を割ると言い切れるのか。そもそも、オロシャ人を連れ出したのが権十郎らで、指図したのが北見屋だと決めてかかっておるようだが、絶対確かだと言えるのか。間違っておれば、全て白紙になるうえ、奉行所の面目は……」

　普段は物事をすぐに決めてかかる浅川が、今は逆にもっと慎重になれと言っている。伝三郎は一言も言い返せていない。

「浅川殿。その辺にして先へ進まねば、埒があきませんぞ。そもそも、権十郎を解き放って泳がせろと言ったのは私で、そのお指図はずっと上から来ておる。鵜飼ばかり責めるのは筋が通らぬ」

　戸山が助け舟を出した。浅川は一瞬、むっとしたようだが、面と向かって内与力に逆らおうとはせず、苛立ちも露《あら》わにその場を外した。

「戸山様、鵜飼様」

　浅川が出て行ったのを見届けて、おゆうは死体の置かれた土間へ進み出た。伝三郎がほっとしたような顔で迎えた。

「おう、来てくれたか。駒込の様子はどうだ」

「はい、あちらは変わりありません。ちょっと屍骸《しがい》を見ていいですか」

「ああ、構わん。土左衛門としちゃ、ましな方だ」

　普通のOLをやっていたはずの娘が、平気な顔で溺死体《できしたい》の検屍をしているのを見たら、両親はどう思うだろう、などと考えながら、おゆうはしゃがみ込んで死体に手を合わせ、筵をめくってざっと見ていった。水死体は傷みが酷《ひど》いものが多いが、権十郎は死後の経過時間が短かったためか、見た目はそれほど悪くない。だが、腕や足が腫れあがり、顔にも何度も殴られたらしい傷がある。骨も折れているようだ。浅川が言っていたように、何者かに痛めつけられたのだ。

「まるで拷問されたみたいですね」

「そのようだ。何を吐かせたかったのかは、わからんがな」

伝三郎が、腹立たし気に言う。

「片手片足が折れてる。これで川に放り込まれたんじゃ、いくら泳ぎ自慢の水主でも助からねえや」

「ずいぶん酷いことをしますねえ」

おゆうは眉をひそめた。まともに泳げない体にして溺《おぼ》れさせるとは、ただ殺すよりずっと残酷だ。

「下手人は、相当に剣呑な奴らしいな」

戸山が目を怒らせて言った。

「で、鵜飼、どうする。北見屋へ行くのか」

「はい。今のところ、すぐに手が打てるのはそこだけです」

「よし。もう下手は打てんぞ」

伝三郎は、重々承知しておりますと頭を深く下げ、おゆうと源七を呼んだ。

「北見屋へ行く。ついて来い」

二人はさっと立ち、戸山に一礼して伝三郎の後に従った。

北見屋の主人、徳兵衛《とくべえ》については、権十郎のような水主たちを使い、荒っぽい商売の仕方をする、ということで、大柄な強面の男をイメージしていた。だが、いま店の奥座敷でおゆうたちと対座している人物は、それとはだいぶ異なっている。中肉中背で顔にも体つきにも大きな特徴がなく、実に平凡な印象であった。時々海に出るせいか日焼けはしているが、船主らしいところはそれだけだった。

「お前のところの荒神丸の親仁、権十郎が今朝、大川に浮かんだことは知ってるな」

「は、はい。知らせを受けまして、大変に驚いておるところで。いったい何があったのでございましょう」

「こっちも、それを聞きてえんだが。お前さん、心当たりがあるんじゃねえのか」

「め、滅相もございません。人殺しの心当たりなど、あるはずもなく」

「うん？　おう源七、権十郎の一件は殺しだって、誰かに言ったかい」

源七が心得たように頷く。

「いえ、旦那。殺しだなんて、まだ誰も」

「そうかい。おう北見屋、権十郎は溺れ死んだってことしか伝えてねえが、何で殺しだと思ったんだい」

北見屋の顔が青ざめた。そう言えば、この男の顔色は、最初から良くなかった。

「いえその、千石船の親仁ともなれば、泳ぎにかけては人後に落ちません。権十郎が溺れるなど、普通ならまずないことです。それで、殺しではと思いましたので」

「へえ、なるほどねえ」

想定通りの答えだった。伝三郎は薄笑いを浮かべている。

「お前さんのところは、借財はどれほどあるんだい」

「えっ」

意表を衝く質問だったようだ。北見屋は明らかに動揺した。

「それがお調べにどんな関わりが……」

「いいから言ってみろよ」

「は、はあ。おおよそ千五百両ほどで……」

「違いますよね」

おゆうがぴしゃりと言った。北見屋は、ぎょっとしたようだ。

「違うとは……」

「千五百両は表向きでしょう。こちらの源七親分が調べたところでは、駿河沖で失った船の積荷に関わる借財、闇から闇へと借り換えで穴埋めしていった結果、四千両ほどに膨らんでいるそうじゃありませんか」

「闇から闇？　何をおっしゃるんです」

「とぼけないで下さい。積荷の損失を過少に見積もったうえ、積んでいたご自身の店の荷については帳簿から消したんでしょう。本当の損失額が表に出れば、借金取りが押し寄せて店が潰れると見込んだんですね。帳簿にない損失を埋める分は、闇で借りた。でも、すぐに返せない。船が一艘減っていますから、扱い高も利益も減りますものね。その結果、借金で借金を穴埋めするしかなくなり、利子が雪だるまみたいに増えていった。如何です」

もと経理部ＯＬを舐めるな。おゆうはじろりと北見屋を睨んだ。源七から沈んだ船の積荷が帳簿で見ると思ったより少ないこと、北見屋が裏の金貸しや知人から内々で度々借金していることを聞き、頭の中で組み立てていた話である。伝三郎に話したのはついさっきだが、即座に北見屋にぶつけてみることにしたのだ。

「北見屋、どうなんだい」

「そ、それは……」

北見屋の膝に置いた手が、わなわなと震えている。こちらの見立てに間違いはなかったようだ。

「俺たちはこう見てるんだがね。お前さんは、増え続ける借金を一気に片付けるため、勝負に出た。権十郎と配下の水主を使って、我孫子宿である男を攫うって仕事をやったんだ」

　伝三郎は、やはりオロシャ人という言葉は使わない。それでも北見屋は、激しく反応した。

「ひ、人を攫うですと。そんなことを手前どもがやったなどと、とんでもない。ああいや、もしかすると権十郎がやったかもしれません。あれはそんなこともできる男です。しかし、この私が企んだなどということはありません」

　北見屋は必死の面持ちで反論してきた。死んだ権十郎に全部被せて、自分は関わりないと言い切るつもりだ。

「そもそも、誰かを攫って借金が片付くとは、どういうことなのです」

「さあ、そこなんだが」

　伝三郎は面白がるように言った。

「俺たちは俺たちなりに、絵を描いているんだがね。ひと言で言やあ、攫った男を使って金儲けをしよう、ってことじゃねえのかな」

「か、金儲けって、いったいどのような」

「さあな。けど、お前さんはよくわかってるだろう。権十郎の件が殺しだとすると、下手人の連中も、どんな金儲けなのか承知してるんだろうなあ」

伝三郎の言う金儲けとは無論、抜け荷のことだ。伝三郎の後からおゆうが追い打ちをかける。

「その下手人たちは、北見屋さんに金儲けをしてほしくないんじゃないですかねえ」

「えっ、どういうことです」

「つまり、北見屋さんの金儲けの企みを知っていて、それを邪魔するために権十郎を殺したかもしれない、ってことですよ」

北見屋は、色を失った。

「な、何なんですかこれは。何か証しのようなものがあるのですか」

「いや、ねえよ」

伝三郎があっさりと言った。北見屋の口が、半開きになって止まった。

「こっちとしては証しはねえが、お前さんの方こそ、俺たちに言っておきたいことはねえのかい」

「ございません。私は何も存じません」

八丁堀を前にして、ここまで言い切るとは余程のことだ。これ以上押しても同じだろう。おゆうはちらりと伝三郎を見た。伝三郎も気付いて、了解の目配せを返してきた。

「よし、今日のところは帰る。権十郎の亡骸《なきがら》は大番屋だ。誰か引き取りに寄越してくれ」

「は……承知いたしました」

北見屋は、蒼白になったまま畳に手をついた。


川口町から亀島橋《かめじまばし》を渡って八丁堀の方へ向かいながら、伝三郎が言った。

「北見屋め、思った以上にうろたえていたな」

「うろたえた、と言うより、最初から怯《おび》えていたように見えました」

「怯えて、か。確かにそうだ」

伝三郎もおゆうと同じ印象を持ったようだ。権十郎が殺されたことで、次は自分が危ないと思っているに違いない。

「とにかく、旦那の揺さぶりはずいぶんと効き目があったようで」

源七の気分もだいぶ上向いたようだ。

「そのようだな。奴は今夜にも動くかもしれねえ。こっちはこっちで手配りしておく。抜かるんじゃねえぞ」

「任せておくんなせえ。今度こそは、何があろうとしくじりやせん」

源七は力強く頷き、腕を叩いた。

月明かりが、大川の水面を照らしていた。夏場の大川では、暗くなっても夕涼みの舟遊びをする人々の姿が見られるが、さすがに九ツ（午前零時）過ぎとなっては行き交う舟もなく、打ち寄せる波の音以外は静まり返っている。

おゆうと伝三郎は、人川端の物置小屋の横からじっと川の方を見ていた。川べりからは簡素な桟橋が突き出していて、その先に大きな黒い影がうずくまっている。北見屋の千石船、荒神丸だった。

「せっかくいい月を水辺で見てるんだから、月見酒と洒落たいところだが」

待つのに飽きてきたか、伝三郎が他愛もない呟きを漏らした。

「ほんとですねえ。今度二人で、屋形船でも借りましょうか」

おゆうも相槌を打つ。川辺の月見とは乙なものだが、生憎《あいにく》二人きりではない。辺りの物陰には十人余りの岡っ引きや小者が控えており、合図があり次第、荒神丸へ乗り込む構えだった。

「あ……来たようです」

ぱたぱたと走る足音が近付いてきた。陰に居るこちらが見えないらしく、勢いよく駆け抜けようとする。通り過ぎざま、手を伸ばしてその袖をぐいっと摑んだ。

「いててっ、あ、姐さん、すいやせん」

下っ引きの藤吉だ。源七の指示で知らせに飛んできたらしい。

「声が大きい。こっちへ入って」

「へい。北見屋ですが、店の裏からこっそり出て、舟でこっちへ向かってやす」

「やっぱり舟か」

四ツに木戸が閉まれば動きが取りにくいが、舟なら問題ない。

「源七親分は、追ってるのね」

「ええ。親分は千太と一緒に用意してあった舟に乗って、北見屋の舟を尾けてます」

「よし、ここまでは思った通りだ」

伝三郎が言った。暗くてわからないが、顔には満足の笑みが浮かんでいるだろう。

「舟はどっちへ回ったの」

「霊岸橋の方へ。湊橋のところを回って、そっちから出てくるはずです」

藤吉が北側を指した。指した先には永代橋があり、そのすぐ手前で江戸城外堀に繋がる日本橋川が注ぎ込んでいる。北見屋の舟はそこから現れるということだ。

「あっ、来やした」

藤吉が小声で叫んだ。日本橋川から、提灯の灯りが大川に出てきた。北見屋の舟の舳先に付けたものに違いあるまい。あれなら源七も、尾けるのは楽だったろう。周りで空気の動く気配がした。待機中の捕り方たちも舟に気付いたのだ。

舟は荒神丸の向こう側に回って、死角に入った。日本橋川から出たもう一つの黒い舟影が、すうっとおゆうたちの前に寄せてきた。

「旦那、旦那」

源七の声だ。伝三郎が「ここだ」と応答した。

「北見屋の奴、一人だけで逃げる気です。女房子供も置いてきぼりでさあ。酷ぇもんだ」

「呆れた野郎だな。だが、手ぶらじゃあるまい」

「おっしゃる通りで。千両箱一つ、積んでやすよ。あと二、三日で期限が来る借金があったはずです。その前に金を持って消えようってわけですね」

北見屋は逃げるとすれば千石船を使うだろうと読んで、手配りをしておいたのだが、当たりだった。どこか遠国に逃げ、そこで新しい人生を始めるつもりなのだろう。万一に備え、そういう計画を立てていたということだ。千両箱と千石船は、乗組員への報酬プラス口止め料プラス新生活の元手というわけだ。そうは問屋が卸すものか。

荒神丸の船上から、音が聞こえた。甲板を踏む音、物を置く音、話し声。北見屋が乗り込んだのだ。伝三郎が立ち上がり、大声で怒鳴った。

「かかれーッ」

物陰に居た捕り方が、一斉に飛び出して荒神丸に向かった。民家の戸が開き、御用提灯を持った者も出てきた。同時に、荒神丸の甲板にも灯りが灯って明るくなった。

「早く！　早く船を出せ」

北見屋の上ずった声が、桟橋まで聞こえた。船尾近くには船頭らしい男が立って、こっちを見ている。

「何をしてるんだ。舫いを解け」

北見屋が船頭の腕を摑んで揺さぶった。だが、船頭はその手を払いのけ、渡り板に足をかけた伝三郎に手を振った。北見屋は、呆然としている。

「悪いね、旦那。お役人にゃ、逆らえねえ」

船頭は、凄味《すごみ》のある笑みを彫りの深い顔に浮かべて、北見屋に言った。

捕り方が次々と船に乗り込み、船上は船の灯りと御用提灯で真昼のようになった。

「北見屋。残念だったな」

伝三郎が十手を向けてほくそ笑むと、北見屋は顔を強張らせた。

「な……何事です。自分の船に乗り込んで、何が悪いんですか」

「確かに今のところはお前の船だが、じきに借金のカタに取られるだろう。借金を踏み倒して逃げるってのは、感心しねえな」

「そ、それは、お役人様方には関わりない話で」

「かもしれんが、殺しと拐《かどわ》かしとなりゃ、放ってはおけねえ」

「いや、それは……」

「権十郎の仕業だってのかい。そうでもねえようだぜ」

伝三郎は、船頭に「おい」と声をかけた。船頭が頷き、水主の一人を突き出した。

「お前が我孫子宿で仕事をしたのか」

「へ、へい」

二十歳前後と見える水主は、おとなしく認めた。小塚原から逃げた五人のうちの一人だろう。

「誰の指図だ」

「権十郎兄ぃです」

「狭間って侍を殺ったのは」

「それも権十郎兄ぃで」

北見屋が、それ見ろという顔になる。

「で、権十郎は誰から指図されたと言ってた」

「そりゃあ、そちらの北見屋の旦那で」

北見屋の顔が、忽《たちま》ち引きつった。

「おっ、お前、何を……」

「黙れッ」

伝三郎が一喝し、北見屋は言葉を呑み込んだ。

「なあ北見屋。権十郎はお前に、水主たちは絶対口を割らねえと請け合ったかもしれねえ。だが、それは権十郎あってのことだ。水主たちは権十郎には義理があるが、お前にゃねえ。ただ金主ってだけの縁だ。権十郎が死んじまっちゃ、自分の得になる方へ流れるのは、当たり前だろう」

伝三郎は、呆然としている北見屋の肩を十手で叩いた。

「北見屋徳兵衛、鉾田代官所手代狭間甚右衛門殺害を指図した疑いにより召し捕る。神妙にいたせ」

北見屋は魂が抜けてしまったような様子で、一切抵抗せずにお縄を受けた。

「御役目ご苦労様でございます」

船頭が伝三郎に向かってニヤリとし、丁重に頭を下げた。これで北見屋も、昼のうちに伝三郎と船頭の間で話がついていたことを悟っただろう。

十

北見屋逮捕の始末に明け方までかかったので、おゆうは昼近くまで寝てから、贅沢して駕籠で駒込に行った。懐には、戸山から棚橋に宛てた書状を預かっている。我孫子宿でステパノフを拉致したのが北見屋配下の水主だった、と知らせるものだ。まだ取調べは終わっていないので、単なる速報である。

駒込に着いて早々に、棚橋に書状を渡した。棚橋はおゆうの居る前で一読し、「相わかった。礼を申していたと伝えてくれ」とだけ告げた。返書は省略するようだ。結構上から目線だな、とおゆうは鼻白んだ。

一礼して部屋を出ようとしたおゆうを、棚橋が呼び止めた。

「今日はこの後、御目付がお見えになる。そなたは玄関でご挨拶した後、目立たぬよう控えておれ」

「まあ、左様でございますか。承知いたしました」

ようやくボスの御到来か。幕府目付は旗本だから、おゆうのような町人が挨拶に出なくてもいいのだが、町奉行所の連絡係がこの者だ、と示しておきたいのだろう。

ステパノフのところに行って、ボスが来る、と伝えた。ステパノフの顔が、ぱっと明るくなった。事態が進展するのを期待しているのだ。だが、そううまく運ぶものだろうか。歴史資料によると、この頃の幕府の意思決定の遅さといったら、現代の役所が秒速で動いているように見えるほどだ。御目付が帰った後、落胆しなければいいのだが。

一刻ばかり落ち着かない時間を過ごしたところで、表が騒がしくなり、警護役たちが玄関へ急いだ。おゆうも後に続いて玄関に出ると、玄関前の地面に膝をつき、しばし待った。

五分余りで、四、五人の侍に伴われた乗物が門を入ってきた。おゆうは地面に手をつき、頭を下げた。乗物はおゆうから一間半くらいのところに止まり、中の人物が降り立った。頭を下げているおゆうには、足元しか見えない。棚橋が挨拶する声が上から聞こえる。

「おゆう、面《おもて》を上げよ」

ふいに棚橋に言われて、驚きつつ顔を上げた。四十前くらいの立派な身なりの侍が、前に立ってこちらを見下ろしていた。この時代としては、端正な顔立ちだ。

「これが南町奉行所配下で、おゆうと申す者です」

棚橋が言うと、侍は「左様か」と頷いた。続けて棚橋が告げる。

「御目付、城島《きじま》佐渡守《さどのかみ》様である」

「おゆうでございます」

「ご苦労。女の身で、大儀である」

城島はそう声をかけると、棚橋に先導されて玄関を入った。玄関先に残ったおゆうは、ほっと一息ついた。さすがに幕府の高官に相対すると、緊張してしまう。目付の仕事は、現代風に言うと行政監察官で、権限はなかなか大きい。町奉行や勘定奉行など、閣僚級の要職へのステップで、旗本の中でもエリートが任命される職である。城島の第一印象も、やはり切れ者という感じだった。

（外国人関連の事案となると、目付の本来の職分とはちょっと違うけど、老中からの特命かな）

だとすると、将来を嘱望されているに違いない。ググれば人物情報が出るだろうか。

（さて、控えていろと言われたけど、要するに何もしないで顔も出すな、ってことね）

おゆうは勝手口から屋敷に戻り、使用人用の小部屋に入った。普段は誰も使っていない。お茶出しも不要だろうから、ここでじっとしていよう。城島は奥座敷に入って、棚橋と打合せしているらしい。どうも手持無沙汰だ。

すると間もなく、玄関にまた誰か来訪者があった。警護役の者が案内に出たらしく、客を奥座敷に案内する音が聞こえた。こっそり誰なのか覗いてみようか、と思った矢先、廊下から「どうも大変に、恐れ入ります」という声が聞こえた。大黒屋光太夫の声に間違いない。そうか、城島とステパノフの通訳をしに来たのだ。

光太夫は、城島の居る奥座敷に入ったようだ。よし、これは望ましい展開だ。おゆうはそのまま、じっと待った。

小半刻も経ったかと思われる頃、奥で動きがあった。何人か廊下に出て、移動しているようだ。すぐに襖が閉まる音がして、静かになった。城島と光太夫が、ステパノフの部屋に入ったのだ。おゆうはにんまりして、懐からイヤホンを出し、耳に入れた。

　昨日、布団を干す作業をしながら、こっそり押し入れに仕込んだ盗聴器が、仕事を始めていた。前回、光太夫が来たときには盗聴器を用意していなかったことを悔やんだが、今回は抜かりがない。宇田川の集音マイクほど高性能ではなく、ボイスレコーダーと違って録音もできないが、充分に役に立つ。おゆうはイヤホンに神経を集中した。


「ステパノフ殿、不自由はないか」

　これは城島の声だ。続いて光太夫とステパノフのロシア語の受け答え。

「実に快適であるが、いつまでこうしているのか、と申しております」

　光太夫が城島に通訳している。おかげでこちらも助かる。

「いましばらく、お待ちいただきたい。御老中には全てお伝えしている」

（ロシア語会話）

「貴国の大臣、御老中のことですな。そちらからのご返答は、いつ頃になりそうか、と」

「なにぶん、事は重大事。一日や二日で、とは参らぬ」

（ロシア語会話）

「佐渡守様、船が来るまであと十四日。間に合うのですか、と心配しております」

「鉾田までは四日あれば行ける。十日のうちには、間に合わせる」

(ロシア語会話)

「大丈夫なのか。先日のような妙な邪魔は入らないのか。あれは何者の仕業かわかったのか、と尋ねております」

「うむ。我孫子宿の一件については当方の不手際、幾重にもお詫びいたす。しかしあの一件を企てた者は捕縛した、と知らせがあった。ご安心召されよ」

(ロシア語会話)

「あの者どもは、何故あのようなことをしたのか、と」

「それは、まだ詮議の最中である。わかったことがあれば、貴殿にも伝える」

(ロシア語会話)

「この一件が、外に漏れているのではないか。当方としては、そのために話が滞るのは困る、とのことでございます」

「ご心配には及ばぬ。このこと、我が配下の者と御老中の側近の方々しか知らぬ。町奉行所も、ごく限られたことしか知らぬ」

(ロシア語会話)

「貴国のポリツァイスキ、奉行所のことですな。こちらは本当に事情を知らないのか。

事件の調べを通じて知ることにならないか、と案じておいでです」

「町奉行、和泉守殿が知っても、それまでのこと。町奉行所の権能の外の話じゃ。邪魔にはならぬ」

（ロシア語会話）

「ならばこれ以上は申しませぬが、この後、本腰を入れた話し合いは、いつ頃からできるのか。見通しだけでも伺っておきたいが、と」

「まずは貴殿が無事にオロシャに戻られることが肝要。お持ち帰りいただく書状には、その見通しについてもある程度記されよう」

（ロシア語会話）

「相わかった。この際、お伺いするが、貴国でこのようなことを決める場合、どのような仕組みで行われるのか。後学のためご教示願いたいそうで」

「それは、この場でお話しすることでもござるまい」

（ロシア語会話）

「わかった、ご無礼した、と申しております」

「構わぬ。しかし貴国は、国境《くにざかい》の定めよりも交易の方を先に望まれているようだが、筋としてそれでよろしいのか」

（ロシア語会話）

「はい。交易により友誼《ゆうぎ》を深めてこそ、国境についても望ましき結果を求めることができよう、とのことで」

「左様か。確かに一理あるお考えじゃ。しかし我が国としての御法があるゆえ、交易はなかなかに難しい。当方としては、やはり国境のことを先としたい」

（ロシア語会話）

「いずれにせよ、両国のため良い結果を望む、と」

「申すまでもなきこと。我らも同じ思いにござる」


会話は半刻近くに及んだ。城島と光太夫が部屋を出る音を確認し、イヤホンを外したおゆうは、しばし呆然として座り込んでいた。

（何なのよ、これは。喧嘩して船から追い出されたなんて、光太夫さんの言ってたこと、やっぱり嘘八百じゃない。宇田川君が最初に思った通り、ガチの日露交渉をやろうとしてるんだわ）

光太夫は、最初からそれを知っていたのだ。その上で、おゆう、つまりは南町奉行所に、偽情報を仕込んだわけだ。光太夫は、城島の指示で動いていたに違いない。

（こうなると、迂闊《うかつ》に誰も信用できないな）

おゆうはイヤホンを懐にしまい込み、溜息をついた。

城島と光太夫が帰るのを総出で見送ったときには、日がだいぶ傾いていた。おゆうは、ステパノフの部屋に行ってみた。ステパノフは座敷に座って庭の方に目を向けていたが、おゆうが来たのに気付くと振り向き、ちょっと微笑んでみせた。

「ヤーウスタール（疲れた）？」

そう聞いてみると、ステパノフは微笑んだまま「ダー」と応じた。その表情には、城島が来る旨を知らせたときほどの明るさがないように思えた。

盗聴した内容から察するに、ステパノフは帰国するまでに交易に関する言質を得たいと思っているが、城島とその背後の幕閣は、結論を曖昧にして引き延ばしを図っているようだ。これではステパノフとしても、望む結果を得られたとは言えないだろう。

（欧米の国を相手にするときは、のらりくらりと逃げる手が、いつまでも通用するわけじゃないのにねえ）

まあ、ここでおゆうが嘆息しても始まらない。ペリーが浦賀《うらが》に来るまであと三十年。幕府は改めてそのことを思い知るのだ。

暮れ六ツも近付いたので、おゆうは棚橋に断り、屋敷を下がって駒込の宿に入った。すると、伝三郎からの伝言が届いていた。「明朝、大番屋まで来られたし」とのことである。また何か進展があったようだ。おそらく、北見屋の取り調べの結果だろう。様々な歯車が動き出したことを感じ、少しばかり高揚したおゆうは、なかなか寝付けなかった。

早めの朝食を摂ると、すぐに出かけた。大番屋に着いたときはまだ朝の五ツ（八時）だったが、伝三郎は既に来て待っていた。

「おはようございます。すみません、お待たせしましたか」

「おう、いや、こっちこそ早くから呼び立ててすまねえ。せっかく本駒込に宿をとったのに、こう度々呼び出されちゃ、くたびれるだろう」

伝三郎の言う通り、この頃は毎日十キロから十五キロ、歩いている。江戸の女性でも、それほど歩き回る人は少ない。ダイエットにはいいが、世界陸上を目指しているわけではないので、もうちょっとスマートに運動したいところだ。

「いいえ、もう慣れましたから。鵜飼様のお呼びなら、いつでも」

そう言いながら、秋波《しゅうは》を送ってみる。伝三郎が照れたように咳払いした。

「夜《よ》っぴて北見屋を取り調べたんだが、なかなか一筋縄にゃいかねえな」

伝三郎が硬い顔になる。

「北見屋は、ステパノフを攫ったことを吐いたんですよね。何をする気だったんですか。自分も抜け荷に加わろうって狙いですか」

「ああ、その通りだ。それについちゃ、全部喋った」

「やっぱり。源七親分も、そうじゃないかと前に言ってましたし」

「抜け荷をやりたくても、伝手がなきゃどうしようもねえからな」

「ステパノフを脅したりすかしたりして、自分たちと抜け荷の取引をやることを、無理やり承知させようとしたんでしょうか」

「無茶な話だが、北見屋はそれほど切羽詰まってたんだ。あの男は、思い込むと周りが見えなくなる性分らしくてな。オロシャとの抜け荷で大儲けできそうだ、と思ったら、後先考えずに走り出しちまったようだ」

「オロシャを怒らせたらどうなるか、考えてなかったんですね」

そんなことで八十年以上も早く日露戦争が起きてしまっては、たまったものではない。

「でも、北見屋はどうやってオロシャ人が来ることを知ったんでしょう」

伝三郎は懐に手を入れ、小さな木の板を取り出した。走り書きした船の帆のような絵に、中津という字を入れて、縦に割ったもののようだ。

「あ、これは狭間様が持っていた割符ですね」

「そうだ。思った通り、北見屋が持ってやがった」

「じゃあこれ、やっぱり中津屋さんのものだったんですか。もともと抜け荷を企んだのは中津屋さんだと」

「北見屋は、そう言ってる」

北見屋の自供によると、きっかけは水主たちの話だったそうだ。酒に酔った中津屋の水主が、自分たちの船が蝦夷地の択捉島《えとろふとう》付近で、突然現れたオロシャの船に止められた話を漏らしたのだ。オロシャの船から何人かがこちらの船に乗り込んできて、中津屋の主人や船頭と何事か談判したらしい。下っ端の水主にその内容はわからなかったが、オロシャ船に出会ったことを固く口止めされ、小遣いもくれたことから、抜け荷の談合に違いないと思ったのである。

「秘密にしようとすればするほど、こんな話は漏れちまうもんだな」

伝三郎は肩を竦めた。

「その話を北見屋の水主が聞いて、主人の徳兵衛にご注進に及んだ、と」

「聞いたのは権十郎だ。それで北見屋はまず、中津屋に抜け荷のことを知っていると匂わせ、自分も一枚嚙ませろと迫ったんだ。ところが、中津屋は知らぬ存ぜぬで押し通した。しかし、北見屋は腹を立てたが、酔った水主の話だけで、証拠を握ってるわけじゃねえ。しかし、こんな美味しそうな儲け話なら、何としても食い込みたい。そこで様子を窺っていたところ、中津屋が番頭らと旅支度で出かけた。怪しいと睨んだ北見屋は、権十郎に後を追わせた。どこへ向かったと思う」

「常陸の鉾田、ですね」

「その通り。中津屋は鉾田に着くと、網元のところへも宿へも入らず、海辺に陣を構えた。こうなると権十郎の頭でも、何が起きるのかわかろうってもんだ」

「中津屋は、ステパノフが上陸するのを迎えるつもりだった。択捉で会合したとき、その段取りが話し合われたんでしょう。あの割符は、鉾田で使うためにその場で作って渡したんですよ」

帆の図柄が、丁寧に書かれたものではなかった理由はそれだ。俄《にわ》か作りだったので、デザインも自分の店の標章をつい使ってしまったのだろう。

いや、待てよ。中津屋とステパノフは択捉で会っているわけだから、互いに顔を知っている。鉾田で会うとき、割符なんか使わなくても、顔を見れば相手がわかるはずだが。おゆうがもう少し考えようとすると、伝三郎が先を続けた。

「言葉はわからんだろうから、身振り手振りで談合するのは大変だったろうな。だが結局、何かの手違いが起きて、ステパノフは代官所に捕らえられた」

「権十郎たちは、それを見てどうしたんでしょうか」

「捕り物騒ぎに巻き込まれないようしばらく隠れてから、ステパノフの様子を見に代官所へ忍び込もうとしたんだが、代官所は異人を捕らえるという前代未聞の大ごとで、総出で警護していて近付けねえ。思案していると、中津屋が大急ぎで江戸へ戻ろうとしたので、そっちを追いかけることにしたんだ。土浦《つちうら》宿で追いつき、こっそり聞き耳を立てたところ、中津屋と番頭がステパノフの長崎送りについて話していた。道筋も日取りも見当がついたので、権十郎は大急ぎで北見屋へ戻って徳兵衛に知らせたってわけさ」

それを受けて、北見屋は我孫子宿の襲撃を計画したのか。ずいぶん拙速な真似をしたものだ。

「でも中津屋さんは、ステパノフが長崎送りになる段取りを、どうして知っていたんでしょう。ステパノフの会合相手と知れたら大変ですから、代官所の人たちには近づかなかったはずですよね。誰から聞いたんでしょうか」

伝三郎が、言葉に詰まった。それは考えていなかったようだ。

「うーん……そいつは正直、まだわからねえ」

伝三郎は首を振ってその疑問を脇に置き、先へ進んだ。

「評定所を抜け出した代官所の狭間は、俺たちと同様、まず我孫子宿からの足取りを考えて、攫った奴を運ぶなら川筋を行くのが安全なやり方だと思い付いた。で、まずは深川で船頭たちに、ステパノフらしい姿を見なかったか聞き回ったんだ。だが、割符を見せた船頭の話で抜け荷に思い当たり、廻船問屋と千石船を当たる方が早いとばかりに急いで江戸湊に行った。が、水主たちの間で見知らぬ田舎侍が聞き込みなんかしたら、仲間内にあっという間に話が伝わっちまう。それで権十郎に感づかれた。放っておけば自分たちに辿り着くかもしれねえ。だから始末した。どうだい」

一気に説明した伝三郎が、おゆうの意見を求めるように顔を覗き込んだ。おゆうは少し考えて、「はい、それで筋は通ると思います」と答えた。

「小塚原で襲って来た侍たちの方は、まだ何者かわからないんですか」

「それについちゃ、北見屋もさっぱりわからねえとさ。嘘じゃなさそうだ」

伝三郎は、残念そうに言った。

「正体のわからねえ相手に襲われて、北見屋は腰が引けちまった。そのときになって初めて、いかに大それたことに手を付けたか、気付いたってとこか。せっかく割符も手に入れたのに、中津屋に突きつけることもできねえまま、この先どうするか思案に暮れてたんだ」

中津屋を脅して抜け荷の仲間に入るか、ステパノフを脅して鞍替《くらが》えさせるか、という目算が崩れ、動きが取れなくなったわけだ。

「そこへ権十郎があんなことになって、北見屋は震え上がった。船で仙台へ逃げるつもりだったようだ。情けねえ話だぜ」

北見屋は大儲けを企んだ挙句、墓穴を掘っただけで終わったということだ。ハイレベルの犯罪には、もともと向いていなかったのだろう。

「北見屋をお縄にしただけじゃ、この一件、半分しか片付いていないわけですね」

おゆうはそこで迷った。駒込で盗聴した内容を、伝三郎に話すべきだろうか。町方で扱うには、重大過ぎることなのではあるまいか。

いや、やはり話そう。町方だって、知るべきだ。国全体に関わる話なんだから。

「鵜飼様、ちょっとお耳に入れたいことが。昨日、駒込に御目付の城島佐渡守様が、大黒屋さんを伴ってお見えになりました」

「城島佐渡守様だと？　なるほど、佐渡守様がこの一件の元締めか」

「はい。それで、ステパノフと話を始めました。実はこっそり聞いてみたんですが……」

伝三郎は、またそんな危ないことを、と顔を顰めた。だが、おゆうが肝心の部分を抜き出して伝えると、その表情は驚愕に変わった。

「何だと……抜け荷でなく、オロシャ国との公の交易？　そいつは、御定法《ごじょうほう》に反するじゃねえか」

伝三郎の言う通り、現在は鎖国中だ。とは言っても、外国船との接触が皆無というわけではない。海上で日本の船と外国船が、物品の融通をし合うこともあったと歴史には記されている。この時期には、ゴローニン事件やフェートン号事件以外にも、捕鯨などで西太平洋に進出してきた外国船が、日本の沿岸に入り込む事件が多発していた。黒船来航の前哨戦《ぜんしょうせん》は、既に始まっているのだ。

「もちろん、佐渡守様のお考えではできませんよね」

「ああ。もっと上の方の御意向に違えねえ」

そんなことができるのは、老中首座・水野出羽守を措《お》いて他にない。城島は、水野の直接の指示を受けて動いているのだろう。

「しかも十三日後に鉾田に迎えが来るっていうんだな。それじゃ、初めの指図通りステパノフを長崎に送り出してたら、まずいことになってたんじゃねえのか」

「たぶん、ステパノフと直接話すまで、佐渡守様たちも迎えの日のことは知らなかったんでしょう」

老中水野にしても、他の老中たちの手前、御定法通り長崎送りを指示するしかなかったのだろう。我孫子宿の事件の結果、ステパノフが江戸に留め置かれ、結果オーライとなったわけだ。

「鵜飼様、これからどうしましょうか」

「そうだな……これだけの大ごとだ。戸山様に申し上げねばならん。しかしその前に、中津屋に話を聞いてみようじゃねえか」

「わかりました。これから出向きますか」

「うん。北見屋の話を聞いた後、源七に中津屋を見張らせてる。あいつがこの何日かで探ったところによると、中津屋はやはり裏で悪だくみをするような男じゃなさそうだ。お前の聞いた話の通りなら、中津屋は抜け荷どころか、オロシャと幕府の橋渡し役をやらされた、ってことになる。となると、口止めもされてるだろう。容易なことじゃ口は割るめえよ」


船松町の中津屋の傍まで来ると、斜向《はすむ》かいの店の脇から源七が顔を出した。

「旦那、ご苦労様です。中津屋へ乗り込むんですかい」

「乗り込む、って大層なもんじゃねえが、直に話を聞きたくなってな」

「へい。じゃ、あっしも」

先に立って店先へ向かいかける源七を、伝三郎が止めた。

「源七、悪いがここは外してくれ。ちと込み入った話になりそうなんだ」

「え、そうなんですかい。まあ、旦那がそうおっしゃるなら……」

「代わりに奉行所へ行って、戸山様に昼過ぎ頃に大番屋までご足労願いたい、とお伝えしてくれ。浅はか源吾に知られないように」

日露交渉の件を、大勢の居る奉行所内で報告するのは憚《はばか》られる、ということだろう。源七は不満そうな顔をしたが、おゆうが「ごめんなさい」と手で拝むと、諦めたように歩き去った。

「さて、鬼が出るか蛇が出るか」

伝三郎はそう呟いて、中津屋の暖簾《のれん》をくぐり、案内を乞うた。

中津屋勘右衛門は、年の頃三十七、八。北見屋より少し若いが、態度物腰は、はるかに落ち着いて見えた。

「本日は朝からご苦労様でございます。どのような御用でございましょう」

中津屋は丁重に挨拶を述べ、背筋を伸ばした。後ろ暗いところなど、何一つないという印象だ。

「北見屋がお縄になったことは、聞いてるか」

「はい。今朝一番で聞きました。何か人殺しに関わっているという噂で、俄かには信じ難いことなのですが」

中津屋の態度に、動揺は一切見られない。北見屋が捕らえられたと聞いてから、役人が来ることは予想していたのだろう。

「北見屋とは、芝口の叶屋で度々会っていたそうだな」

「はい、左様でございます」

「もともと北見屋とはあまり付き合いはなかったんだろう。どんな話だったんだ」

「はい、それが驚きましたことに、手前どもが抜け荷を企んでいる、とあらぬ疑いをかけられたのでございます」

　中津屋はためらうことなく、ずばりと言った。ちょっと意表を衝かれたが、北見屋が既に自白していると考えたなら、隠すいわれはないだろう。

「お前さんは、抜け荷などに手を出しちゃいねえんだな」

「もちろんでございます」

「択捉でオロシャの船に出会ったのは、いつのことだい」

　一瞬、中津屋の眉が動いた気がした。だが、この質問も想定通りのようだ。

「この春でございます。蝦夷地の冬は大変に海が荒れますので、季節が移って最初の航海のときでございました。択捉の島に寄るつもりはなかったのですが、風で少々流されまして、あの島の大きな湾に入りましたところ、オロシャの船がすぐ後から参りまして」

「そうか。相手の船の者と、話したのか」

「向こうが小舟を下ろし、こちらに寄ってきましたので。食べる物と水を、少々融通して差し上げました」

　厳密にはそういう接触も非合法なのだが、中津屋は心配してはいないようだ。

「二月ほど後に、常陸の鉾田で会おうと約したのか」

「いえ、そのようなことはございません」

中津屋は、きっぱりと否定した。いささか早過ぎる反応だな、とおゆうは思った。

伝三郎は懐から、例の割符を出した。

「こいつは、お前さんがオロシャ人に渡したもんじゃねえのかい」

中津屋の表情に、初めて動揺が現れた。割符はステパノフに渡した後、一度も目にしていないはずだ。こちらに回収されていたとは、さすがに予想していなかったのだろう。

「いいえ。見たこともございません」

「そうかな。それじゃ、二十日ほど前に鉾田なんぞへ何しに行ってたんだ」

「鉾田には行っておりません」

「北見屋は、権十郎にお前さんを鉾田まで尾けさせたと言っているが」

「何かの間違いでございましょう。その時分、手前は用事で銚子に参っておりました」

アリバイを用意していたのか。銚子へ行って確認をとれば、中津屋の関係者が今の証言を肯定する手筈だろう。

「中津屋。正直に言ってくれ。お前を縛ろうってわけじゃねえ。ただ、オロシャとの間でどんな関わりができているのか、そいつが知りたいだけだ」

「それは、手前どもなどが知ることのできる話ではございません」

「人が二人、死んでるんだぜ。それでも言うことはねえかい」

「手前は、何も存じません」

中津屋はそう答えて、唇を引き結んだ。これ以上は梃子《てこ》でも動かない、という構えだ。

「そうか。わかった、邪魔したな」

伝三郎はそれ以上の追及をやめた。ここで中津屋をいくら責めても、得るものはないと見切ったようだ。二人は立ち上がり、無言で中津屋を後にした。


五分ほど歩いて、人通りの少ない武家屋敷の間に来たところで、伝三郎が言った。

「中津屋の受け答えからすると、用意して待っていたようだな」

「そうですね。答えに澱《よど》みが全くありませんでした」

「中津屋がオロシャとの橋渡しをしたのは確かだ。望んだわけじゃねえ、巻き込まれただけだろうがな」

「どうしますか。中津屋から話を引き出すのは、もう無理でしょう」

「ああ。戸山様にお話しした後、どうなるかだな。権十郎殺しの下手人の手掛かりがまだ摑めてねえが、もしかすると、これもこのまま幕引きってこともあるかもしれねえ」

「そんな……」

権十郎自身も殺人犯には違いないが、その権十郎を殺した奴をそのままにしておく、というのは納得しがたい。おゆうは腹立たしくなって伝三郎を睨んだ。だが、幕引きを口にした伝三郎自身が、一番納得できないはずだ。伝三郎は真っ直ぐ道の先を見つめ、唇を噛んでいた。

日本橋界隈まで来て、小料理屋で早い昼食にした。料理は悪くないが、味を楽しむ気分ではなく、会話も進まなかった。オロシャ人の話など町中ではできない。店を出ると、伝三郎は戸山を待つと言って大番屋へ向かった。おゆうは駒込へ行こうか考えたが、ちょっと早過ぎる。一度、宇田川に様子を聞くか、と思い付いて、家へ足を向けた。

東京の家に帰り、充電しっ放しだったスマホを取り上げ、ログインしてみた。画面を見て、えっと思った。珍しく、宇田川から三度も着信していた。何事かとメールを開く。「結果出た。連絡しろ」の文字。三通とも、同じ文面だった。二時間おきになっている。ずいぶん苛ついているようだが、これはもしや、分析結果が重要なものだったからではないか。優佳は「了解、今から行く」と返信し、大急ぎで出かける支度をした。

五十分後には、ラボで宇田川の横に立っていた。乗り継ぎがうまくいったとはいえ、記録的な速さだ。宇田川は気配に顔を上げ、「来たか。遅かったな」と言った。阿佐ケ谷駅からほとんど走ってきたのに、その言い方はないでしょう。いや、こいつに言っても無駄か。

「江戸でずいぶん事態が動いたのよ。で、結果って、あの録音のこと？」

「そうだ。解析してもらった」

少なからず驚いた。録音と画像を宇田川に渡したのが、三日前の夜だ。今朝までに結果が出たなら、解析にかかったのは正味二日間。大学の研究室に依頼したというから、最短でも一週間はかかると思っていた。先方も暇ではないだろうに、宇田川には強力なコネがあるのか。そう言えば彼は、面倒な分析を請け負って各所に貸しを作っているようだ。コミュ障気味とは言え、仕事にはお世辞抜きで誠実に取り組む男だから、自然といい関係が作れているのかも。

「解析したのは、ロシア人が漏らした独り言の部分だ」

「え、それだけでよかったの」

なあんだ、それなら時間はかからないだろう。

「確か、鴨居に頭をぶつけて悪態をついたとか、そんな感じだったよね」

「ああ。それだけで、非常に興味深いことがわかった」

宇田川は、研究室から送られたメールと、添付ファイルをプリントしたものを差し出した。また小難しいことが書かれているのかな、と思ってちょっと引いたが、幸い、優佳が読んでもすぐ理解できるものだった。

そして、内容を理解した優佳は、唖然とした。

「これ……マジなの？」

第四章　常陸沖の黒船

十一

駒込には、結局翌日まで行けなかった。ラボから帰ったときには夕方になっており、その後もネットで調べものをしていたからだ。

「昨日は来なかったな」

おゆうの顔を見た棚橋は、怪訝な顔で言った。

「申し訳ございません。北見屋のことで取り込んでおりまして」

「ああ、捕らえたのは三日前の夜であったな。調べは進んでおるのか」

「はい。全て終わりましたら、改めまして戸山様より書状にてお知らせ申し上げる、とのことにございます」

「左様か。御目付にも申し上げておく」

棚橋はそれ以上聞かなかった。棚橋らにとっては、おゆうは居ても居なくてもいい存在だろうから、興味も薄いのだろう。

奥へ行くと、ステパノフはいつもの通り、退屈そうに座っていた。重要な役目を帯びてロシアから来たのに、ただ待つだけというのは辛そうだ。おゆうの顔を見ると嬉しそうに笑みを浮かべるのは、コミュニケーションに飢えているからか。人懐こい性格なんだな、とおゆうは思う。

「ウボールカ（掃除）？」

箒を置いてあるところを指差すので、「ダー」と答えた。ステパノフが軽く頷く。別に汚れているわけでもないのに毎日掃除するなんて、日本人はおかしな奴だ、と思っているのかもしれない。

一通り箒を使って片付けた後、おゆうはステパノフに向き合って座った。また今日も、単語を幾つか並べてみる。ステパノフもそれに応じ、やはり単語を並べる。初級ロシア語教室の変形バージョンみたいだ。

しばらくして会話が途切れた。おゆうはそこで、今まで聞いていないことを口に出した。

「マーチ？」

お母さんは？　と尋ねたのだ。ステパノフの顔が、微妙に変化した。

「マリア」

少しの間を置いて、そう答えた。母親の名前だろう。続けて聞いた。

「アチェーツ？」

父さんは？　この答えは、すぐ返った。

「ゲオルギ」

言ってから、ステパノフは遠くを見るような目付きになった。故郷を想っているのだろうか。

「マーチ、トモミ。アチェーツ、ヨシロー」

おゆうは自分を指して言った。自分の両親の名だ。江戸時代の名前らしくはないが、ステパノフがそれを不審に思うことはあるまい。彼は頷いたが、少し戸惑っているようだ。プライベートなことを聞いたのは、初めてだからだろう。

おゆうはまた自分を指し、続けて床を指して「エド」と言ってみた。出身地を示したつもりだが、わかったろうか。ステパノフはしばらく考えているようだったが、やがて自分を指し、それから部屋の外、庭のずっと先を指した。

「ペテルブルク」

ロシアの首都の名だ。そこの生まれということか。おゆうは微笑み、頷いた。

兄弟についても聞いてみた。兄はいるが、弟はいないらしい。おゆうは、どちらもいない、と応じた。そんなやり取りを少しばかりした後、おゆうは縁側に出た。警護役は表側に回っているらしく、姿が見えなかった。庭はよく手入れされ、濃くなった緑が美しい。欧州の庭園とはだいぶ異なる日本の庭の趣を、ステパノフはどう捉えているのだろう。

ふと足元に目をやる。蜘蛛《くも》が一匹、縁先を這《は》っていた。

「きゃっ」

小さく悲鳴を上げた。ステパノフが、即座に反応した。さっと立ち上がり、何事かと大股でこちらに歩いてくる。低い鴨居のことは、忘れているようだ。危ない。

「ビー・ケアフル！」

おゆうが叫んだ。ステパノフはぎくっとして首を竦め、頭を下げて無事鴨居を通過した。そしておゆうに笑いかけ、「サンキュー」とひと言、言った。

全てはほとんど一瞬の出来事だった。だが、決定的だ。ステパノフもすぐそれに気付き、呆然としたような顔を見せた。自分の失態が信じられない、という様子だ。おゆうはにっこり笑い、ステパノフの正面に立って言った。

「You are not Russian but American, aren't you?（あんたロシア人じゃない。アメリカ人ね）」

返ってきたのは、諦め混じりの苦笑だった。

今やったのは、ずいぶん前に父親に付き合わされてＤＶＤで見た、古いアメリカの戦争アクション映画の手口だ。ナチスの秘密警察が、ドイツ人のふりをしているアメリカ兵に、会話にさりげなく織り込んだ英語に反応するよう仕向け、偽装を見破るのである。映画のストーリー全部は覚えていないのに、なぜかそのシーンは記憶に残っていた。まさかこんなところで役に立つとは思わなかったが、効果はてきめんだった。

「なぜわかったんだ」

ステパノフは、苦笑を消さぬまま聞いた。

「それは秘密」

無論、おゆうの手柄ではない。見破ったのは、宇田川が依頼した言語学者である。録音された不明瞭な呟きは、増幅してクリアにしたところ、次のようなものだった。

「Shit, why is it so low. Give me a break.（くそっ、どうしてこんなに低いんだ。勘弁してくれよ）」

鴨居に頭をぶつけ、その低さに文句を言っていたのだ。間違えようもなく、英語だった。思わず口をついて出たのだろうが、誰も聞いていない部屋での独り言だ。ロシア語を使う必要はない。盗聴や録音などという技術が普及するのは二十世紀になってからだ。まさか独り言から国籍を特定されるなどとは、夢にも思わなかったろう。

（言語学者ってのも、大したもんだわ）

あの短いフレーズを解析した結論は、「英語を母国語とする国民で、おそらくはアメリカ東部、ニューイングランドの出身。音質から、四十ないし五十歳代の男性と推定」であった。お見事、としか言いようがない。

「どうして彼の言葉を分析しようなんて思ったの」

感心して宇田川に尋ねると、どや顔をされた。

「髪の毛のＤＮＡだ。ゲノムを調べたら、人種などもある程度わかる。こいつの場合、スラブ民族よりアングロサクソンの特徴が濃く出ていた」

「アングロサクソンのロシア人って、いないわけじゃないでしょ」

「現代ならそうだが、十九世紀前半はまだ国境を越えた人の移動が少ない。それでも可能性はゼロじゃないから、確かめるために言葉を拾って解析することにしたんだ」

「カメラで顔を撮影したのも、そのため？」

「ああ。顔にも人種的特徴が出てないか確かめようと思ったんだが、これはうまくいかなかった。もっと詳細な画像でないと無理だな」

せっかく苦労して撮ったのに。まあ、私もいい出来だったとは思わないし、仕方ないか。

「それにしても、どうしてロシアの船にアメリカ人が乗ってたのかな」

「それを考えるのは、あんただろ」

宇田川としては、ステパノフが実はアメリカ人だった、と突き止めたことで満足らしい。だがこのことは無論、棚橋にも戸山にも、伝三郎にさえ言えない。ステパノフに関する事情は、自分が調べるしかない。

（それでも、アメリカ人となれば話は早い）

ロシア語はさっぱりだが、英語なら何とかなる。TOEICの実力、見せてやろうじゃないの。だが、注意しなくてはいけない。江戸での日本語と同様、十九世紀前半の英語と二十一世紀の英語が全く同じということはあるまい。この時代に存在していなかった言葉を出さないようにするのも、不可欠だ。できるだけ単純な会話をするよう心掛けた方がいい。

「本当の名前は何だ」

おゆうが迫ると、すぐに答えた。

「ピーター・スティーブンス」

ピョートル・ステパノフを英語読みにしただけか。これが本名なのだろうか。

「アメリカ人が、どうしてロシア船に乗ったのだ」

最初に聞きたかったのは、それだ。何の目的があったのだろう。

「この国に興味があったからだ」

「アメリカの船では駄目なのか」

アメリカの捕鯨船は、ちょうどこの頃から日本近海に進出し始めている。だがスティーブンスはかぶりを振った。

「ここまで来る船はまだ少ない。捕鯨船では駄目だ」

よくわからないが、日本へ来るのに捕鯨船は不向きらしい。捕鯨船の船長の興味は、日本に寄ることではなく鯨を捕ることだから、まあ当然か。

「アリョール号の船長は、あなたがアメリカ人だと知っているのか」

「いや、知らない」

　では、彼はロシア人たちも欺いているわけだ。

「ロシア人になりすます必要があるのか」

　別にアメリカ人だからロシア船に乗れない、ということもないと思うが、そこまでする理由があったのだろうか。スティーブンスは、肩を竦める。

「アリョール号に乗るためにロシア人になったのではない。私は何年もの間、世界のあちこちを旅してきた。はるか南洋の島々も、氷に覆われた地も、猛獣が棲《す》む山地も。ここへ来る前は、シベリアを旅していた」

　スティーブンスは僅かの間、思い出に浸るような目付きになった。おゆうは目を見開いた。南洋から北極圏、もしかしてインドまで旅をしたって？　十九世紀には、文明の発達とともに、数々の欧米人が未開地の探検に乗り出している。この男もその一人だと言うのか。

「ペテルブルクに入り、東へ向かった。シベリアの地に外国人が入るのは難しい。ロシア人のふりをする方が好都合だった」

　スティーブンスが続けた。確かに、外国人が勝手に未だ開発中の奥地に入り込んでうろちょろするのは、ロシア政府の好むところではあるまい。

「そうまでして、旅を続けたかったのか」

「無茶だと思うかもしれないが、人の行かないところに行き、見たことのないものを見る。それが私の生き方だ」

冒険家とは、そんなものだろうか。完全に納得したわけではないが、おゆうは一応、頷いてみせた。それにしても、ロシア人になりすましたアメリカ人が日本の商人と接触し、揚句に幕府の高官と話をしているなど、なかなかに信じ難い展開だ。

「あなたは、ロシア政府のためにこの国の政府と話し合いをするのか」

「そうだ」

「アメリカ人がそんなことをするのは、おかしい」

そう突っ込むと、スティーブンスは困った顔をした。どう説明したものか、悩んでいるかのようだ。

「初めから望んだわけではない。私は、この国に行きたいと言って、アリョール号に乗った。そうしたら、船長がこの国に上陸する機会をくれた。使者として、海岸で待つ者に手紙を渡すことだ。簡単な仕事だと思い、引き受けた。だが失敗し、捕らわれた」

手紙？　そんな話は、初めて聞いた。

「手紙はどうしたのか」

「危険だと思い、捕まる前に隠した」

「手紙を渡すだけだったあなたが、なぜ我が国の政府の役人と話をしているのか」

「手紙のおおよその内容は聞いている。手紙を渡せないので、代わりに話している」

おゆうは呆れてスティーブンスを見つめた。話が本当なら、スティーブンスはただの配達人《クーリエ》なのに、政府代表のように振る舞って幕府と交渉していることになる。

「そんなことをしていいのか」

「貴国政府の役人には、手紙を海岸に隠したことを告げて、了解を得ている。私は内容を口で伝え、答えをもらうだけだ。手紙は、船に戻る前、隠し場所から出して渡す」

何を簡単に言ってるんだ、この男は。スティーブンスは、外交上の重大事に関わっていることをわかっていないのだろうか。

「手紙は、ロシア皇帝からのものか」

そんな重要なものを素人に預けるわけはない、と思ったが、一応聞いてみた。

「違う。シベリア総督からのものだ」

シベリア総督だと？　地方の行政長官が外交権を持っているとは思えないのだが。

「シベリアの総督にそのような権限があるのか」

「私は知らない。ただ、そう聞いただけだ」

「海岸で待っていたのは、中津屋か」

「ナカツヤ？　いや、政府の役人のはずだ」

そうか、幕府の役人が鉾田に行っていたのか！　しかし妙だ。中津屋も来ることをスティーブンスは知らなかったのか。中津屋にもう一度聞いてみたいところだが、スティーブンスの証言については言えない。おゆうが外国人と直接話ができる語学力を持っている、と悟られるわけにはいかないからだ。

「オユウサン、あなたは何者だ。英語もわかるし、ただの市民とは思えない」

おっと、今度はこっちが突っ込まれたか。どう答えよう、と考えてみたが、ここはハッタリをかますのも悪くない。

「秘密警察だ」

スティーブンスの目が見開かれた。今現在、ロシア帝国に秘密警察が存在するのかどうか知らないが、そういう概念自体は理解できるようだ。

「だから、私のことを城島や大黒屋に言ってはいけない。私も、あなたのことは彼らに言わない」

「しかし、あなたのボスには言うのだろう」

「心配いらない。あなたの不利になることはない」

スティーブンスは、不安そうな顔をした。だが、従うしかないとわかっているのだ。

不承不承という感じで、頷いた。

その夜、本駒込の宿で布団の上に座って、おゆうは考え込んだ。スティーブンスの話は、どこまで信用できるのだろう。

（本当に、ただ日本に興味を持っただけの冒険家なんだろうか）

何か目的がありそうな気はする。でも、何なのかは全くわからない。頭が煮詰まりそうだが、哀しいことに伝三郎には相談できない。

（この話、相談するならあいつしかいないんだよな……）

おゆうは寝転がり、天井を見上げた。天井板に答えのヒントでも浮かび上がってこないか、などと思いつつ。

翌日、午前十時。優佳はラボで、一昨日と全く同じように、宇田川の傍らに立っていた。

「ああ、来るだろうと思ってた」

相変わらずろくに顔も上げないまま、宇田川が言った。

「どうしてそう思ったの」

「あの分析結果を、ステパノフとかいう奴にぶつけたんだろ。だが、その結果を検討しようにも、江戸のあの同心には話せない。ここに来るしかあるまい」

何だか癪《しゃく》にさわる言い方だが、その通りだった。しかし、「あの同心」という言葉に僅かな棘《とげ》が感じられたのは、気のせいだろうか。

「で、どうだ。奴は認めたか」

「はいはい、仰せのままに」

優佳はスツールに座って、スティーブンスとの会話の内容を全て伝えた。宇田川はパソコンの画面を見ながら何も言わず、じっと聞いている。

「秘密警察だと言っておいたって？ 何のジョークだ」

そのくだりにかかった途端、宇田川は珍しく吹き出した。

「そう言っとけば、無用な詮索をされずに済むと思って」

さすがに自分でも、やり過ぎかな、とは思っていた。こうして宇田川にまで笑われると、アホなことをしたような気になってくる。

「逆に無用な興味を引いちまったかもな。まあいいが」

宇田川の面白がるような視線を浴びつつ、最後まで話を続けた。

「スティーブンスはこう言うんだけど、正直、どこまで信じていいのかわかんない」

話し終えた後にそう付け加えると、宇田川は唸り声を上げて腕組みした。

「ツッコミどころが、いろいろありそうだな」

「そんな感じよね」

「まずは、なぜロシア船に乗ったかだ。奴の言ったことは、説明になっていない」

「うん……確かに」

日本に興味があったのが本当だったとしても、アリョール号の船長が日本と接触しようとしていることを、どうやって知ったのか。また、アリョール号の船長はなぜスティーブンスの乗船を許可し、使者の役割まで与えたのか。

「それに、中津屋の動きだ。鉾田でスティーブンスを待っていたのは、手紙を受け取るためだろう。しかし、役人が出張っていたなら一介の商人の出る幕はなさそうだが」

それはそうだ。択捉でアリョール号と接触した後、中津屋は役人に相談したはずだ。択捉を管轄する松前藩が介在していないのは明らかだから、中津屋は幕府の誰かに直接話したのではないか。

「中津屋もお咎《とが》めを受けずに鉾田に来てたってことは、幕府の幹部にコネがあったのかもね」

「その幹部に話したのなら、手紙を受け取るのを中津屋に任せたりするまい。スティーブンスが言うように、幹部自身か、その部下が出向いたはずだ」

なるほど、もっともだ。しかし、権十郎が鉾田海岸で見たのは中津屋一行だけで、身分の高そうな侍などは目撃していない。

「だったら、近くの陣屋か何かに待機してたんじゃないか。幕府のお偉方が、吹きさらしの海岸で夜中に何時間も待ったりしないだろう」

優佳の疑問に、宇田川はそう答えた。確かに言う通りかもしれない。

「ロシアからの文書は、交易を求める内容なんだな」

「スティーブンスはそう言ってたけど」

「国境確定問題には、触れてないのか」

「そのようね。スティーブンスは、交易で両国の友好関係を築いてから国境交渉をした方がうまくいく、って言い方をしてるみたい」

宇田川は首を捻る。

「正論ぽく聞こえるが、やっぱり妙だな。一応調べたが、一八一三年のゴローニン事件解決のとき、ロシア側から国境確定交渉の打診があったらしい。幕府も、正式な国交は先送りにして、国境の交渉には応じるつもりだったようだ。ロシア側の文書でそれに触れないのは、ちょっと解せん」

話が難しくなってきたが、宇田川の言うことも一理ある。

「なるほど……で、どう解釈するの」

「そんなことまでわかるか。スティーブンスとやらが何を企んでるのか、或いは何も企んでいないのか、出方を見るしかないだろう」

「出方と言っても……」

スティーブンスは軟禁状態なので、やれることはほとんどない。

「あと一週間もすりゃ、幕府から返事が来て、奴は帰るんだろ。そのときにどう動くか、だな」

宇田川は背を反らせ、頭の後ろで手を組んだ。優佳はまだ宙ぶらりんの気分だが、宇田川の言うように、スティーブンスに関してはこれ以上調べる材料がない。それならば、江戸で十手持ちとしてやるべきことをするまでだ。

「それにしても……」

背を反らせたままで、ふと宇田川が言った。

「どうしてロシア人たちは、鉾田なんて場所を知ってたんだろうな」

「えっ……さあ、それは」

言われてみれば、それは今まで考えていなかった。ロシア人にとって、鉾田には何の意味があったのだろうか。

「源七親分、ちょっと聞きたいんですけど」

おゆうが「さかゑ」に入って行くと、源七はちょうど卓について、昼飯をかき込んでいるところだった。

「おう、何だい。駒込はこれからか」

「ええ。その前にちょっと、と思って。中津屋のことなんですけどね」

中津屋の名を聞くと、源七の顔が渋くなった。

「あんた、鵜飼の旦那と中津屋に何を聞いたんだい」

一昨日、中津屋を尋問したとき、蚊帳の外に置かれたのが気に入らないようだ。

「それがちょっと込み入ってまして。例のオロシャ人絡みで、駒込の方から口止めされてるんです」

おゆうはいかにも困ったという顔をしてみせた。

「でも中津屋について調べてくれてたのは、源七親分ですよね。そういうことにかけては右に出る者はなし、でしょう。ここはやっぱり、源七親分に頼るしかないって思って」

持ち上げると、根が単純な源七の機嫌は、だいぶ良くなった。

「へっ、そうかい。まあいいや。何が知りてえんだ」

「中津屋さんが出入りしている先で、御上のお偉方って、居ませんかね」

「お偉方？　いや、商いの出入先でそういうところは、ねえなあ」

「お大名の年貢米を運んだりも、してるんでしょう」

大名の領地から江戸や大坂への年貢米の輸送は、船で行うのが普通だ。中津屋も、そういう業務は受けているだろう。

「中津屋が年貢米の運送を請け負ってる藩は幾つかあるが、御老中様とか若年寄様とか、そういう偉いのは居ないねえ」

さすが源七、そういうこともきっちり調べてあるのだ。おゆうの褒め言葉は、決してお世辞ではない。

「もうちょっと下の方でもいいんですけど」

「御奉行様とかかい？　いや、それもねえな」

「大名貸し、なんてのはどうでしょう」

札差《ふださし》や両替商などの金融業者だけでなく、豪商が大名に運転資金を貸し出すことはよくある。倒産のリスクが少ないのと、利幅が大きいからだ。中津屋もやっているかもしれない。

「いや、あの店は大名貸しは一件もやってねえ」

「そうですかぁ……」

おゆうはがっかりして嘆息した。中津屋が択捉でロシア船と接触したことを伝えた幕府高官が、存在するはずと思ったのだが。商売上とは違う縁でもあるのだろうか。

「中津屋さんって、いつ頃からの店なんですか」

「今の勘右衛門は二代目でな。もともとは上総《かずさ》の一宮《いちのみや》ってところの近所で、網元をやってたらしい。先代はそこの三男で、惣領《そうりょう》が家を継いでから江戸に出て、水主から叩き上げて船持ちになったんだ。商いを広げて大店にしたのは、二代目の方だがね」

中津屋勘右衛門は、商才も人徳もあるわけだ。偶然巻き込まれたとはいえ、そういう人物だからこそ幕府の誰かさんも信頼して、そのまま対ロシア交渉に関わらせたのだろう。壁は厚いな、とおゆうは思った。


午後はいつも通り駒込に出向き、スティーブンスと会った。昨日、あんな対決をした後だ。お互い、どうにもぎこちなかった。

「ボスに話したのか」

スティーブンスが聞いてくるので、「イエス」と言っておいた。話したのは宇田川だけだが、あいつがボスなのか、と考えると、吹き出しそうになる。

「何か指示はあったか」

「今は私に任せる、と言われた」

指示などないのだから、それしか言いようがない。スティーブンスは、ただ頷いた。

「結局あなたは、海岸で政府代表の姿も中津屋の姿も見てはいないのだな」

「予定の場所から数キロ離れたところに着いてしまったらしいので、見ていない」

こんなことを聞く自分を、スティーブンスはどう思っているだろう。日本政府が二派に分かれていて、城島らの対露交渉に反対する一派が、おゆうに内偵を命じている、と見えるのではないだろうか。いや、ミステリ小説の読み過ぎかな。

「あなたは、なぜアリョール号を選んだのか」

「どういう意味か」

「アリョール号がこの国へ向かうことを、どうやって知ったのか」

「港で船を探していた。酒場で、アリョール号がこちらに行こうとしていると聞き、頼み込んで雇ってもらった」

「どこの港か」

「ペトロパブロフスク。知っているか」

「知らない」

実はネットで調べて、そこがカムチャツカ半島にあるロシア帝国の極東拠点だ、ということは知っている。だが、江戸の人間のおゆうが知っているのは不自然だろう。

「この国の、北の方にある」

「そうか」

会話は、そこまでで終わった。スティーブンスがアリョール号に乗ったこととの説明に、納得したわけではない。しかしながら、おゆうの英語力ではあまり込み入った話はできない。それに、棚橋や警護役たちの耳も気にしなければならない。連中には英語とロシア語の区別もつかないだろうが、三日前まで単語を幾つか並べていただけなのに、急にちゃんとした会話をするようになったと知れたら、変に思われるだろう。

おゆうは消化不良のまま、駒込の屋敷を出た。この状況をこれ以上続けても仕方がないので、棚橋には取り敢えず、明日は来れないと伝えた。棚橋は、何も文句を言わなかった。


次の朝。おゆうは伝三郎と共に、霊岸島に居た。帯には、しばらくぶりに十手を差している。こうすると、改めて身の引き締まる思いがした。

「権十郎が消えたのは、ちょうど今時分ですね」

おゆうは辺りを見回した。日本橋や両国橋界隈のような賑わいはないものの、やはり人や荷車の通行はそれなりにある。権十郎はガタイも大きいし、腕っぷしも強い。一人や二人では拉致できないだろう。

伝三郎は、争った痕跡の見つかった裏路地を指した。

「そこで当身か何か食らわせ眠らせたのは、やっぱり間違いなさそうだ。その後は、さんざん捜したんだが大川に浮かぶまでの足取りが摑めねえ。どこで誰に痛めつけられたか、そいつがわからねえことにはなあ」

伝三郎が溜息をつく。権十郎を襲ったのが小塚原に現れた侍たちだろう、と見当はついても、その侍たちの素性が今もってわからない。

「中津屋が雇った、ということは」

「そりゃあ、とっくに考えたさ。探ってみたが、一人ぐらいならともかく、十人以上だぞ。それだけの侍をいっぺんに雇ったら、すぐ噂になっちまう」

もっともだ。それに、小塚原の侍たちは浪人などには見えなかった、と水主たちも言っている。切り口を変えよう、とおゆうは思った。

「権十郎は永代橋の南で見つかりました。水に浸かっていたのは、それほど長い間ではなかったようでしたね。どこで大川に投げ込まれたか、ですが……」

「永代橋の北側、佐賀町の辺りは調べた。疑わしい場所は、なかったよ」

「川の流れからすると、対岸からだったかも」

「知っての通り、大川の向こう岸は永代橋から両国橋の手前まで、ずっと武家屋敷だぜ」

「ええ、ですから……」

伝三郎はおゆうが言いかけるのを、遮った。

「例の侍たちが、その武家屋敷のどれかの郎党かも、って言いてえんだろ。理屈はわかるが、相手が武家屋敷じゃ調べようがねえや」

「まあ、それはそうなんですが」

そう言われればそれまでだが、どうも釈然としなかった。

「うーん……ちょっと絵図を見てみましょうか」

「絵図か。うん、ここの番屋に行きゃ、置いてるだろう」

伝三郎は頷いて向きを変え、おゆうと並んで霊岸島の番屋へと歩を進めた。

「おう、ちょっくら邪魔するぜ」

番屋の戸を開けると、中で三十くらいの色黒の岡っ引きが、休憩して茶を啜っていた。

「あ、こりゃあ鵜飼の旦那。あれ、あんたもか」

伝三郎を見て慌てて挨拶したのは、この界隈を縄張りにする松次郎《まつじろう》だ。おゆうも、去年の暮れの北斎《ほくさい》が絡む贋作《がんさく》事件で、見知った相手だった。

「ははあ、永代橋の近くに揚がった、水主の一件ですね」

なかなか察しがいい。が、松次郎はオロシャ人の件では招集されていなかったので、詳しい話はできない。自分の縄張りで起きた事件ゆえに、松次郎としてはあまり面白くはないだろう。

「まあ、そんなところだ。ちょいと厄介な一件でな」

伝三郎は、御城の方へ向けて顎をしゃくって見せた。幕府上層部が絡む、と暗に示したのだ。松次郎の眉が上がった。これはうっかり関わらない方がいい、と考えたらしい。

「江戸の絵図があったら、出してくれねえか」

松次郎は、木戸番の爺さんに絵図を持って来させ、伝三郎の前に広げた。

「この通り、永代の北の方は両国橋界隈を除いて、大方は武家屋敷だ。これじゃ、どうもな」

伝三郎は残念そうに言う。が、おゆうは気になる部分を見つけた。

「あの、これですけど」

おゆうは、永代橋と新大橋の間で、西側から大川に注いでいる運河を指でなぞった。御濠から鉤型《かぎがた》に市街中心部を流れる浜町川《はまちょうがわ》だ。

「ここから屍骸が流れてきた、ってことはありませんか」

「ふうん、そうだな」

伝三郎が絵図を見ながら首を捻る。

「あり得るが、それなら深川の仙台堀や小名木川からだって、考えられるぜ」

確かに、大川に流れ込む運河は何本もある。

「いや、旦那」

松次郎が口を挟んだ。

「深川の方からじゃ、堀や川がたくさん走ってるし舟も多い。大川へ出るまでに、ホトケは止まっちまうでしょう。浜町川なら真っ直ぐ大川だし、そこから入り込みゃ、ちょうど永代の辺りに流れ着きやす」

「ほう、そうか」

伝三郎は、俄かに興味を引かれたようだ。

「あの川は幅が狭い。ホトケが流れていたら、すぐ気付くんじゃねえか」

「でも、流れたのは夜明け前でしょう。人目なんか、ないですよ」

おゆうは浜町川を大川から逆にたどっていった。

「そんなに遠くから流されたはずは、ないですよね……」

そう呟いたとき、絵図に記されたある文字が目に飛び込み、おゆうは指を止めた。

「鵜飼様、これ……」

おゆうが止めた指の先を見て、伝三郎も「お」と声を上げた。

「旦那、どうしなすったんで。その武家屋敷、何かあるんですかい」

松次郎が怪訝な顔で尋ねるのには答えず、伝三郎とおゆうは絵図を凝視した。指を当てた屋敷には、「城島佐渡守」とはっきり書かれていた。

「まさかお前、佐渡守様が……」

伝三郎は驚き、権十郎殺しに関わっていると思うのか、と言いかけたようだが、松次郎を横目で見て口をつぐんだ。

「鶏飼様、佐渡守様って、どういうお方ですか」

「どういう、と言われても、俺もよくは知らん。ただ、切れ者で御老中水野様と近い、ってことは聞いてる。石高は二千石で、知行所（領地）は上総だったな」

それを聞いたおゆうは、絵図の上に屈み込んでいた体をはっと起こした。つい昨日、上総についての話を聞いたはずではなかったか。

十二

「それでスティーブンスは、自分を単なるメッセンジャーだと言ったのか」

「うん。正直、眉唾だと思うんだけど」

「ああ。航海士とか信用できる乗組員を使わず、今回の航海で初めて乗り組んだどこの馬の骨ともわからない奴に、大事な文書を託すなんて、普通は考え難い」

ラボの自席で、宇田川は腕組みして椅子の背もたれに体を預け、首を振った。いい考えは浮かばないようだ。

「ところで、シベリア総督ってさ、自分の権限で外交文書なんか出せたのかな」

これには宇田川も首を傾げた。

「そういう話は、専門外だ。ネットで調べてみなかったのか」

「あんまり詳しくは出てなかった。西シベリア総督府が、ちょうどあの頃にオムスクってところに置かれたらしいね。スティーブンスが言うのは、その人のことみたい。シベリア全体を治める役目だったようだけど、それ以上はよくわかんない」

「もしかすると、皇帝の名代として清国なんかと交渉することがあったかもしれんな。ゴローニン事件のときは出てこないが、まだそういう役職はなかったんだろう」

「幕府は、どう返事すると思う」

「それも専門外だ。少なくともあと三十年経って、ペリーが浦賀に来るまで開国はしないんだから、拒否回答を出して終わりなんじゃないのか」

歴史上は、宇田川の言う通りだ。だが、スティーブンスの来訪自体、歴史からはきれいさっぱり消え失せている。この点を、どう解釈すべきなんだろう。

宇田川は早くも興味が薄れてきたらしく、パソコンの画面に目を戻している。優佳は溜息をついた。まだまだこの一件、どう展開するのか先が読めない。


翌日は、いつもより早く駒込に行った。前日行かなかった埋め合わせの意味もあったのだが、屋敷に着くと、いつもと空気が違った。誰か来ているようだ。乗物が見当たらないので、城島ではなさそうだ。

「あのう、どなたがお見えなんでしょうか」

玄関脇に居た警護役に聞くと、おゆうの顔を見てすぐに教えてくれた。

「お前のところの内与力、戸山殿だ。今、棚橋様と話しておられる」

戸山がここへ？　何の用だろう。万一、英語の会話を戸山に聞かれでもしたらまずい、と思って、おゆうはスティーブンスの部屋に行くのを控え、小部屋で待った。

四半刻ほど待つと、廊下の先から足音と話し声が聞こえた。おゆうはそっと立って、廊下に出てみた。戸山と棚橋が、こちらへ歩いてくるところだった。

「おゆうか。ご苦労だな」

廊下の脇に膝をついたおゆうを見て、戸山が立ち止まり、声をかけた。

「恐れ入ります」

そう返事すると、戸山は思い付いたように棚橋の方を向いた。

「ちょうどよい。某《それがし》から、話をしておきます」

「承知しました。では、よしなに」

棚橋は頷き、こちらをと空いていた座敷を示した。戸山は礼を述べて、おゆうを手招きした。棚橋は軽く一礼し、自分の部屋に戻った。

「まあ座れ」

戸山は扇子で、自分の前を指した。おゆうはそこに正座し、畳に手をついた。

「どのような御用でございましょうか」

「うむ、実はな……」

戸山は何故か、戸惑っているように見えた。面倒事だろうか。

「あのステパノフだが、四日後にここを発《た》ち、鉾田へ送ることに決した」

「まあ、左様でございますか」

それは盗聴器で聞いた通りで驚くことではなかったが、おゆうは注意して、初めて聞いたように装った。

「そこにオロシャの船が迎えに来る」

城島は、スティーブンスに託す返答を、老中から得ることができたのだろうか。

「戸山様は、同道なさるのですか」

「儂も、奴が帰るのを見届けて御奉行に申し上げねばならぬ」

「それは誠に、ご苦労様でございます」

「儂だけではない。お前もだ」

「まあ左様で……はあっ？」

おゆうは目を剝いた。

「私も鉾田へ参るのですか。でも何故私のような者が」

スティーブンスを護送する一行に、町人である自分が入る必要がどこにあるのだ。

が、それは当然戸山も承知のうえで、渋い顔で言った。

「ステパノフ殿の、たっての願いじゃ」

「ステパノフが、私を⁉」

「お前、よほどあの男に好かれたのか」

戸山が、本気とも冗談ともつかぬ言い方をした。

「さあ……通詞が居なければ、話せる相手は私しか居りませぬゆえ、でございましょうか」

それで思い出し、聞いてみた。

「大黒屋光太夫様は、同道なさるのですか」

「いや、それはせぬ。それゆえ、今まさにお前が申した通り、奴と曲がりなりにも話せるのは、お前だけということになる」

「話せると申しましても……簡単な言葉を並べるだけで」

「それで構わぬ。道中、難しい話をする必要はない」

「でも、本当に私などが」

「棚橋殿も承知しておる。もう決まったことだ。鵜飼も連れて参るゆえ、案ずるな」

え、伝三郎も来てくれるのか。それは嬉しい。もしや、戸山の配慮だろうか。

「ありがとうございます。承知いたしました。鉾田へお供させていただきます」

おゆうは深々と頭を下げた。戸山は安堵したらしく、顔がほころんだ。

「よし。面倒をかけるが、頼む。支度もあろうから、明日からはここへ来ずとも良い。出立の段取りは、鵜飼に伝えておく」

戸山はそう言い置くと、立ち上がった。おゆうは玄関まで見送った。

（まいったなあ。スティーブンスの帰国に立ち会えってか）

予想外だが、この一大事件の成り行きを最後まで見届けられることになりそうだ。

（むしろ、ラッキーと言うべきなのかな）

戸山の姿が見えなくなってから、おゆうはにんまりした。が、そこでふと気付いた。

（待てよ。鉾田って茨城《いばらき》県だよね。電車なんてないんだぞ……）

水戸まで特急で一時間。鉾田までは……百キロ以上ある！　それを往復、歩き通さねばならないのだ。おゆうは頭がくらくらしてきた。


翌日、本駒込の宿を引き払って家に帰った。行ったり来たりで落ち着かなかったため、少し埃っぽくなっている。スティーブンスの部屋ばかりでなく、自分の家も掃除しないとね、と思い、箒を使い始めた。

布団を干し終えたところで、伝三郎がやって来た。手に風呂敷包みを提げている。

「どうも大変なことになったな」

座敷で胡坐をかくなり、伝三郎は大袈裟に溜息をついた。鉾田行きのことを言っているのだ。

「お前まで引っ張り出されるとは、思わなかった」

「いいんですよ。この目でオロシャの船が見られるし」

「おいおい、物見遊山じゃねえんだぞ。あっちの船は大砲《おおづつ》も積んでるだろうし、場合によっちゃ喧嘩する気で来るんだ。十年か二十年前には、蝦夷地をだいぶ荒らしやがったそうだしな」

伝三郎は真顔で言った。本気で心配しているらしい。

「はい、承知しています。気を引き締めて、行きます」

おゆうも真剣になった。伝三郎が頷く。

「よし。そのつもりでいてくれりゃあ、いい。俺も行くんだ。滅多なことはねえとは思うが、何があろうとお前は俺が守る。いいな」

伝三郎は、真っ直ぐおゆうの目を見つめ、言った。嬉しい言葉に、おゆうの顔が火照る。

「そうだ、こいつを持ってきた」

伝三郎は、急に思い出したように風呂敷を引き寄せ、解き始めた。もう、風呂敷包みなんて後でいいのに、空気読んでよ。

「あれ、着物ですか」

広げた風呂敷から現れたのは、萌黄《もえぎ》色の着物と濃緑色の袴《はかま》であった。

「ああ。行列に加わるのに、町人姿ってわけにもいかねえからな。若衆《わかしゅ》姿になってもらう。十手の代わりに、こいつを差してけ」

続いて伝三郎が出したのは、脇差だった。

「間に合わせの安物で悪いが、竹光じゃねえぞ。抜いてみろ」

手に取ってみると、ずっしり重い。そうっと抜いてみる。

(わあお)

きちんと磨《と》がれた、本物の刀だ。匕首の比ではない。

「持つのは初めてか。まあ使うことはねえだろうし、飾りみてえなもんだ」

「はい、ありがとうございます」

町人でも旅に出るときは、護身用に持っていたりするので、そう構える必要はない。だが一応は武器なのだ。おゆうはちょっと緊張した。

「そいつを着て、七ツを過ぎた時分に奉行所へ来てくれ。戸山様と、打合せするから」

その後に、伝三郎は笑みを浮かべて付け加えた。

「話が済んだら、帰って着替えて、しばらくぶりに旨いものでも食いに行こうぜ」

「あら嬉しい。それは楽しみです」

二人きりの壮行会かな、とおゆうは微笑んだ。

七ツの鐘が鳴るのを聞いて、奉行所に向かった。袴に脇差を差し、髪は頭頂部に近いところでまとめ、髪留めと簪《かんざし》を付けた。袴なんて、大学の卒業式以来だ。いつもと違うスタイルに、思わず背筋が伸びる。途中ですれ違った知り合いに挨拶すると、びっくり仰天で目を瞠っていた。

七ツ過ぎでは、大方の役人は勤務を終えて退出している。ロシアの件は奉行所内でもトップシークレットだから、戸山はそういう時間帯を狙って、内々の話をするのだろう。

「えっ、何だいおゆうさん、その格好は」

ちょうど出てきた境田左門が、目を丸くして立ち止まった。

「はい、ちょっと事情がありまして。似合います？」

「いや、たまげた。これじゃ伝さんも、頭から惚れ薬を引っ被ったようになるだろうよ」

おゆうはうふふと笑い、まだ半ば唖然としたままの境田に一礼して、奥へ進んだ。内与力である戸山は、奉行の役宅を兼ねた奉行所内で起居しており、通されたのはその私室だった。

「ほう、これは……馬子にも衣裳とは、よく言ったものだ」

戸山もおゆうの姿を見るなり、驚きを顔に表わした。

「戸山様、今少しましな申されようはございませんか」

おゆうが膨れっ面をしてみせると、戸山は大笑いした。

「いや、済まん済まん。どうだ鵜飼、なかなかのものではないか」

「は、左様でございますな」

そう言う伝三郎は、すっかりおゆうに見とれて上の空になっている。

「鵜飼様ったら。そんなに見つめないで下さいな」

「ああ、そうか。うん、まあこっちに寄れよ」

伝三郎が赤くなり、戸山がまた笑った。

「さて、此度《こたび》のことであるが」

戸山が本題に入り、おゆうと伝三郎は居住まいを正した。

「ステパノフは権門駕籠にて運び、前後を二十人で固める。これは佐渡守様の手勢じゃ。他に小者が二十人。これに、御先手組より鉄砲組与力一人、同心十人が付く。加えて、我々三人。御指図は、佐渡守様が直々に行う」

「鉄砲隊が付くのですか」

おゆうは驚いて声を上げた。

「相手はオロシャじゃ。何があるかわからぬので、備えはしておかねばな」

総勢五十四名。我孫子宿での失態を反省してか、厳重な陣立てだ。

「三日後の朝、駒込を出る。我孫子宿泊まりは避け、小金《こがね》、若柴《わかしば》、中貫《なかぬき》に泊まり、六日後の夜、鉾田代官所に到着。夜半より浜に出て陣取り、払暁《ふつぎょう》に現れるはずのオロシャ船を待つ」

「我らは同道し、見届けるだけ、と相成りましょうか」

伝三郎が確かめるように聞いた。

「左様、オロシャ人とのやり取りは、佐渡守様とその配下が執り行う。我らはただ立ち会い、無事に彼奴《きやつ》らが引き上げるのを見届けよ、と御奉行よりの命じゃ」

「承知仕りました」

見ているだけで口を挟むなと言われ、伝三郎は不満そうだ。だが、仕方ない。町奉行所の管轄からは完全に外れる状況であり、同行すること自体が極めて異例なのだ。

「それで戸山様、佐渡守様のことでございますが……」

伝三郎が言いかけたが、戸山はかぶりを振った。

「権十郎殺しか。一昨日お前から聞いた話だけでは、到底嫌疑をかけるわけにはいかぬ」

浜町川と佐渡守の屋敷の位置関係については、伝三郎から戸山に報告してあった。しかし、浜町川や大川沿いの武家屋敷は多数に上り、権十郎が間違いなく佐渡守の屋敷から投げ込まれたという物証でもなければ、御目付の要職にある旗本を容疑者にはできない。おゆうも佐渡守の屋敷裏の浜町川岸を調べてはみたが、何の痕跡も発見できなかった。

「戸山様、屋敷の場所のことだけではありません」

おゆうが身を乗り出した。

「恐れながら、権十郎を解き放ち、泳がせてみよとの御指図は、もともとどなたから出たものですか」

戸山の眉が動いた。

「それは……佐渡守様から御奉行に話があった、と聞いておる」

「御目付から御奉行様にとは、越権ではございませんか」

おゆうが言うと、戸山は困ったような顔をした。

「権十郎はオロシャ人の拉致に関わる者だからな。どんな手を使っても、早々に拉致のことを解明していただきたい、と強く言ってこられたのだ。御老中の了解も得ていると言われれば、御奉行も従う他ない」

「やはりそういうことでございましたか」

おゆうは思った通りと満足して、頷いた。

「戸山様、権十郎を拉致した者たちは、明らかに待ち伏せていました。権十郎が北見屋へ行く道筋を知っていて、通る刻限も予想していたのです。権十郎が解き放たれることをあらかじめ知っていなければ、そんなことはできません」

「権十郎を拉致するため、佐渡守様がわざと解き放たせた、と申すのか」

「そうであれば、あの水際立ったやり方にも得心がいきます」

伝三郎もおゆうを支持した。戸山はますます困惑したようだ。

「しかし、何のためにそのようなことを」

「権十郎は拷問されていました。おそらく、北見屋がオロシャ人のことについて、どこまで知っているのか確かめるつもりだったのでは」

「それならば、直に北見屋に……」

「御目付とはいえ、大店の主人を捕らえて詰問などするわけにはまいりません。そんなことをすれば、我々町方と悶着《もんちゃく》が起きます」

「ふむ、それは確かにそうだが……」

「オロシャ人が来たことと、その目的については、極秘でございました。北見屋は単なる抜け荷と思っていたようですが、佐渡守様たちがオロシャと交易の交渉を行うことを万が一にも北見屋が知って、それを誰かに漏らしでもしたら、大ごとです。佐渡守様としては、非常の手段に訴えても、それを確かめる必要があったでしょう」

「ふうむ……そうか、お前の考えはわかった」

聞き終えた戸山はしばし黙考し、それから頷いた。

「しかし、証しとなるものは、何もないぞ」

「承知しております。あくまで疑い、でございます」

「よし。今は何より、ステパノフを無事オロシャ船に引き渡すことが肝要じゃ。この先は、それが片付いてからといたす。よいな」

「はい」

おゆうと伝三郎は、揃って頭を下げた。


出発まで時間が空いたので、宇田川にも話しておこうとラボに向かった。鉾田行きの話を聞いた宇田川は、相変わらず興味があるのかないのかわからない反応であった。

「往復二百五十キロ以上も歩いて行くのか。ご苦労だなあ」

運動嫌いの宇田川には、想像もつかない行程だろう。

「仕方ないでしょ。私の身分じゃ、馬にも駕籠にも乗れないんだから」

「素人がそんな長時間、馬に乗ったりしたら、股ズレでえらいことになるぞ」

レディに股ズレなんて言わないでよね。

「足腰は江戸で歩き回ってだいぶ頑丈になってるだろ」

「他人事《ひとごと》だと思って、軽く言ってくれるわね」

確かに、近頃は相当歩き回っても足が痛まなくなっていた。代わりに、筋肉がついて足が太くなったような気がする。ミニスカとかショートパンツを穿《は》いたとき、目立たないか心配だ。

「ロシア人と対峙することになるんだけど、こっちは鉄砲隊を連れて行くらしいのよ」

「へえ、そいつは厳重だな」

宇田川の興味が、少し向いたようだ。

「戦闘になる可能性を考えてるのか」

「ゴローニン事件の前に、北方領土近辺をロシア船に襲撃された記憶が残ってるから」

そのために、ロシア船打払令まで出して厳重に警戒していたのだ。宇田川も頷く。

「当時の世界は弱肉強食の帝国主義時代だからな。密貿易だろうと開国交渉だろうと、ちょっと話がこじれたら大砲をぶっ放して言うことを聞かせるなんてのは、普通のやり方だ」

「でも火縄銃よ。撃ち合いになったりしたら、西洋の銃に勝てないんじゃないの」

幕末の騒乱期、火縄銃が洋式銃に歯が立たないとわかって、大急ぎで大量の銃を輸入した史実がある。優佳はそれを心配したのだが、宇田川は安心しろと言った。

「十九世紀前半なら、西洋で使ってるのもマスケット銃だ。点火機構はフリントロック式という、火打石を撃鉄でぶっ叩いて直に火薬に点火するもので、火縄よりずっと進歩してるが、筒先から火薬と弾丸を一発ずつ込める、という基本部分は同じだ。実戦で大量に使えば差が出るかもしれんが、少数で撃ち合うなら、威力は大して違わん」

「何だかよくわかんないけど、火縄銃でも充分対抗できるってこと?」

「あんたの時代ならな。これから十九世紀後半にかけて、西洋の銃は一気に進歩する。幕末頃には手元で弾を込める後装式の銃に切り替わっているから、もう火縄銃じゃ駄目だが」

「へえ……ずいぶん詳しいんだ」

宇田川は、まあな、といかにも自慢げに言った。そう言えば、ラボの河野社長にサバイバルゲームに引っ張り出されたとぼやいていたっけ。実はこいつ、結構なミリタリーオタクなのかも。

「でも、幕府の鉄砲隊は二百年の天下泰平で、長いこと実戦経験してないはずだけど」

「とは言え、いかにも日本的だが、戦争がないおかげで鉄砲も職人芸を競う競技みたいになって、射撃練習は嫌と言うほどやってるはずだ。銃は旧式でも、腕前ならロシア船の水夫なんか相手にもならんだろう」

へえ、聞いてみるものだ。これだけしっかり解説されると、安心できる。

「でもロシア船、大砲を積んでるんじゃないかな」

「その時代の船なら、まだ軍艦と商船の区切りが曖昧だ。海賊船も出没するし、危険が予想される地域へ行くなら、商船でも武装してるだろうな」

「さすがに大砲まで鋳出に持って行く用意はないよ」

「それもあまり心配いらんだろう。十九世紀前半の艦砲は、陸軍の砲と違ってまだ基本的に中世のままだ。砲弾はただの丸い鉄の塊で、爆発しないし、射程距離も短い」

宇田川は得意になって大砲の解説を始めた。どうも、余計なところに火を点けてしまったようだ。面倒臭くなった優佳は、話半ばでストップをかけた。

「ああ、わかった。もういいよ、ありがと」

「まだ途中なんだが」

宇田川はいかにも残念そうだ。まったく、オタクという奴は。

そこでふと思い出した。

「ねえ宇田川君、この前江戸に来たとき、何とかいう手榴弾《しゅりゅうだん》、使ったよね。模擬弾を改造したやつ」

「ああ、フラッシュバンか。あれは役に立ったな」

「他にああいうのない？　模擬弾を改造した魚雷とか、模擬弾を改造したミサイルとか」

宇田川は、ほとほと呆れたという顔で優佳を見た。

「あんた、ロシア船を撃沈するつもりか」

十三

暁七ツ（午前四時）、ステパノフことスティーブンスを護送する行列は、予定通り駒込を出発した。城島佐渡守が、騎馬で先頭に立っている。中央に、スティーブンスが乗った駕籠。その脇に棚橋。戸山と伝三郎と、若衆姿のおゆうは、その少し後ろに付いた。三人の着替えなどの荷物は、奉行所の小者が持ってくれている。後方には、陣笠を被った鉄砲組同心と、長持が載った荷車が二台。長持には、鉄砲と弾薬が入っている。

行列は江戸市街の北の縁を進み、三河島村《みかわしまむら》で水戸街道に入った。さらに進むと、右手の先の方にスティーブンスが閉じ込められた小塚原の荒れ寺がある。が、敢えて誰もその話は出さなかった。

水戸街道を通る大名行列は多い。一行は大名行列に比べるとずっと規模は小さいが、そのために目立つということはなかった。大身《たいしん》旗本の一行が水戸へ向かうか、寺社参りでもすると思われただろう。若衆姿のおゆうは人目を引くだろうが、行列の中にある限り、あからさまに目を向ける人は居ない。

千住大橋を渡り、一行は何事もなく進んだ。一泊目の小金宿《こがねしゅく》へは日のあるうちに到着した。足をすすぎ、宿の部屋に入ったおゆうは、ほっと一息ついた。唯一の女性だからと配慮されたらしく、一人部屋だ。布団部屋みたいな小さな部屋だが、とにかく一人で寛《くつろ》げるのはありがたい。

足はだいぶ張っているが、恐れていたほど疲労してはいなかった。宇田川が言った通り、鍛えられて頑丈になっているようだ。それに、行列もだいぶゆっくりと進んでいる。今日も含め、一日の移動距離はだいたい二十五キロ前後。普通の旅人は水戸まで二泊三日、一日四十キロ程度進む。異国人を運んでいるということで、警戒しつつ慎重に進んでいるのだろう。

食事は、戸山と伝三郎と同じ部屋で用意されていた。棚橋ら城島の配下は、別の部屋で賑やかに食事しているようだ。町方の三人は、やはり継子《ままこ》扱いである。まあ、その方が気楽でいいが。

「お疲れ様でございます」

おゆうは進み出て、戸山に酌をした。この時代の女子なら、そうしないわけにはいかない。

「うむ。お前も疲れたろう。旅は初めてか」

「はい。江戸から遠くに出るのは、初めてでございます」

嘘ではない。江戸へ来て以来、市内とその周辺から出ることはなかった。現代では香港《ほんこん》やゴールドコーストやパリにも行っているが、ここでは異次元の話である。

「まあ、よい経験にはなるであろう。ほれ」

戸山から返杯をいただき、有難く頂戴する。

「ステパノフは、どうしておるかな」

「後で様子を見てまいります。駕籠はあのお方には、いささか窮屈そうにございますが」

「あの体つきでは、やむを得まい。あと三日、辛抱してもらわねばならんな」

戸山は料理を口に運びながら、面白そうに笑った。

「中津屋は、姿を見せなんだな。ステパノフが出立することは、知らぬようだな」

「鳴りを潜めております。おそらく、佐渡守様にとって、中津屋はもう用済みということでしょう」

伝三郎が、苦い顔で言った。もともとアリョール号と接触してこの件を持ち込んだのは中津屋だが、最後まで関わることなく、遠ざけられてしまったようだ。

「中津屋の先代の出た家が、佐渡守様の知行所にあったとはのう。縁とは異なものよ」

城島佐渡守の知行所と中津屋の出身地がどちらも上総、と気付いて調べてみた結果だ。その縁で中津屋は城島を知っていた。それで、ロシア船に出会った件を、城島に持ち込んだのに違いない。要職にある城島なら、対応を考えてくれると思ったのだ。

「ステパノフが上陸したとき、中津屋が鉾田で待っていたのは間違いないでしょうが、中津屋だけということはありますまい。佐渡守様ご自身が出張ったとは思えませんが、誰か配下の者を出していたのでは」

おゆうは胸の内で深く頷いた。その辺り、伝三郎も宇田川と同じ見方をしているようだ。そしてスティーブンスは、鉾田での相手は中津屋でなく幕府役人のはずだったと、はっきり言っている。

「であろうな。これほどの大事、一介の廻船問屋に預けるとは思えぬ」

戸山も異論なく賛同した。

「おそらくは、棚橋殿であろう」

口には出さないが、おゆうもそんなことだろうと思っていた。棚橋は駒込の現場責任者、というだけでなく、この件での城島の副官に違いあるまい。

「それにしても、互いに言葉もわからぬのに、よくここまで持って来れたものだ。中津屋という男も、なかなかに胆が据わっておるな」

「誠に左様でございますな。話してみたところでも、一本筋の通った男と見えました」

戸山と伝三郎の言う通りだな、とおゆうも思う。スティーブンスが預かって隠したという手紙さえ江戸に届けられていれば、幕府にはゴローニン事件の対応を通じてロシア語を習得した者も居るから、後は何とかなったはずで……。あれ？　スティーブンスは鉾田に上陸して手紙を渡すとき、どうやって意思疎通するつもりだったんだろう。そう考えたとき、おゆうの頭に電流が走った。

「おい、どうした。何をぽかんとしてるんだ」

伝三郎がおゆうの様子に気付いて、声をかけた。おゆうは慌てて手を振った。

「あっ、いえいえ、ちょっと思い出したことがあって。戸締りちゃんとしたかな、なんて」

伝三郎がなおも怪訝な顔をするのに、大丈夫ですよと笑みで誤魔化し、改めて戸山に言った。

「ではそろそろ、ステパノフの様子を見て参ります」

箸を置き、畳に手をつくと、戸山は「ご苦労、頼む」と機嫌よく応じた。


ステイーブンスの部屋に行ってみると、警護役が廊下の端に座って目を光らせていた。部屋の障子の前ではなく、少し距離をとっているのは、見張り易さというよりスティーブンスに圧迫感を与えない気遣いだろう。外の庭や表口、裏口では、交代で不寝番が警戒しているはずだ。おゆうは警護役に一礼し、障子を開けて部屋に入った。

スティーブンスは、一人で所在なげに座っていた。ちょうど食事を終え、膳が片付けられたところらしい。

「オユウサン、旅は如何かな」

スティーブンスは、おゆうを見ると屈託のない笑顔になった。おゆうも笑みを返す。

「あなたのせいで、往復百五十マイルも歩かされる」

「それは申し訳ない」

スティーブンスが楽しげに言う。おゆうは、そこに冷水を浴びせた。

「この大嘘つき」

スティーブンスが笑みを消した。

「何のことだ」

「芝居はよしなさい」

おゆうは、そこでスティーブンスに顔を近づけると、いきなり日本語に切り替え、声をひそめた。

「あなた、この国の言葉がわかるんでしょう」

スティーブンスの目が、見開かれた。それで充分だ。彼は、今おゆうが言った言葉がわかったのだ。

「変だと思ったのよ。中津屋も佐渡守様たちも、ロシア語も英語もわからない。なのに、あなたは鉾田に一人で来た。互いに言葉が通じなければ、どうやって考えを伝えるの。あなたがこちらの言葉を話せるんだ、と思う以外にないじゃない」

スティーブンスも、それほど複雑な日本語がわかるわけではあるまい。できるだけわかりやすく話したつもりだが、通じているだろうか。

「やはりあなた、頭がいい」

日本語の答えが返ってきた。発音は舌足らずだが、こちらの言ったことは完璧に理解したようだ。

「あなたが日本語を話せると知っているのは、誰」

「ナカツヤとバントウとセンドウ。タナハシサマと、サドサマ」

中津屋と番頭に、中津屋の船の船頭か。択捉で最初に会ったとき、彼らと日本語で話したわけだ。でなければ、鉾田で再度会うことの段取りなど、ボディランゲージだけでできるはずがない。もっと早くに気付いていて、然《しか》るべきだった。そして中津屋は、日本語を話せる者が来ることを、城島と棚橋に伝えたのだ。

「江戸の屋敷……家でも、言葉がわからないふりをしていたのは、なぜ」

「タナハシサマにそうしろと言われた。言葉わかると、他の人、話しかける。それ、良くない」

なるほど、自由な会話を避け、コミュニケーションを限定しようとしたわけか。

「大黒屋光太夫を、通訳に呼ぶ必要があったの」

「私、この国の言葉であまり難しい話、できない。間違いあっては、いけない」

「アリョール号にあなたが乗ることができたのは、この国の言葉がわかるからね」

「アリョールの船長、この国へ行くため、少しでも言葉が話せる者を探していた。私が話せると言うと、すぐ雇われた」

「改めて聞くけど、あなたは、ペトロパブロフスクで何をしていたの」

「私も、この国に行く方法はないかと探していた」

「冒険《エクスプロー》のため？」

「そうだ。だが、もう一つ理由がある」

「それは、何」

スティーブンスは、ここで一旦言葉を切り、英語で話し始めた。

「ホコタのヨノキチ、という男の家族に会うためだ」

「ヨノキチ？　それは誰なの」

「私にこの国の言葉を教えてくれた男だ」

「あなた……どこでヨノキチに会ったの」

おゆうは驚きも露わにスティーブンスを見つめた。この男、日本人と会っていたのか。しかし考えてみれば、この時代は日本人から習う以外に、日本語を習得する方法はないだろう。

「南の島。スペインの領地」

この時代のスペイン領の島なら、マリアナ諸島かフィリピンだ。

「なぜそこにヨノキチが」

「彼は漁師だった。嵐で流されて、アメリカの船に助けられた」

スティーブンスは、英語と日本語を交えてヨノキチとの数奇な出会いを語っていった。

「ヨノキチを助けた船は、修理のためその島に立ち寄った。そこでヨノキチは下ろされた。一緒に助けられた仲間が二人居たが、船で死んだ」

かなり衰弱していたのだろう。ヨノキチが助かったのは、運が良かったのだ。

「私は、南の海を冒険して回り、その島にしばらく滞在していた。ヨノキチと知り合いになり、言葉を教え合った」

スティーブンスはヨノキチの話で、彼の国が日本だと知って、大変興味を覚えた。滞在予定を延ばし、ヨノキチと友人になったスティーブンスは、およそ半年かけて日本語を習った。

「年は三十一だと言っていた。いい男だった。だが、しばらく後に熱病にかかり、死んでしまった。五年前のことだ」

　スティーブンスは哀しげに首を振った。

「ヨノキチは、故郷に帰りたがっていた。妻と子がいたのだ。彼が死ぬとき、形見の品を預かった。マモリゾクロ、と言っていた。宗教に関わるものだろう。いつか自分の国に行ったら、家族に渡してくれ、と」

「そのヨノキチの故郷が、常陸の鉾田なのか。それであなたは、鉾田に来たのか」

「そうだ。北の海でナカツヤに会ったとき、ホコタに行きたいと強く頼んだ。ナカツヤは困っていたが、最後に承知してくれたので、センドウとアリョール号の船長と私が話し合い、海図でホコタの位置を確かめた。思ったより江戸に近かったので、好都合と思った」

　それだけの確認で、ピンポイントで中津屋の待つ海岸を目指したのか。アリョール号の船長は、なかなかの腕らしい。

「船長には、あなたがどこで言葉を習ったと言ったのか」

「南の島を北の島に置き換えて、事実に近いことを話した。船長は、信じた」

「なぜ、北の島と」

「ロシア人になりすましていたので。船乗りでもないロシア人が南の島へ行っていたと言うと、なぜそんなところに行ったのか説明しなくてはならない。それは面倒だ」

「ヨノキチから預かった守り袋は、今持っているのか」

「いいや。総督からの手紙と一緒に、ホコタの海岸に隠した」

おゆうはスティーブンスの話について、考えた。証拠はないが、一応の筋は通っている。

「わかった。あなたは、ヨノキチの思いを家族に伝えるため、何千マイルも旅してきたのだな」

スティーブンスは、真剣な顔で頷いた。今はこの男を、信じることにしよう。

「あなたは、いい人だな」

おゆうのその言葉を聞くと、スティーブンスの顔に影が差した。おや、どうしたんだろうと思って、おゆうはスティーブンスの様子を見守った。が、スティーブンスは何でもない、というように表情を和らげ、「ありがとう」とだけ、言った。


あまり長く話していては、警護役の注意を引いてしまう。半分は日本語の会話だから、聞こえてしまうかもしれない。おゆうは話を打ち切り、伝三郎たちのところへ戻った。

「おう、奴はどんな様子だった」

伝三郎に聞かれて、彼が日本語を解することを話そうか、どうしようかと迷った。いや、ここはまだ伏せておいて、様子を見よう。

「疲れてるかと思ったけど、そうでもないようです。帰れるのは、やはり嬉しいんでしょうね」

当り障りのない報告をすると、戸山も伝三郎も疑問は挟まなかった。

「お前も、だいぶオロシャ語が上手くなったんじゃねえか」

伝三郎がからかうように言った。英語と日本語で会話してましたなんて、無論言えない。

「せいぜい十日余りの付き合いですよ。細切れの言葉を少しばかり並べるだけで」

「それだけでも、大したもんだ。千住の先生だってオロシャ語は知らねえだろう。自慢できるぜ」

何で宇田川の話をここで出すのよ。おゆうが眉を下げると、伝三郎は笑った。

「さて、まだ先は長い。休むとするか」

戸山が言ったので、その場はお開きとなった。伝三郎と寝酒でも、と行きたいところだが、公務中で戸山も居るのだから、ちょっと無理だ。おゆうも早々に自分の部屋に下がった。

翌日は好天で、日差しも強かった。日焼けが気になるおゆうは、笠を被った。次の泊まりの若柴宿までは、七里ほど。途中、我孫子宿を通る際には、言いようのない緊張感に行列全体が包まれた。だが、当然何事もない。宿場を過ぎると、あちこちから安堵の溜息が漏れた。

若柴宿に入るまで、街道筋は全く平穏だった。一度、大名行列に道を譲ったが、それ以外に目立った出来事はない。このまま鉾田まで、何事もなく進んでいくのだろう、とおゆうは思った。帰りつくまで足がもつかどうかが心配だが。

平和が乱れたのは、若柴宿での夜のことだった。前夜に続き、スティーブンスの様子を見に行くと、昨夜と同じように彼は一人で部屋の真中に座っていた。だが、空気が違った。スティーブンスは、何か思いつめたような顔をしている。おゆうは眉をひそめた。

「ミスタ・スティーブンス、どうかしたの」

「オユウサン、話したいこと、ある」

何か大事なことらしい。おゆうは真剣な顔になって、スティーブンスの前に座った。

「昨夜あなた、私をいい人だと言った。私、いい人ではない」

「どういうこと」

スティーブンスが何を言いたいのかわからず、おゆうは困惑した。

「私はあなたたちに、嘘を言っている」

「あなたがアメリカ人であることや、言葉がわからないふりをしていたこと?」

スティーブンスはかぶりを振り、英語に切り換えた。

「そのことではない。総督の手紙の話だ」

何？　どういうこと？　おゆうはぎょっとした。

「まさか……偽物なのか」

「手紙は、総督の秘書が書いた。手紙に付いている総督とロシア帝国の印章は本物だ」

話がよくわからない。手紙は本物なのか偽物なのか、どっちだ。

「私はサドサマに、総督はこの国と友情を結び、交易がしたいと望んでいる、皇帝陛下も同じ考えである、と言った。手紙には、そう書いてある。だが、総督も皇帝もこのことを知らない」

総督も皇帝も知らない？　だとすると、誰が独断で外交を行っているの。

「手紙を書いた総督の秘書が、勝手にやっていると言うのか」

「計画したのは、アリコール号のロゴフスキー船長だ」

「待ってくれ。ただの船長が、何をしようというのだ」

「彼はただの船長ではない。いろいろな商売に手を染め、極東ではそれなりの力を持っている。彼は商売をさらに広げ、勝手にこの国と交易を行い、儲けを独り占めする気だ。ロシア帝国の公式の交渉に見せかけるため、総督の秘書を買収したのだ」

おゆうは、あまりのことに呆然となった。スティーブンスの言う通りなら、これは外交を装った詐欺ではないか。

「以前、ゴローニン大尉がこの国の官憲に捕らえられたとき、イルクーツク県知事やオホーツクの長官が国交の交渉をしようとした。ロゴフスキーはその動きも出し抜くため、新しく置かれた総督の名を使ったのだ」

「でも……そんなことをすれば、いずればれるだろう。ロシアからの正式の使節は、遠からずこの国に来るはずだ」

「そう、いずればれる。ロゴフスキー船長は、それで構わないと思っている。正式の交渉が始まる前に、荒稼ぎできればいいのだ」

「皇帝や総督の名を騙《かた》るのは、重罪だろう。捕まれば、ロゴフスキー船長は処刑されるのではないか」

ステイーブンスは、肩を竦めた。

「ロシアは広い。極東の果てまで、ペテルブルクの官憲の手は及ばない。ロゴフスキーは、極東の役人を何人も買収している。それに、結果としてこの国との交易ルートが確立されてしまえば、ロシア政府としても不都合ではない」

「交易を拒絶されたら、どうするのだ」

「それならそれで、仕方がない。もともとロゴフスキーは、この国の商人や漁師と何度も密貿易をやっている。この国の政府の許可を貰《もら》えれば大儲けは間違いないが、密貿易のままでもそれなりに稼ぐことはできる」

何てこった。城島はおそらく交易は拒否するはずだが、船長に正式の返書を渡したら、うまく利用されかねない。あっちには、日本語の文書を読める人間など、ほとんど居ないのだから。

「それどころか、ロゴフスキーはこの国との交渉の道筋をつけたことを手柄として、宮廷に取り入ることも考えているかもしれない」

詐欺師にそんなことをされては、日本の国としての面子は丸潰れだ。

「あなたは、どうして打ち明ける気になったのか」

スティーブンスの顔が、僅かに歪んだ。

「私は、この国のことを知りたくて、ヨノキチの家族に形見を渡したくて、ロゴフスキーの船に乗った。だが、こんな詐欺のようなことの片棒を担ぐのは、間違っている。これでは、ヨノキチに顔向けができない。昨夜あなたに、いい人だ、と言われて、そう思った」

おゆうはスティーブンスに、微笑みを向けた。

「やはり、あなたはいい人だ」

スティーブンスは戸惑った顔をしたが、すぐに微笑を返してきた。

報告を聞いた戸山と伝三郎は、蒼白になった。

「とんでもない話だ。すぐ佐渡守様に申し上げねばならん。ステパノフを連れて参れ」

おゆうはすぐさまスティーブンスの部屋に取って返し、警護役が制止しようとするのを無視して、スティーブンスを引っ張り出した。戸山がその顔を正面から睨みつける。

「そなた、日本語ができるそうだな」

「はい、トヤマサマ。少しなら」

「よし。先ほどこのおゆうにした話を、佐渡守様の前で繰り返せ」

戸山と伝三郎とおゆうは、スティーブンスを挟んで足音も荒く廊下を急いだ。

「何事か。このような夜更けに」

城島と用談中だった棚橋が、不快を露わにして言った。が、スティーブンスが一緒に居るのを見て、「これはいったい……」と目を剝いた。

「申し訳ござりませぬ。火急の大事にござる」

戸山が有無を言わせぬ口調で告げると、「構わぬ、通せ」との城島の声がした。棚橋は仕方なく、引き下がって四人を通した。

「戸山殿、大事とは」

城島は、戸山と対照的にまったく落ち着いていた。戸山は一度平伏してから、前置きを飛ばして言上した。

「佐渡守様、このオロシャの交易の申し入れは、大掛かりな詐欺にございますぞ」

「詐欺だと？」

城島は眉間に皺を寄せた。

「穏やかではないな。どういうことか」

「は、これなるおゆうが、ステパノフ殿より聞き出しました。ステパノフ殿は、日本語を解すると判明いたしました故」

城島と棚橋は、顔を見合わせた。

「我らを謀《たばか》っておった、と申されるのか」

棚橋と城島は、スティーブンスが日本語を話すと知っていたと言う気はないようだ。が、今それはどうでもいい。戸山は「いかにも」と頷いて、おゆうを振り向き、目で合図した。おゆうは一礼し、ステパノフに顔を向けた。

「ステパノフ様、先ほどのお話を」

彼がアメリカ人スティーブンスだとは、明かさないことにした。これ以上話をややこしくしても、得るところはない。スティーブンスも心得て、話し始めた。

「アリョール号の船長、ロゴフスキー、嘘の書状で、金儲けをします……」

ヨノキチに会った話はぼかしていたものの、ロゴフスキーの企みについては、おゆうに語った通りのことをこの場でも話した。棚橋は、盛んに眉を上下させていたが、口は挟もうとしなかった。城島はステパノフをじっと見据え、ただ黙って聞いている。

「私、知っていること、これだけ、です」

すっかり話し終えたスティーブンスは、そう締めくくって一礼した。おゆうは城島の反応を注視した。怒り出すだろうか、落胆するだろうか……。だが予想に反し、城島はほとんど動じた様子もなく、声を荒らげることもなかった。

「左様か。相わかった。よくぞ申された」

城島の態度を見て、戸山は毒気を抜かれたような顔になった。

「佐渡守様、それだけ……でよろしいのですか」

城島の口元に薄笑いのようなものが浮かんだ。

「正直に申すと、驚くにはあたらぬ」

「何と……」

戸山と伝三郎はもちろん、おゆうも仰天した。スティーブンスさえ驚倒《きょうとう》している。

「いささか妙な動きだとは思うていたのだ。蝦夷地の役人ではなく、中津屋の船を摑まえて大事を託したこと。中津屋より聞くところでは、かの船にはオロシャの役人らしき者が誰一人乗っておらなんだこと。使者をたった一人で送り出したこと。その者が、信任状すら持っていなかったこと。挙げればきりがない」

「では、佐渡守様は初めからお疑いに」

「左様。しかし、胡散臭いとは言え、持ち込まれた話には何か手を打たねばならぬ。何しろ、江戸から僅か三、四十里のところに上陸すると勝手に決めてきおったのだ。そこで御老中に諮《はか》り、一切をこの城島佐渡守が引き受けることと相成った」

「それで、全てを内密にお運びに」

「儂の手の内に収めておけば、万一謀られたとしても、表に出さずに始末できると思うてな」

「幕府の通詞を使わず、大黒屋に任せたのもそのためでございますか」

「左様。ただし此度は、大黒屋は高齢で長旅はできぬし、それなるおゆうと申す者が居れば、充分であろう、ということにした」

「恐れ入りましてございます」

おゆうは神妙に頭を下げた。

「そうまでしたが、北見屋と申す慮外者《りょがいもの》のおかげで、台無しになるところであった。あれは我らの油断じゃ。その結果、そなたら町方の手を借りるしかなくなった」

城島は、自嘲《じちょう》するように苦笑を漏らした。

「驚きました。気付いて、いましたか」

スティーブンスが恐れ入ったという口調で、上目遣いに城島を見て言った。

「ロゴフスキーには、どう、返事、しますか」

「それはそなたが心配せずともよい。儂に任せよ」

城島にそう言われては、スティーブンスも口を出せない。「わかりました」と応じた。

「さて、ここに居る一同は、知り得ることを全て知った。同じ舟に乗ったわけだ」

城島は宣言する如《ごと》くに言うと、全員を見渡した。

「構えて他言は無用。よいな」

「ははっ」

スティーブンスも含め、皆が平伏した。


鉾田までの道中は、順調に進んだ。代官所では、代官の業務を臨時代行している手《て》付《つけ》が一行を迎えた。現代で言うと、役場の助役のようなものだろう。

上陸地点付近の村は、何が起きるかわからないため、指示通り全員退避させたとの報告が為された。ステパノフを護送していった者たちは未だに評定所預かりのため、代官所は人手不足できりきり舞いしているようだ。城島が、案内役の手代を一人出してもらえばそれ以上の働きは無用と伝えると、手付は明らかにほっとしていた。

スティーブンスによると、船が来るのは払暁である。一行は代官所で仮眠し、予定通り夜半に海岸に向け出発した。代官所の者たちも、起き出している。皆が戻るまで、出動できる状態で待機するそうだ。負担をかけて気の毒だが、状況を聞かされていないので、彼らも不安なのだろう。

提灯と月明かりを頼りに、一行は粛々《しゅくしゅく》と進んだ。地元の地理を知る手代が、先導している。小者たちと駕籠は代官所に残され、おゆうとスティーブンスの他、侍ばかり三十人余りの隊列だ。駕籠を下りたスティーブンスは、着物姿で頭巾を被っている。夜目には、体軀《たいく》の大きい侍に見えるだろう。

時を知らせる鐘の音が聞こえないので不確かだが、海岸に着いたのは、八ツ（午前二時）過ぎだったろう。案内役の手代がここだと言うので、一同はそこで止まった。スティーブンスが周囲を見回し、頷く。

「あの森の中で、捕まった」

スティーブンスが、遠くの黒い塊になった場所を指差した。城島が頷き、ご苦労だったと言って手代を帰らせた。

「あの岩に、ぶつかった」

今度は海の方の黒い塊を指した。そこでボートが壊れ、浜に打ち上げられたのだ。

「あそこに、隠した」

スティーブンスは、指を岸辺の岩場らしいところに移した。そこに預かった文書を埋めたらしい。

「取り出しましょう」

おゆうはそう言って、戸山と城島を見た。

「よし、案内《あない》願おう」

城島が言い、棚橋にスティーブンスに同行するよう指示した。提灯を持った侍が三人、前に出た。

スティーブンスが示した岩肌の窪みまでは、せいぜい五十間ほどだったが、暗い上に足元が良くないので、思ったより時間がかかった。棚橋が岩に足をぶつけたらしく、悪態をつくのが聞こえた。

覚束ない足取りで窪みに着くと、スティーブンスは提灯を借りて周りを照らした。そして満足したように、砂の地面の一角を指で示した。棚橋は了解し、配下の侍に砂を掘るように言った。侍たちは、スティーブンスの指図通り上に載っていた石をどけ、砂を掘った。

砂被りは浅く、すぐに西洋の鞄が出てきた。スティーブンスは、安堵の表情を見せた。

「それ、私のもの」

「では、開けてもらいたい」

棚橋が言うと、スティーブンスはすぐに鞄を開き、油紙に包まれた箱を一つ取り出した。棚橋がそれは何かと問う前に、スティーブンスは油紙を開いて箱の蓋を取った。巻いてリボンで縛られ、封蝋を施された紙が一枚、大事に収められていた。リボンを解き、封蝋を剝がして丸まった紙を広げると、スティーブンスはそれを棚橋とおゆうに見せた。びっしり並んだキリル文字と紋章、誰かのサインが目に入った。

「これが、偽の手紙ね」

スティーブンス以外にロシア語が読める者は居ないので、当人に確かめた。

「そうだ。これ、総督の名前」

サインを叩いて、スティーブンスが言った。

「立派な文書《もんじょ》だ。手の込んだ細工だな」

棚橋が、渋い顔をする。

「他には何が入っている」

「いろいろ、道具」

スティーブンスは鞄の中のものを出して並べた。航海用具らしい小物とナイフだった。棚橋は納得したようで、鞄に戻し、持って行くよう言った。

窪みを出て、城島らの待つ浜辺に戻る途中、ふいにスティーブンスがおゆうをつついた。えっと思って振り向くと、スティーブンスはおゆうの手に何かを押しつけた。棚橋は前を向いており、気付いていない。

「ヨノキチの家族に、渡してほしい」

はっとして、手の中のものを見た。擦《す》り切れかけた、守り袋だった。鞄の中から、棚橋の目を盗んで懐に移したのだろう。目を近付けると、月明かりでかすかに書いてある字が読める。「鈩田　東江村《あがりえむら》　与乃吉《よのきち》」そう書かれていた。

おゆうは守り袋を握りしめ、スティーブンスの顔に目を移した。スティーブンスはゆっくり歩きながら、じっとこちらを見ていた。自分にはもう、与乃吉の家族を捜す時間がない。だからあなたに頼む。どうか渡してやってくれ。その目が、そう語りかけていた。

「わかりました。必ず」

棚橋たちに聞こえないよう、できるだけ小さな声で言った。ほんの一瞬、スティーブンスの目に、光るものが見えた。

十四

浜には、かがり火が焚《た》かれていた。足元の明かりというだけでなく、船からも目的地が確認できるようにするためだ。

かがり火に照らされた人々の顔は、いずれも強張っていた。間もなくロシア船と対峙する、という緊張が、周りの空気さえ硬くしている。

「皆さん、ぴりぴりしてますね」

伝三郎に寄り添ったおゆうが、小声で言った。

「当然だろうな。みんなこんなことは初めてだ。相手がどれほどの力かもわからねえ」

そう応じた伝三郎は、棚橋や戸山に比べると、ずっと落ち着いているように見えた。頼もしいな、とおゆうは嬉しくなる。

「間違っても、鉄砲の射線に入るんじゃねえぞ」

伝三郎が後ろの岩場を顎で示し、注意を促した。後方左右の岩場には、五人ずつに分かれた鉄砲組が布陣している。万一揉め事になれば、一斉射撃で応戦する構えだ。

「大丈夫、わかっています」

おゆうはしっかりと頷き、伝三郎の手に自分の手を重ねた。東の空は、うっすらと白み始めている。スティーブンスの言う通りなら、そろそろ姿を現すはずだが、相手は天候任せの帆船だ。エンジン付きの船のように、予定表通りに来るのは難しいのではないか……。

「見えました！」

望遠鏡で水平線を凝視していた城島配下の侍が、声を上げた。なんと、予定通りにやって来たか。ロゴフスキーという船長の腕は、やはり相当なものらしい。

「よし。皆の者、心せよ」

城島が念を押すまでもなく、侍たちの肩に力が入った。伝三郎の顔つきも、厳しいものになる。おゆうは遠い水平線に目を凝らした。この時代の国産望遠鏡の倍率は、それほど高いものではない。そう時を置かずに、肉眼でも見えるだろう。

「あ……あれですね」

ぼんやり明るくなりかけた東の空を背景に、小さな黒い点が見えた。伝三郎もそれを見つけ、おゆうに頷いて見せた。あれこそがアリョール号だ。

「お出でなすったな」

ロシア船の動きは、苛々するほど遅い。障害物がないか注意しながら、最微速で接近しているのか。それとも、こちらが焦っているのでそう思えるだけか。

次第に船の形がはっきりしてきた。平らな甲板の三本マストで、帆の大半は畳まれているようだ。明けの空を背景にしているので、その姿は黒い塊にしか見えない。まさに黒船だな、とおゆうは思った。

「大きいな……」

傍らの侍が、唾をごくりと飲み込み、呟いた。

「千石船の倍以上もあるぞ」

「大砲も積んでおるのか」

そんな声も聞こえる。誰もが、黒船の威容におののいているようだ。だが、お台場《だいば》や横浜港《よこはま》で、十万トン級のクルーズ客船や大型コンテナ船を何度も見ているおゆうは、むしろ拍子抜けしていた。

（はるばるロシアから来たのに、あの程度の大きさなのか）

何も戦艦大和《やまと》みたいなのが現れると思っていたわけではないが、おゆうの目には、芦ノ湖《あしのこ》の遊覧船に毛が生えた程度にしか見えなかった。

「あっ、船縁の蓋が開りられ、大砲が覗いております」

望遠鏡の侍が、上ずった声を出した。

「何、こちらを狙っておるのか」

棚橋が望遠鏡をひったくり、アリョール号の様子を見て唸り声を上げた。

おゆうは、大して気にしなかった。宇田川の解説によると、搭載されているのはおそらく前装式のカノン砲。撃ち出すのは鉄球で、爆発はしないから、直撃されない限りさほど被害は出ない。浜辺に着弾しても、砂にめり込むのが関の山だ。一発でこの辺りの村を丸ごと更地にできる大和の主砲弾などとは、次元が全然違う代物なのだ。有効射程も、せいぜい数百メートルしかない。

「脅しでしょう。向こうだって、こっちがどう構えているか、わからねえんだ。備えぐらい、するでしょうよ」

びびっている侍に、伝三郎が言った。伝三郎だけは、侍たちの中で一人、泰然としている。言われた侍は、その場を繕うようにふんと鼻を鳴らし、襟を正した。

スティーブンスが進み出て、かがり火の中から火のついた薪を一本取り、ロシア船に向かって高々と掲げ、円を描くように振った。それから、火で自分の顔を照らした。間違いなく自分が来ていることを知らせたのだ。

すぐに反応があった。ロシア船の船首付近で、水飛沫《みずしぶき》が上がった。

「オロシャ船は、錨を入れました」

侍の一人が、城島に告げた。続けて望遠鏡を向けていた棚橋が言った。

「船尾に動きがあります。小舟を下ろすようにございます」

スティーブンスが、こちらを振り向いた。

「迎え、来る」

「わかった」

おゆうが頷きを返す。間もなくボートが海面に下ろされ、オールで漕ぎ始めた。空には燭光が射し、もう灯りがなくても上陸に支障はない。

ボートは見る見る近付き、おゆうたちが集まっている真ん前に突っ込んできた。七人が乗っており、彼らはすぐに飛び降りて、ボートを砂浜に押し上げた。六人は水夫のようで、うち三人はマスケット銃を持っていた。

残る一人は、立派な体軀の髭面の男で、ナポレオンのものに似た帽子を被り、金ボタンの並んだコートのような上着を翻している。その男はスティーブンスを認めると破顔し、「ピョートル・ゲオルギェヴィチ！」と叫ぶと、城島や棚橋たちが呆気に取られている中、スティーブンスに駆け寄って抱擁した。

二人は背中を叩き合うと、揃って城島に向き直った。

「サドサマ、ロゴフスキー船長です」

船長自ら、船を下りて迎えに来たらしい。城島は鷹揚《おうよう》に頷いて見せた。

「日本国、幕府目付、城島佐渡守である。遠路ご苦労」

ロゴフスキーは帽子を取り、大袈裟にお辞儀してロシア語で何か言った。スティーブンスがすぐに通訳する。

「アレクセイ・アレクサンドロヴィチ・ロゴフスキーと申す者、です。大ロシア帝国皇帝陛下になり代わり、日本国政府のサムライ諸君にご挨拶申し上げる」

それを聞いた途端、何人かから失笑が漏れた。おゆうも吹き出しそうになった。なんと大仰な物言いだろう。

「ほう、これは。皇帝陛下のご名代と申されるか」

城島も、大袈裟に恐れ入ったような顔を作った。ロゴフスキーは、得意そうな笑みを浮かべている。

「それがしは、日本国と大ロシア帝国との友誼を結び、交易をして、共に栄えよう、との、考えで……」

城島が笑って、スティーブンスの通訳を止めた。

「もうよい。御大層な口上など、聞いても始まらぬ。さっさと済ませよう」

スティーブンスがそれを通訳すると、ロゴフスキーの顔から笑みが消えた。

「文書の箱をこれへ」

棚橋が、さっきスティーブンスから預かった、総督名の文書の入った箱を手渡した。

城島はそれを受け取るや、無雑作にロゴフスキーに差し出した。ロゴフスキーの顔に、笑みが戻った。幕府の返書だと思ったのだろう。だが、開けてみて、表情が当惑に変わった。

「これは、総督閣下から出した文書ではないか。返すと言うのか」

「返す。何が総督閣下だ。そのような偽書を御老中に見せられると思うか。つまらぬ小細工をしおって、この痴《し》れ者めが」

城島は鼻先で嗤《わら》い、そう言い放った。通訳されたロゴフスキーは、目を丸くし、あんぐりと口を開けた。

「大ロシア帝国を侮辱するのか。後悔するぞ」

気を取り直したロゴフスキーは、脅しに出た。よくあるパターンだ。後ろに控えていた水夫たちは、空気を読んでさっとマスケット銃を構えた。それを見た棚橋が、手を振り上げた。左右後方の岩場の上に一斉に火縄銃が現れ、ロゴフスキーたちに狙いを付けた。

水夫たちは顔を見合わせた。今までどんな連中を相手にしていたのか知らないが、戦力が劣勢になったのは初めてではなかろうか。

ロゴフスキーは周囲を見回し、分が悪いと悟って、銃を下ろすよう水夫たちに合図した。水夫たちは、ほっとした様子で指示に従った。が、それで終わらせる気はないようだ。

「私の船には大砲がある。いつでも撃てるようにしてある。そちらが銃隊を下がらせなければ、砲撃する」

城島は笑みを消し、ロゴフスキーを睨んだ。棚橋は、どうすべきかと城島を見ている。おゆうは、すっとスティーブンスの脇に寄り、英語で囁いた。スティーブン人は（ス）ニヤリとして頷き、そのまま通訳した。

「好きにすれば。あんたたちのカノン砲じゃ、ここまでとどかないでしょ」

ロゴフスキーが、目を剝いた。おゆうは知らん顔で横を向いた。ロゴフスキーが一歩踏み出し、スティーブンスに詰め寄った。何か喚《わめ》いている。「いったいどうなってるんだ」とでも言っているのだろう。横目で見ていると、スティーブンスは口をへの字に曲げて首を傾け、肩を竦めた。「ダメだこりゃ」というコントのシーンを見るようだった。

ロゴフスキーは歯軋《はぎし》りし、また周囲に目をやった。それから大きな溜息をつくと、両手を広げてこちらに向け、薄笑いを浮かべて言った。

「わかった。俺の負けだ。あんたら、間抜けじゃないようだな」

城島は、小馬鹿にしたような笑いを返した。ロゴフスキーは、水夫たちに引き上げを号令すると、スティーブンスにさっさと乗れ、と促した。スティーブンスは振り向き、おゆうたちの顔を順に見ていった。そして深々と腰を折り、「お世話になりました」と最後の挨拶をした。

ボートに足をかけたスティーブンスは、もう一度振り返り、おゆうをじっと見た。「あのことを頼む」目がそう告げていた。おゆうは、唇を噛みしめ、力強く頷いた。

ロゴフスキーがスティーブンスに続いて乗り込むと、水夫がボートを押し出した。ロゴフスキーはボートに立ったまま、こちらを向き、睥睨《へいげい》するようにぐっと胸を張って片手を上げると、「ダスヴィダーニャ（さらば）！」と大声で叫んだ。ピョートル大帝にでもなった気でいるのか。最後まで格好つけちゃって、とおゆうは含み笑いをした。

六挺のオールで漕がれたボートは、すぐにアリョール号に着いた。縄梯子《なわばしご》で甲板に上がったロゴフスキーは、こちらを見ているようだ。

「あの船頭、こちらを忌々しそうに睨んでおりますぞ」

望遠鏡を向けていた侍が、楽しげに言った。棚橋も機嫌よく応じる。

「さもあろう。してやったり、だな」

「まだ気を抜くでない。腹いせに、一発お見舞いしてから引き上げるやも知れぬぞ」

城島が窘めるように言い、棚橋たちははっと背筋を伸ばした。

結局、城島が案じるようなことは起きなかった。ボートを収容したアリョール号は、錨を上げて帆を展開すると、すぐに船首を巡らせた。

「船尾甲板で、誰か手を振っております」

望遠鏡の侍が言った。スティーブンスに違いない、とおゆうは思った。マストにロシア商船旗を翻したアリョール号は、針路を東に取り、朝日にきらめく海面を、次第に遠ざかっていった。

「やれやれ、やっと片付いたか」

アリョール号が水平線に消えると、伝三郎が大きく伸びをした。周りでは、撤収作業が始まっている。鉄砲組も銃から火縄を外し、肩に担いで歩き始めた。活躍できなかったのを残念がっているようにも、安堵しているようにも見える。それでも、存在を示すだけで充分役に立ったのだ。ロシア人たちも、侮っていい相手ではないと思い知っただろう。

「これ、おゆう。お前、ステパノフに何を囁いておったのだ」

戸山が傍らに来て、そう問うた。おゆうはしれっとして答えた。

「あの髭面の船長が偉そうなことを言うから、撃てるもんなら撃ってみな、と言ってやったんです」

「な、何だと。そのような勝手なことを。本当に撃ったら、何とするつもりだ」

戸山が顔色を変えた。おゆうは、落ち着いて下さいませ、と苦笑した。

「船の大砲が火を噴いた途端、鉄砲組がオロシャ人たちをハチの巣にしたでしょう。船長も、それは承知です。撃てやしません」

それを聞いた伝三郎が、大笑いした。

「お互いにハッタリだった、ってわけかい。いや、でかした」

笑いながら、おゆうの肩を叩く。

「しかしお前も、肝っ玉が据わってるな。オロシャの船を前にして、これっぽっちも怖がっちゃいなかったろう」

「鵜飼様こそ、悠然と構えてらしたじゃありませんか。オロシャ人など、物の数ではないというような」

「いやいや、腹の中じゃ、大砲をぶっ放されたらどうしようかと、震えてたんだぜ」

「嘘ばっかり。矢でも鉄砲でも持って来い、ってお顔でしたよ」

じゃれ合っていると、戸山が眉を吊り上げた。

「いい加減にせい。おかげでこちらは、寿命が縮んだわ」

むかっ腹を立てたように歩き出す戸山の後ろで、伝三郎とおゆうは顔を見合わせて笑った。


代官所に戻ったときには、昼近くになっていた。

「御役目ご苦労様にございます。誠に僭越《せんえつ》ながら、御首尾は……」

出迎えた手付が、おずおずと聞いた。何がどうなっているのか皆目わからぬまま、不安な時を過ごしていたのだろう。

「万事滞りなく済んだ」

城島は、ひと言で済ませた。手付は、安堵の息を漏らして平伏した。

「皆、揃っておるか」

「は、あちらに」

手付は、城島を広間に案内した。庭先に出て覗いてみると、そこには羽織姿の百姓や網元風の男が十人余り、並んで座っていた。

（ははあ、避難させられた周辺の村の、名主や村役人たちだな）

おゆうはそっと聞き耳を立てた。城島が一同に通達している。

「本日は、大儀であった。急に村を空けよと言われ、戸惑ったことであろう。面倒をかけて済まなかった。これは御上の一大事であったと心得てもらいたい。ゆえに、此度のことは他言無用。いかなる記録も、書き残すこと相成らぬ。本日ここでは、何も起こらなかった。よいな」

村役人たちは当惑したままだったが、致し方ないという様子で、承知仕りましたとうち揃って頭を下げた。城島は礼を言い、そこへ棚橋が現れて、村役人たちに何か配り始めた。どうやら、金包みのようだ。

（迷惑料兼、口止め料ってとこか。抜かりないなあ）

妙に感心したおゆうは、表に出て待った。しばらくすると、村役人たちがまとまって出てきた。おゆうは彼らに近付き、声をかけた。

「この中に、東江村の方はいらっしゃいますか」

何人かが怪訝な顔で振り向いたが、六十近いと見える白髪の人物が、おゆうの呼びかけに応じた。

「手前が東江村の村役で、庄兵衛《しょうべえ》と申します。どんなご用で」

「はい。六年ほど前、漁に出たまま戻って来なかった、与乃吉さんという人の家族を捜していますご存知ですか」

庄兵衛の目が、驚きに見開かれた。

東江村までは、代官所から二里ほどであった。アリョール号を待った浜辺からは、一里ほど北になる。

「あまり大きな村ではなさそうですね」

東江村が見えてくると、おゆうは傍らを歩く伝三郎に、囁いた。

「そうだな。ちっとばかり、目立っちまいそうだ」

伝三郎も、前を行く庄兵衛に聞こえないよう小声で言った。おゆうは一人で行くつもりだったのだが、戸山と伝三郎に、ちょっと出てきますと断りに行くと、自分も同行すると伝三郎に言われたのだ。見知らぬ土地で女一人、気ままに歩き回らせるわけにはいかない、と言われると、否とは言えなかった。

「佐渡守様は、金子《きんす》を配ったんだな。それに免じて、俺たちのことも忘れてくれるよう願おう」

「そうですね。そう思っておきましょう」

伝三郎には、スティーブンスからは、ある島に流れ着いた与乃吉と出会って言葉を教え合った、とだけ聞いていると伝えた。伝三郎は首を捻ったが、奴がそれ以上話さねえならしょうがねえ、とそれ以上の詮索をやめた。伝三郎のこういうさばさばしたところは、おゆうにとっても有難かった。

村の家々は、江戸の水準から言えば掘立小屋に近く、瓦《かわら》を葺《ふ》いた屋根など皆無だった。とは言っても、この頃の田舎の小さな村ならば、これが普通なのだろう。家の脇に海藻や漁網が干してあるのが、いかにも漁村らしい。

「お達しがありましたので、代官所に近いお寺に皆、集まっておったのですが、お許しが出て、先ほど家に戻ったところです」

庄兵衛が、村を案内しながら言った。村の人々は、今からでも漁に出ようと準備しているようだったが、おゆうたちを見ると一様に不安げな目を向けてきた。伝三郎も若衆姿のおゆうも、村人たちからは面倒を運んで来たお役人にしか見えないのかもしれない。

「あれが与乃吉の家でございます」

庄兵衛が指した家は、村の他の家と特に変わりない、壁も屋根も板張りの十坪ほどのものだった。潮風に叩かれ続けて傷んではいるが、見た目よりは頑丈そうだ。

戸口に歩み寄ろうとしたとき、がらりと戸が開いて、若者が一人、出てきた。十五、六だろうか。濃く日焼けし、精悍《せいかん》な顔立ちをしている。若者はおゆうたちを見ると、びくっとして動きを止めた。

「与助《よすけ》、おっ母さんは居るかい」

庄兵衛が尋ねると、与助と呼ばれた若者は、おゆうと伝三郎に胡散臭げな目を向け、さっと家の中に引っ込んだ。

「与乃吉の、倅《せがれ》でございます」

ああ、とおゆうは頷いた。五年前に死んだとき、与乃吉は三十一だったとスティーブンスは言っていた。その息子なら、ちょうど年恰好は合う。

間もなく、与助に代わって中年の女が出てきた。肌に艶がなく、顔には皺が何本も刻まれている。三十代半ばのはずだが、同年輩の江戸の女性に比べると、十歳は老けて見えた。亭主に先立たれ、苦労を重ねてきたのだろう。

「与乃吉の女房、お浜《はま》でございます」

庄兵衛に紹介されたお浜は、わけがわからない、といった顔でおゆうたちを眺めた。

伝三郎が進み出る。

「邪魔をして悪いな。俺たちは、江戸から来たんだ。一つ確かめたいんだが、あんたのご亭主は、六年前に漁に出て、戻らなかったんだね」

お浜は、警戒するような態度を崩さず、言葉少なに答えた。

「へえ、左様でごぜえます」

伝三郎は、おゆうに頷いて見せた。おゆうは一歩前に出て、懐から守り袋を出し、掌に載せてお浜の前に差し出した。

「これは、ご亭主のものでしょうか」

お浜の目が見開かれた。お浜は数秒、守り袋を凝視していたが、ぱっと手を出してそれをひったくると、両手で拝むようにして、目の前にかざした。

「与乃吉……うちの人の……」

呻くように言葉を絞り出すと、おゆうに向かって問うた。

「どこで、これを」

「海の向こう、遠い島です。ある異国人の船乗りが与乃吉さんと出会い、友となって、最期を看取りました。五年前のことです。その異国人から、これを預かりました。家族の方に、是非とも渡してほしいと」

「五年前……遠い島で……」

お浜は、守り袋を見つめて呟いた。

「おっ母……」

話が聞こえていたのだろう。与助がおずおずと顔を出し、心配そうに母親の背中に手を添えた。

「与乃吉さんは、舟で流され、異国の船に助けられたのです。でも、行き着いた島から国に帰る手段はありませんでした。与乃吉さんは、病で亡くなるまであなた方のことを気にかけていました。それで、藁《わら》にもすがる思いで、友となった異国人に守り袋を託したのです」

守り袋を握りしめたお浜の肩が、小刻みに震え始めた。

「申し訳ありません。私からお話しできることは、これだけです」

「あの人は……流されてから一年も生きて……陸《おか》の上で、死んだんですね。ちゃんと、看取ってくれる人が、居ったんですね」

そう言うなり、お浜の目からどっと涙が溢《あふ》れ、崩れるように膝をついた。与助がそれを支えるようにして、一緒に膝をつく。

「あ……ありがとうございました」

震える声で、お浜が言った。親子は、そのまま深々と頭を下げた。

おゆうの目からも、涙がこぼれた。最後まで正体の曖昧なままのスティーブンス人だったが、与乃吉のために最後の望みを叶《かな》えようと、誠を尽くしてくれたのだ。庄兵衛も、目を拭っている。伝三郎は目を閉じ、静かに頷いていた。


一行は翌朝、代官所を出立した。後はただ、帰るだけだ。皆、無事に任務を果たせた満足感に浸り、意気揚々と進むのかと思いきや、行列の歩みはどうにも重かった。高揚するより、どっと疲れたというのが本音らしい。まあ確かに、スティーブンスを厄介払いした以外は、これと言って得るものはなかったのだ。仕方あるまい。

空っぽの権門駕籠を担ぐ小者も、張り合いがなさそうだった。おゆうは棚橋に、いっそお前が乗っていったらどうだと冗談めかして言われたが、それは遠慮した。身分違いというだけでなく、あんな狭いものに閉じ込められて三日も四日も揺られたら、間違いなく酔ってしまうと思ったからだ。幸い、足は痛んでいるが心配したほどではない。これなら家までもつだろう。慣れとは恐ろしいもので、今なら四十二・一九五キロを走っても、そこそこのタイムが出そうな気がした。

行程は無事に過ぎ、往路で泊まった小金宿は通過して、松戸宿に入った。明日はようやく江戸だ。戸山と伝三郎とおゆうは、宿の部屋に揃って、この旅最後の夕食を摂った。相変わらず、城島の家中の者たちとは一線を引かれている。だが、それで良かった。

女中が膳を下げ、おゆうたちはしばし一服した。耳をそばだてると、城島配下の連中も食事を終え、静かになったようだ。そのまま、黙ってしばらく待った。

「さて……そろそろ参るか」

戸山が頃合いを見て、言った。その言葉を合図に三人は立ち上がって、廊下を奥へ進んだ。

「御免。ちとお邪魔いたす」

戸山が声をかけ、障子を開けた。そこには、棚橋が一人で待っていた。

「夕餉《ゆうげ》の後、話があるとのことであったが、何用ですかな、戸山殿」

「左様。江戸へ入る前に、どうしても確かめておきたいことがありましてな」

三人は、棚橋を囲むように座った。

「三人揃ってとは、どのような話でしょうな」

棚橋は、面白がるように言った。戸山も伝三郎も、笑わない。

「その話ですが、これなるおゆうがいたします」

棚橋は、眉を上げた。なぜ戸山ではなく、町人のおゆうなのだ、と言いたげに。戸山は知らぬふりで、おゆうを促した。

「申せ」

おゆうは一礼し、話を始めた。

「此度は、オロシャの船を無事追い返せましたこと、祝着《しゅうちゃく》に存じます」

口上を聞いて、棚橋は今さら何だ、という顔をした。

「ふむ。それについては、町方の各々方にも面倒をかけた。改めて佐渡守様より和泉守様へ、御礼を述べさせていただく」

「恐れ入ります。ですが棚橋様、私ども町方としましては、権十郎殺し、鉾田代官所の狭間様殺しについて糺《ただ》さねば、決着したことにはなりませぬ」

棚橋の顔が、少し強張った。

「うむ、それはもっともであるが、今なぜその話を」

「棚橋様が、この二つの殺しに深く関わっている、と思われるからでございます」

おゆうは遠慮することなく、言い切った。棚橋の顔色が変わった。

「儂が関わっている、と。これはどういうことですか、戸山殿」

「お静かに。そのままでお聞きいただきたい」

戸山は、棚橋の抗議を一蹴した。おゆうは動じず、そのまま続けた。

「まず、狭間様です。狭間様たちは評定所預かりとなっていたはずですが、狭間様だけが評定所を抜け出し、一人で探索を始めました。何故そのようなことができたのでしょう」

「狭間という男は、証しとなる割符を持っていたと聞く。それを手掛かりに、主君とも言うべき代官、大垣主膳殿の汚名をすすごうとしたのではないか」

「おっしゃる通りです。それでも、評定所など初めてのうえ、江戸にも不案内の狭間様が、いきなり一人で出奔するというのは、容易なことではありません。誰かが手引きしたのであれば、別ですが」

「儂が手引きした、とでも申すつもりか」

「左様でございます」

「何のために、そのようなことをせねばならん」

「狭間様を、囮《おとり》にするためでございましょう」

おゆうは棚橋が睨みつけるのをはね返し、遠慮なく言った。

「あなた方は、我孫子宿でステパノフを攫ったのが何者か、最初は皆目わかりませんでした。一方、狭間様はステパノフがこの国に来た事情を知りませんから、割符を手掛かりにステパノフたちを捜せないかと考えました。取り調べの際、狭間様からその考えを聞いたあなた方は、狭間様に思うように探索させ、ステパノフを攫った一味が近付いてくるよう仕向けたのです」

棚橋は、おゆうを睨んだまま唇を引き結んでいる。

「狭間様は素人ですから、案の定、聞き込みをしてもひどく目立ちました。途中でこの一件が抜け荷に関わっているのではと思い付き、千石船の水主を捜し始めたところで権十郎に見つかってしまいました。あなた方の思惑通りに」

おゆうは言葉を切って、棚橋の目を覗き込んだ。棚橋は、僅かに目を逸らした。

「あなた方が狭間様を殺させるつもりだったとは思いません。でも、殺しを止めることはできなかった。あなた方はそのまま、権十郎を尾けました。そして小塚原の荒れ寺に辿り着き、そこにステパノフが捕らわれていると知って、人数を揃えて襲いかかったのです。恐らく、町方を刺激しないよう、水主たちを斬ったり殺したりは、禁じていたのでしょう。でも、水主たちは思いのほか手強かった。大乱闘になってしまい、結局私たち町方が大挙して押しかける羽目になりました」

「そちらは御老中から、オロシャ人のことについては内密に事を運ぶよう、厳命されておられたのでしたな。何しろ、幕府のオロシャ語通詞を使わず、融通の利く大黒屋光太夫殿を頼んだほどだ。我ら町方が大々的に入り込むなど、迷惑千万であったでしような」

戸山が皮肉っぽい薄笑いを浮かべた。棚橋はちらりと戸山を見たが、やはり何も言わない。

「駒込の屋敷にステパノフを移したとき、私がそこに出入りすることを簡単にお許しになったのも、考えてみればおかしなことです」

おゆうは肩を竦めた。

「あなた方は、ステパノフの本当の目的を隠すため、聞かせたいことだけを私に聞かせ、それが奉行所に伝わるようにしたのです。わざわざ、大黒屋さんまで使って」

光太夫がおゆうを家に呼んでまで伝えたことは、偽装の一環だったのである。

「でも、不用心ですよ。私が疑いを持って、盗み聞きするとは考えなかったのですか」

策士策に溺れる、か。棚橋が怒りを含んだ目でこちらを見た。

「聞いておった、のか。どうやって」

まさか盗聴器とは言えない。それには答えず、おゆうは先を続けた。

「権十郎の話に参りましょう。権十郎が消えた日とその翌日、あなたは駒込に居られませんでしたね。あなた方は戸山様に話して権十郎を解き放たせた後、北見屋へ戻る道筋で権十郎を待ち構え、見張りの岡っ引きの目を欺いて拉致し、あなた方の屋敷に連れ込んだのです」

「まあ、それをやってくれたおかげで、あんた方の仕業だってことに見当がつきました。全体がどう繋がってるか見立てるにゃ、いささか頭を使いましたがね」

伝三郎が言った。使ったのは、専ら私の頭ですけどね、とおゆうは心の中で舌を出した。

「権十郎を痛めつけて吐かせた結果、北見屋は抜け荷としか思っていないことがわかりました。それで北見屋は放っておくことにし、あなた方は後始末として、手足の折れた権十郎を屋敷の裏の浜町川へ投げ込み、溺れさせたのです」

おゆうはもう一度、棚橋の顔を見た。棚橋は青ざめ、頬が痙攣《けいれん》したように揺れている。

「それにしましても、割符のことは手違いでございましたね」

「割符が、か」

割符のひと言に、棚橋は苦い顔をした。

「割符は本来、初めて会う者が相手を確かめるために使うものです。でも、ステパノフと中津屋さんは、択捉で会って互いに顔を知っています。割符など不要だったはず。それなのに中津屋さんが割符を作ったのは、中津屋さん自身が鉾田に出向くつもりはなかったからでしょう。佐渡守様にお知らせして、後はお任せする気だった。ところがあなた方は、中津屋さんにも同行するよう申し渡したのではありませんか。なぜですか」

無礼を承知で棚橋の目を覗き込んだが、棚橋は答えなかった。おゆうは構わず続ける。

「では、私から申し上げます。中津屋さんは先代が知行所の出身という縁でお知り合いとはいえ、普段から御屋敷に出入りしている商人ではありません。どこまで中津屋さんの話を信用してよいか、抜け荷などに巻き込む気ではないかと案じたあなた方は、オロシャ人たちの意図を確かめるまで、中津屋さんを深く関わらせておくことにしたのでしょう。それで鉾田では、中津屋さんを海岸に迎えに出し、中津屋さんの話の通りオロシャ人が現れるかどうか、隠れて窺っていたのです」

棚橋は苦い顔のままだが、反論はしようとしない。

「ステパノフが代官所に捕まった後、あなた方は大急ぎで善後策を考えた。事情を知らない代官所を納得させられる処置は、御定法通りステパノフを長崎へ送る、ということだけです。あなた方はすぐにそれを決め、一旦江戸を介して勘定所を通し、代官所に指図するよう手配なさいました。そして、同行していた中津屋さんもそれを聞いていたでしょう」

　鉾田で中津屋と棚橋たちは、この件を話し合ったはずだ。だが、中津屋を尾けていた権十郎は、その時に限ってステパノフ捕縛の騒ぎに巻き込まれるのを避けるため、離れていたのだ。ずっと張り付いたままだったら、中津屋と棚橋らが一緒に居るところを目撃し、幕府幹部かもしれない武家が直接関わっている件に手出しするのは危険、と判断して手を引いたかもしれない。が、運命のいたずらでそうはならなかった。

「中津屋さんは江戸へ戻る道中、土浦宿の宿で不用意にも、番頭さんとそのことについて話し合いました。そこをずっと尾けていた権十郎に聞かれてしまった、というわけです」

　おゆうは改めて、棚橋を正面から見据えた。棚橋は目を合わさなかった。

「中津屋さんをずっと関わらせておいたのは、結果として間違いでした。中津屋さんの水主が居酒屋で、択捉でオロシャ船に出会ったと漏らしても、ただの与太話で済んだはずです。中津屋さんが鉾田に行きさえしなければ、北見屋の耳に入ったとしても、何も証拠立てるものはなかったのですから。結局、あなた方の手の内から漏れたことが、ステパノフの拉致と二つの殺しのもとになってしまったのです」

おゆうは、ふうっと溜息をついた。中津屋が鉾田に行かなければ。それを権十郎が尾けたりしなければ。割符を狭間が手に入れたりしなければ。どれ一つでも、今回のことはこんな騒動にならなかったろうに。

「これが狭間様殺しと権十郎殺しの顚末《てんまつ》です。私の話は、これまでございます」

おゆうは畳に手をつき、話を終えた。

「如何でござるかな、棚橋殿」

戸山が膝を乗り出し、棚橋に向かって言った。棚橋は、きっと睨み返した。

「証しがあるのか」

「いいえ、ございません」

あまりにはっきりした物言いに、棚橋が驚きを顔に出した。

「ですが、これ以外に筋の通る解釈はございません。敢えて申し上げれば、佐渡守様がどこまでご存知だったか、それは私どもにも測りかねます」

全部棚橋の一存だと言うなら、それでもいい。実行部隊の指揮を執ったのは棚橋に違いないのだから。

そのまま、棚橋とおゆうたちは黙って対峙を続けた。部屋に近付く者は、誰も居ない。棚橋も戸山も、ひと言も発しない。重苦しい時間が、少しずつ過ぎていった。

やがて、棚橋が目を落とし、ふうっと小さく溜息をついた。

「権十郎を殺してはおらぬ」

おゆうたちは、はっとして一様に棚橋を見た。

「権十郎は、隙を見て逃げ出したのだ。片手片足が折れていたため、縛《いまし》めから抜け出ることができた。気付いて追ったが、あ奴は自ら川に飛び込んだ。水主の頭だから、片手片足でも泳げると自信があったのだろう。だが、無理だった」

本当だろうか、とおゆうは思った。だが、これで棚橋は事実上、それ以外はおゆうの話の通りだと認めたのだ。証拠がなければ、これ以上の追及はできない。

「それで、どうするおつもりか」

棚橋は、開き直ったかのように戸山に聞いた。戸山は、腕組みして考えるポーズを作ってから、言った。

「どうもできますまいな」

「どうも、できない？」

棚橋が訝しげに言った。戸山が頷く。

「貴殿らは、殺しには手を染めておらぬにしても、市中で町人を拉致、拷問したことは明らかな罪でござる。しかしながら、確たる証しもないまま、それだけで御目付の御用人を縛るわけにもいかぬ」

「それでは、いったい……」

棚橋が当惑したように言いかけたが、戸山は手で制した。

「勘違いめさるな。我らは、許すとも見逃すとも言ってはおらぬ。町方としては、二人の人間が命を奪われたことに、決着をつけねばならんのです。この話、御奉行に申上げ、後は上の方々の御裁可に委ねる。そういうことでござる」

戸山はそれだけ言って、棚橋を正面から見据えた。棚橋は目を天井に向け、大きく息を吐いた。

「わかった」

短く、それだけ返事した。戸山は頷き、「では、これにて」と座を立った。

おゆうは、戸山と伝三郎に続き、棚橋の部屋を出た。廊下に出てから、ふと振り返ってみた。棚橋は目を閉じ、地蔵の如く身じろぎ一つせずに、黙然と座り続けていた。

十五

「それで、おゆうさんよ。常陸くんだりまで出かけて何をしてたのか、話しちゃくれねえのかい」

源七は、「さかゑ」の板敷きに座って、不満そうに言った。おゆうは、御免なさいと手を合わせた。

「私も鵜飼様も、お偉い方々から口外するなって言われてまして。何しろ、異国の絡んだ話ですから」

「オロシャの船と会ったのは、間違いねえんだろ」

「ええ、まあ……それ以上は聞かないで下さいな」

「そうは言っても、気になってしょうがねえ」

まだぶつぶつ言う源七の後ろから、お栄の声が飛んだ。

「お前さん、いい加減にしときな。おゆうさんを困らせちゃ、駄目じゃないか」

お栄はおゆうに「済まないねえ、ほんとに」と源七の代わりに詫び、食べやすく切って大皿に盛ったまくわうりをどすんと置いた。

「あらっ、嬉しい。今日みたいな暑い日は、これが有難いですねえ」

手を伸ばし、早速一切れ齧って目を細めた。

「あー、美味しい。井戸で冷やしたんですね」

「何だい、俺はこういうのより、冷や酒をちょいとだな……」

「真っ昼間から何言ってんだい。嫌なら、あげないよ」

源七は慌てて、まくわうりを手に取った。横から、藤吉と千太も手を出してかぶりつく。

「ほんとだ、冷えててうめえや」

二人の若者は、子供のように喜んでまくわうりをむさぼった。

「でも、姐さんの若衆姿、見てみたかったですねえ」

藤吉が残念そうに言い、千太も「まったくだ」と頷いた。

「姐さんみたいな別嬪に若衆姿で大見得を切られたら、どんな異人も降参しちまいますぜ」

「あら、ずいぶん上手を言うじゃない。でも、タダじゃ見せてあげないから」

「そんな、ひでえなあ」

源七が千太の頭をはたいた。

「馬鹿野郎、何を色気づいてやがる。さっさと食っちまえ」

藤吉と千太がまくわうりとの格闘に戻ったのを見て、源七は腕組みした。

「まあ、御城の上の方が噛んでるんじゃ、四の五の言ってもしょうがねえ。狭間って侍と権十郎の一件が片付いただけで、良しとするか」

「ほんと、御免なさいね」

おゆうはもう一度謝った。源七は、まあいろんなことがあるさ、と肩を竦めた。

鉾田から帰って二日。伝三郎も、戸山と共に上への報告を終えたはずだ。今日はうちへ寄るはずだから、ゆっくり労ってあげなくちゃ。鰻《うなぎ》の蒲《かば》焼《や》きとか、買って帰ろう。ああほんとに、今夜こそ泊まってってくれないかな。

鰻を買って、煮売り屋と寿司屋にも寄って、両手に包みをぶら下げて帰った。酒はたっぷり用意してあるし、デパートの純米酒もある。これだけ並べれば、充分だろう。満足して、家に入った。台所に包みを置いて、座敷の襖を開ける。そして……。

「ぎゃあっ」

思わず悲鳴を上げ、立ちすくんだ。座敷の真中に、宇田川が座っていた。


「どど、どうしてここに居るのよっ」

あまりのことに、胸に手を当てて大きな息をしながら、おゆうは喚いた。

「どうしてって、ロシア船の件がどうなったか、確かめに来たんだが」

「何もこっちに来なくたって、ラボにでもマンションにでも、説明しに行くのに」

「この前、つまらない用事で行きそびれたから、いい機会かと思って」

「もうすぐ、伝三郎がここに来るのよ」

「あの同心が？　ちょうどいいな。挨拶していこう」

おゆうは頭が割れそうになった。

「べっ、別に挨拶なんかしなくたって」

「この前、俺に何かロシアの件で頼もうとしてたんだろ。留守してて申し訳なかった、ぐらい言わないと悪い」

普段は人がどう思おうと気にしないのに、何を言っているんだ。うろたえていると、七ツの鐘が鳴った。

「あーッ、もう、あと十分かそこらで伝三郎が来ちゃうよ」

頭を掻きむしったが、宇田川は平然としている。いったい何を考えて……。そこで、あっと気が付いた。

「大変、草履！」

「草履がどうかしたか」

「三和土《たたき》にあなたが履いてきた草履がなきゃ、不自然でしょうが」

「あ、そうか。草履は東京だ」

聞くが早いか、おゆうは押し入れに飛び込んで羽目板を開き、階段を駆け上がった。


「もう、勘弁してよ、ほんとに」

草履を三和土に置いて、肩で息をしながらおゆうはぼやいた。

「ああ、済まん。他の服装は、問題ないだろ」

宇田川は腕を広げ、おゆうの検閲を受けた。意外にも、ほぼ隙はない。着物の着付けも帯の結びも、ちゃんとしている。呑み込みが早いのだ。髪型をちょっと直してやった他は、そのままで大丈夫だった。

「よし、ＯＫ。頼むから、言葉には充分気を付けてね」

宇田川は、わかっていると胸を叩いた。この男、白衣を羽織ってラボに座っていると、典型的なオタクにしか見えない。ところが着物姿に変換すれば、体型が誤魔化せることもあってか、結構イケているのが不思議でしょうがなかった。

そこで突然、表の戸が開く音がした。

「あれ、誰か来てるのかい」

伝三郎の声だ。宇田川は直ちに反応し、畳に正座した。

「鶴飼様、お待ちしてました。ちょうど、千住の宇田川先生が来られてます」

上がり框《がまち》で大小を預かり、精一杯の笑顔で言った。

「え、千住の先生が。そりゃあ奇遇だ」

襖を開けて座敷に入ると、宇田川が東京ではまず見せない愛想笑いで迎えた。

「やあ、鶴飼さん、でしたか。しばらくです」

「ああ、宇田川先生。相州の方からは、お帰りでしたか」

宇田川が、ちらっとおゆうに目をやった。そう言えば、相州に行っていたことになっているとは、教えていなかった。

「ええ、野暮用と申しますか、頼まれ仕事で。先様の都合で中身は申せませんが」

宇田川はアドリブでクリアした。よし、なかなかいいぞ。

「おゆうさんから聞きましたが、何か私に頼み事があったとか」

「ああ、いや、申し訳ない。そいつはもう、片付きました」

「オロシャ人のことについて、ですか」

おゆうは、びくっとした。宇田川が、仕掛けてきた。

「ほう……それもおゆうから聞いたんですかい」

「そうです。オロシャ語ができるかとも聞かれたが、それはさすがに無理で」

宇田川は照れたように頭を掻いた。この男、なかなかの演技派だ。

「何をさせようというおつもりだったんですか」

「なあに、先生なら異国人の考え方などに詳しそうだから、異国人を捜す手助けになるんじゃねえか、と勝手に思いまして」

「なるほど。いささか安易かとは思いますが」

おゆうが、ヒヤリとした。宇田川の今の言い方は、東京でいつもそうであるように、人を小馬鹿にした響きがあった。それを感じたか、伝三郎の眉がぴくりと動いた。

「そう、ちっとばかり安易でしたな。しかしもうすっかり片付いたので、心配要りません」

伝三郎の言い方も、いつもに比べると棘があるような気がした。おゆうは二人の間に、膳を出した。蒲焼きの他、夏野菜や卵焼き、佃煮《つくだに》などを副菜として皿に盛っている。

「さあ、お疲れになったでしょう。冷やでよろしいですね」

おゆうは伝三郎の盃に酒を満たそうとした。が、伝三郎はそれを止め、手で宇田川を示した。

「どうぞ先生の方から」

「これは恐縮です。しかし私は不調法でして」

宇田川は、少しだけ、と言って盃を受けた。

「ところで、おゆうは先生の家に伺ったことがあるんですか」

えっ、伝三郎ったら、どうしてそんな方向を。

「一度か二度、来られてますよ。泊まりがけではなかったが」

言わずもがなだ。無難なようで余計な答え。

「そうですか。昔からのお知り合いで？」

「そうでもありませんが、二、三年というところでしょう」

口から出まかせだが、まあ不自然ではない。

「鵜飼さんは、よくこちらへ」

おっと、宇田川が逆襲した。

「ええ、しょっちゅう来ては厄介になってますよ。役宅よりこっちの方が多いくらいで」

「ほう。では、時々お泊まりなんですね」

伝三郎が、一瞬強張った。

「いいえ、泊まったりはしてません」

「そうですか。こう言ってはなんですが、おゆう親分さんとは大変にお似合いだと思いまして」

ええ？　何を言い出すのよ、まったく。

「鵜飼様、どうぞ」

慌てて伝三郎に酒を注ぐ。

「なるほど、似合い、ですか。こいつはまいった」

伝三郎が笑顔で応じた。が、よく見ると目が笑っていない。

（わあ、ちょっともう、どうしちゃったのよ。空気が重いよ）

おゆうはすっかりうろたえて、伝三郎と宇田川の盃を代わる代わる満たした。伝三郎はなぜかいつもよりピッチが速い。宇田川はもともとあまり飲まないから、盃がなかなか空かない。会話も途切れ途切れになってきた。

（私ってば、どうすりゃいいの）

他人から見れば、両手に花の状態になっているというのに、おゆうは困り果て、徳利を持ったまま天井を仰いだ。

＊　＊　＊

(参ったな。なんでこいつがここに居るんだよ)

伝三郎は、困惑しながら盃を口に運んだ。ロシア船と対決した旅の疲れを癒やそうと思って来てみたら、さらに疲れが増しそうだ。

(こいつが居たんじゃ、おおっぴらにロシア船の話はできねえしな)

秘密を抱えていると、どうも話しにくい。それにこの学者先生、妙に突っかかるところがあるようだ。

(この先生がおゆうと同じく、未来から来ているのは間違いないんだが)

前の事件でそのことは容易に想像がついたが、おゆうとの関係がどういうものなのか、今一つ摑めないでいた。上司なのか同僚なのか、ただの友人か。おゆうの俺への態度から考えて、恋人の類いではないはずだ。いや、もしかしてそれは自惚《うぬぼ》れか？

伝三郎はだんだん落ち着かなくなり、考えの方向を変えた。

(未来から来た以上は、ロシア船のことは充分知っているだろう。いや待てよ。佐渡守様は、御老中水野様の命で、この一件を一切記録に残さないようにしたはずだ。ならば逆に、記録に残っていないロシア船のことを調べに来たのかもしれねえ）

伝三郎は首を捻った。何か未来で、ロシア船のことを調べたい事情ができたのか。

（そう言えばあのロシア船、択捉で中津屋に会ったと言ってたな）

伝三郎は、江戸に飛ばされてくる直前の、自分の時代に思いを巡らせた。昭和二十年八月。陸軍特別操縦見習士官として迎えた、終戦。あのとき、風の噂でソ連軍が千島に上陸した、と確かに聞いた。ならば、択捉はどうなっただろう。ソ連に占領されたはずだが、ソ連領になったのだろうか。もしや、おゆうたちの時代にもそのことには決着がついておらず、何かそれに関わる理由でアリョール号とステパノフのことを調べに来たのだろうか。

（いや、飛躍し過ぎているな）

伝三郎はかぶりを振った。そこまで深読みしては、きりがない。

（それにしても、おゆうはロシア人とも、堂々と渡り合っていたな）

大砲を積んだロシア船を前にして、全く怖気づく様子がなかったのは、俺と同様、向こうの戦力が大したことはないと見切っていたからだ。ステパノフについても、江戸の町人なら、外国人と出会っただけで震え上がるのに、おゆうにはそうした気配が微塵《みじん》もなかった。いつの間にか、すっかり仲良くなっていたぐらいだ。

（もしかすると、俺たちの知らないこともステパノフから聞いてるかもしれねえな）

そんなことを考えると、また落ち着かなくなってしまう。

「鵜飼様、どうかしましたか」

おゆうの声で、我に返った。すっかり上の空になっていたようだ。宇田川も、怪訝な顔でこちらを眺めている。

「ああ、いや、何でもねぇ。ちょっとまた、ロシア船のことを考えてたもんで」

あ、しまった。オロシャ、でなくロシア、と言っちまった。慌てておゆうの顔を見たが、どうやら全然気付かなかったようだ。「そうですか。当分は忘れられませんよねえ」と微笑んだ。宇田川の方は、何を考えているのか、表情では読めない。

（ようし、こいつがこれからも度々江戸へ現れるようなら、俺が正体を突き止めてやる）

伝三郎はおゆうに軽く頷いてから、宇田川に鋭い目を向け、ニヤリと口元に笑みを浮かべた。

＊　　＊　　＊

コネチカット州ブリッジポート郊外　一八二三年四月

うららかな春の陽光が、湾の水面に踊っている。木々の枝には新緑が芽吹き、その間から対岸の港町と、舫われた何艘もの漁船が遠望できた。湾にはしばしば大型船の姿も見られるが、今日は軍艦が一隻、錨を下ろしているのが目立つぐらいだ。

ケネス・フォークナーは、テラスの安楽椅子にゆったりと座り、少量のスコッチが入ったグラスを傾けつつ、この穏やかな海景を愛《め》でていた。つい先頃引退し、自由の身となったフォークナーは、こうしてこの景色を眺めるのが至福の贅沢だ、と思っている。

五十年近い人生で、様々な体験をした。並の人間よりかなり密度の濃い生き様であったが、命を脅かすほどの危険に遭うことも、一度や二度ではなかった。今、このテラスで安穏にスコッチを楽しんでいられるのが、不思議なくらいだ。この一年で髪には白いものがだいぶ増えたが、品のある端正な顔立ちはまだ若々しく、そんな波乱の人生を送ってきた人物には、とても見えない。

手にした報酬も、小さくはなかった。そのおかげで、この住処《すみか》を手に入れたのだ。ここから海に至る十五エーカーの土地は全て彼のもので、新しい隣人にこの景色を邪魔される心配はない。

半開きになったフランス窓の奥から、柱時計の音がした。午後二時。そろそろ、約束した客人が来る頃だ。フォークナーはグラスを持って居間に入った。彼はここで、一人で暮らしている。妻は、一度も娶《めと》らなかった。通いの料理人以外、召使も置いていない。それで寂しいと思ったことはないが、あと十年も経てば感じ方が変わるかもしれない、などと近頃は思うようになった。さりとて、家族を持たなかったことを後悔しているわけではない。ただ、彼の今までの暮らしでは、それは難しかったのだ。

居間に座ってしばらく待っていると、蹄《ひづめ》の音が近付いてきた。この先、岬《みさき》まで人家はないので、彼の客に違いなかった。

家の正面に二頭立ての馬車が止まるのが、窓から見えた。馬車からフロックコートを着てシルクハットを被った人物が降り、玄関までの短い小道を歩いて来る。フォークナーが立ち上がるとほぼ同時に、玄関の扉が叩かれた。

「お待ちしておりました、提督」

フォークナーは微笑を浮かべ、客人を迎えた。

「ミスタ・フォークナー、お邪魔して申し訳ない。ジョン・ロジャースだ」

「ケネス・フォークナーです。よろしくお願いいたします」

握手したフォークナーは、自らロジャースの帽子とコートを預かり、居間に招じ入れた。

「気ままな一人暮らしです。どうぞお楽に。その代わり、大したおもてなしはできませんが」

「いや、気を遣わんでくれたまえ。なかなか住み心地の良さそうな家じゃないか」

「いえいえ、ほんの小さなコテージです。一人なら、これで充分なので」

コテージ、とは言ったが、家はがっしりしたオーク材で建てられ、まるで貴族の邸宅をぐっと縮小したような造りになっていた。

「何かお飲み物は？　スコッチなど如何です」

「ああ、それは有難い。頂戴しよう」

フォークナーはロジャースにグラスを手渡し、向かい合う椅子に腰を下ろした。ロジャースは、フォークナーより二つ上の五十一歳になるはずだ。髪はすっかり後退しているが、頑丈そうな顎と深く皺の刻まれた赤銅色の顔は、いかにも長年海上で仕事をしてきた軍人らしい相貌だった。

「アダムス長官から、手紙をいただきました」

フォークナーの方から切り出した。アダムスとは、クインシー・アダムス国務長官のことで、次期大統領の候補の一人とも言われる実力者だ。そして、引退前のフォークナーの雇い主でもあった。

「うむ。いささか唐突だったかもしれんね。驚かせたなら、申し訳ない」

「いえいえ、とんでもない」

フォークナーは愛想よく言った。

「ですが、もう御一方、来られるはずでは」

「うん、彼は少し遅れる。と言うより、私が彼より早く来たんだ」

フォークナーが怪訝な顔をしたので、ロジャースは説明を加えた。

「もともと、君の話を聞きたいと望んだのは、彼なんだ。私の古くからの部下でね。東洋の話に、特に興味を持っている」

「ええ、それは手紙で伺っております」

「だがね、ミスタ・フォークナー」

「ケネス、とお呼びいただければ」

「うむ。では、私はジョン、と」

「はい、ジョン。それで、どういうことでしょう」

ロジャースは、一呼吸置くようにスコッチを啜ってから、続けた。

「ケネス、君は西太平洋から極東にかけて、アダムス長官からの命で様々な仕事をしているね。その仕事は、あまり宣伝には向かない類いのものだ」

フォークナーは、眉をひそめた。

「アダムス長官からお聞きになったのですか」

ロジャースは頷いた。

「長年海軍に居てワシントンにも出入りしていれば、それなりのコネができる。アダムス長官が私的に東洋の情報を集めている、という噂は耳に入っていた。それで、直に聞いたんだ。我が合衆国の領土は、遠からず太平洋岸に達する。今後注目すべきは、旧世界に繋がる大西洋ではない。太平洋だ。来たるべき未来は太平洋にある、と私は考えている。後で来る部下も同様だ」

「それで、アダムス長官にその話をなさったのですね」

「ああ。私は長官に、東洋でどのような情報収集を行ったのかと尋ねた。長官はしばらく考えていたが、太平洋と極東の重要性を理解してくれる人々が、ワシントン周辺に増えるのは良いことだ、と言われた。そこでケネス、君のことを教えてくれたんだ」

なるほど、とフォークナーは頷いた。アダムス長官は秘密情報を教える代わりに、ロジャースを仲間に引き込んだのだ。こうしたことは、後々大統領選挙で効いてくる。

「それで、私が彼《か》の地で行ってきたことについて、お知りになりたいのですね」

「そうだ。だが、純粋に東洋の地の風俗や文化を知りたがっている我が部下には、聞かせなくてもいい話がいろいろあるだろう、と思ってね。少し早めに伺った、という次第だ」

「わかりました。雇い主である長官がそういう御意向なら、異存はありません」

フォークナーは椅子に深くかけ直し、寛いだ様子を見せた。

「何をお聞きになりたいのですか」

「まず、スペイン領フィリピンの話だ。君は、三年間あそこに居たそうだね」

　ロジャースが既に多くを知っていると悟り、フォークナーは笑みを浮かべた。ならば、特に隠し立てすることはないだろう。

「そうです。植民地育ちのスペイン人になりすまし、ルソン島に住みました」

「我が国が太平洋に進出したとき、衝突する可能性が高い場所、という見立てからかな」

「おっしゃる通り、長官はそう見ておられましたね」

「聞くまでもないと思うが、スペイン語は大丈夫だったのか」

「メキシコ人に習いました。南米植民地訛《なま》りのスペイン語なので、少々下手でも誤魔化せましたよ」

　それからフォークナーは、ルソン島で見聞きしたことをかいつまんで話した。フィリピンの現地民に民族主義が芽生え、スペインの統治が退潮しつつあることも解説した。

「なるほど。君の目は、なかなかのものだ」

　ロジャースは感服したように言った。

「その後、シベリアを旅してロシアの極東に行ったわけだね」

「ええ。アラスカを領有しているロシアが、北太平洋を全て支配するのは面白くないでしょう。連中が何を考えているのか、探る必要があると思ったのです」

「今度はロシア人に成りすましたのか」

「ピョートル・ステパノフと名乗りました。私が七歳のとき父と再婚した義母がロシアからザクセンに移り住んだ一族の出で、ロシア語には不自由しませんでしたので」

フォークナーは、カムチャツカのペトロパブロフスクに潜り込んだ話をした。そこでは有閑貴族の庶子で、冒険家兼山師、というようないかにも胡散臭い人物に扮し、同じように胡散臭い連中と付き合っていたのだ。その親分格の一人が、ロゴフスキーだった。

「ここで幸運に恵まれました。日本行きの話が、降ってわいたのです。私は若干の日本語ができたうえ、貴族の一員のふりをしたので、すぐに雇われました」

「その日本での短い滞在の話が、最も興味深かった、と長官は言っていた」

「その通りです。あれは得難い経験でした。もともと情報の少ない国でしたから、余計です」

「なかなかに侮りがたい連中だ、と聞いたが」

「そうです。我々は彼らをよく知らないのに、彼らは我々のことをかなり知っている。

そんな印象でした」

それからフォークナーは、鉾田に上陸してから江戸で軟禁され、再び鉾田に戻ってアリョール号に乗るまでの話を、語って聞かせた。ロジャースは目を丸くした。

「では、君はロゴフスキー船長の企みが事実上の詐欺だということを、日本人たちに明かしたのか」

「その通りです」

「なぜ、最後の段階でロゴフスキーを裏切る真似を」

「もしこれが成功して本格的に日本とロシアの国交が始まれば、合衆国としては面白くないでしょう。ロシアの抜け駆けを、黙って見ていることはありません」

それはそうだな、とロジャースはニヤリとした。

「それに、日本人たちは簡単に騙《だま》されるほど甘くありません。何しろ、私がアメリカ人であることも、すっかり見抜かれてしまいましたからね」

「ほう。君ほどの人物が、してやられたとは」

「ええ。しかも、ある女が重要な役割をしていました」

「それはどんな女かね」

ロジャースは首を傾げた。

「警察だ、と言っていました」

「女が、警察だって」

ロジャースは仰天した。ジャンヌ・ダルクの時代ならともかく、近代になってから女が警察や軍で活躍することは、普通考えられない。

「それどころか、途中から秘密警察だと言い出しましたよ」

ロジャースは、ぽかんとしてフォークナーを見つめた。

「さすがにこれは眉唾ですがね。おっと、言い忘れましたが、その女は英語を話しました」

「おいおい、ケネス、それは本当の話なんだろうね」

「ええ、本当ですとも」

オユウ。彼女のことを思い出すと、つい顔が綻《ほころ》んでしまう。謎めいていて勇敢で、頗《すこぶ》る魅力的。自分を、いい人だと言ってくれた。あんな女性には、合衆国のどこを捜しても出会えないだろう。

「でも、信用できる女性だと思いました。それで、ルソン島で出会った日本の漁師の遺品を託したのです」

「そうか。それがホコタという土地を選んだ理由だったな」

「そうです。彼女はきっと、遺族を捜して渡してくれたと思います」

名前にせよ生まれにせよ、幾重にも偽装をまとって上陸した日本で、唯一の真実をオユウに告げた。それは決して間違っていなかった、とフォークナーは今も思っている。


（会えるものなら、もう一度会ってみたいものだ）

だが、その機会が訪れることはないだろう。

「いや、ありがとう。実に興味深い話だった」

ロジャースはしきりに頷き、スコッチをもう一杯所望した。

「もうすぐ来る部下には、その東洋の島国の話を是非してやってくれ。ただし、その女のことは除いてな。あまりにお伽噺《とぎばなし》めいて聞こえるから、話全体の信憑性《しんぴょうせい》を疑われかねん」

「ええ、心得ておりますとも」

フォークナーは、グラスを手渡しながら笑って応じた。

「その部下とは、どのような方ですか」

「うん、十三年前、私がUSSプレジデント号の艦長を務めていたとき、士官候補生として乗組んできた。それ以来の仲だ。家族ぐるみの付き合いだよ。今は、USSシャーク号の艦長をしている。その艦は昨日から、ブリッジポートに碇泊中だ」

ああ、テラスから見える軍艦がそれだな、とフォークナーは思い当たった。

「それで今日、来られることになったのですね。そこまで気に入られたとは、優秀な軍人なんですな」

「実は、あのエリー湖の英雄の弟だ」

「おお、エリー湖の……」

フォークナーは大きく頷いた。エリー湖の戦いは、十年前の第二次米英戦争における有名な激戦だ。アメリカ海軍は、エリー湖に居た優勢なイギリス艦隊を、奇策をもって大敗させた。その指揮官は、国民的英雄となっている。

「その弟君なら、ひとかどの人物なのでしょうな」

「いや、それなんだが」

ロジャースは、ちょっと首を傾げてみせた。

「当人が優秀な士官であるのは間違いないんだが、兄の名声が高過ぎるのでね。やはり、どうしても意識してしまうようだ」

ああ、そういうことか。偉大な父や兄を持つと、それがプレッシャーになってしまう。兄のようになりたい、兄のようにならねばならない、と常に追い込まれるのだ。なかなかに、辛いところかもしれない。

「彼が太平洋や東洋に興味を示すのは、そのせいかもしれんね。手柄を立てたいんだよ」

ロジャースがそこまで言ったとき、表に馬車の音がした。

「来られたようですな」

フォークナーはロジャースに微笑み、玄関に向かった。

力強いノックが響き、フォークナーはドアを開けた。そこに、海軍士官の制服を着た体も顔も大きな若者が、堅苦しい顔をして立っていた。これがロジャースの信用篤《あつ》い部下にして、エリー湖の英雄の弟たる男に違いなかった。

「ようこそ。提督は中でお待ちです」

そう言って手を差し出すと、大柄な海軍士官は、はにかむような笑みを浮かべて、その手を握った。

「ミスタ・フォークナー。お会いできて光栄です。マシュー・カルブレイス・ペリー海軍少佐です」

本書は書き下ろしです。
この物語はフィクションです。作中に同一の名称があった場合でも、実在する人物・団体等とは一切関係ありません。

宝島社
文庫

大江戸科学捜査　八丁堀のおゆう
北からの黒船

（おおえどかがくそうさ　はっちょうぼりのおゆう　きたからのくろふね）

2019年11月15日　第1刷発行
2021年11月19日　第2刷発行

著　者　山本巧次
発行人　蓮見清一
発行所　株式会社 宝島社
〒102-8388　東京都千代田区一番町25番地
電話：営業 03(3234)4621／編集 03(3239)0599
https://tkj.jp
印刷・製本　中央精版印刷株式会社

ISBN 978-4-8002-9961-1